Amelie **C.**
LAHOSZ

Amelie C. Vlahosz

Lichtzauber

Die letzte Schlacht

Bibliografische Information der Deutschen
Nationalbibliothek: Die Deutsche Nationalbibliothek
verzeichnet diese Publikation in der Deutschen
Nationalbibliografie; detaillierte bibliografische Daten
sind im Internet über dnb.dnb.de abrufbar.

Herstellung und Verlag: BoD – Books on Demand,
Norderstedt

ISBN: 9783759767233

Amelie C. Vlahosz

Lichtzauber

Die letzte Schlacht

Roman

Für alle, die diese Reise angetreten haben.

Blutzauber – die erste Auserwählte

Hexenzauber – der Geist der Verbliebenen

Schattenzauber – die Kälte, die sie verfolgt

Prolog

„Möge das Licht das Böse besiegen und wieder Frieden in das Land bringen, dass die Schatten wieder im Untergrund herrschen und das Licht an der Oberfläche. Möge das Gleichgewicht zwischen beiden Welten wieder hergestellt werden, bevor die Welt zerfällt."

1

Es war dunkel, wie jeden Tag, jede Nacht und zu jeder erdenklichen Tageszeit, die herrschte. Es kam kaum Licht durch die dicken Gesteinsschichten und Erdbrocken, die die Menschen aus dem kleinen Dorf vor der Außenwelt schützten.

Ob das wenige Lichtverhältnis, der Grund für ihre blasse, ja schon fast weiße Haut war, die sie beinahe wie ein Gespenst aussehen ließ?

Ihr Haar war lang und glatt, reichte ihr bis zu den Hüften und war Schneeweiß, dass es wunderschön im Licht glänzte. Für manche Augen schien es auch silbern zu schimmern, aber normalerweise, war es ein wunderschönes Weiß. Viele waren auf diese Haarpracht neidisch, ließen ihren Neid allerdings unkommentiert und wollten ihn möglichst nicht zeigen. Immerhin hatten alle eine ganz bestimmte Meinung dem Mädchen gegenüber. Und niemand wollte ihr daher zu viel Aufmerksamkeit schenken.

Zwischen einem Spalt in der Erde, drang ein wenig Licht durch. Trotz dessen, dass kaum bis gar kein Licht vorhanden war, sah es in der riesigen Höhle so aus, als gäbe es nur den Tag - oder zumindest einen Tag voller Schatten und umhüllt in Dunkelheit. Aber nur, wenn sie Licht machten; wenn sie

Feuer entfachten. Sie hatten an allen Wänden Fackeln hängen, die alles in ihrer Umgebung in helles Licht tauchten. Bis zur Höhlendecke kam das Licht allerdings nie

Es war eine riesige Höhle, die weeeeit über die Köpfe der Menschen reichte. Die Höhle war so hoch, dass sogar Häuser reinpassten - manche sogar mit zwei Stockwerken, die dennoch nie die Decke erreichten.

Leichtfüßig lief das Mädchen durch die große Höhle, die sie ganz klein erscheinen ließ. Sie trug ein weißes Kleid, passend, zu ihren Haaren, und so Luftig leicht, als wäre es selber, fallender Schnee; ein leichter Schleier, wie aus Nebel oder leichten Rauch. Sie hatte keine Schuhe, sie hatte auch noch nie welche besessen, weswegen ihre Füße weh taten. Sie musste immer auf den spitzen und unförmigen Steinen und kalten Boden laufen, die ihr in die weiche Haut stachen. Eine richtige Hornhaut wollte sich einfach nicht auf den schmalen Fußsohlen bilden, weswegen sie den Schmerz einfach auszuhalten lernte - wobei der kalte Boden ihr wenigstens ein wenig Schmerzlinderung verschaffte.

Sie lief schnell zu einem der Häuser, die in diesem großen Loch - wie das Mädchen diesen Untergrund gerne nannte - gebaut wurden. Es war mit Fackeln hell erleuchtet, damit man auch alles gut erkennen konnte. Die Häuser waren alle recht groß, für die Lebensverhältnisse der dort lebenden Menschen. Dieses - in das das Mädchen gehen wollte - war eines der größten und direkt an einer Wand gebaut. Vielleicht würde man es als überflüssig bezeichnen können, aber es hatte neben der Tür mit ein wenig Abstand, zwei Fenster. Nur wurden diese nie geöffnet. Alles aus schönem, dunklem Holz, mit der Rinde. An den Stellen, wo alles zurechtgeschnitten wurde, hatten sie das helle Innere des

Holzes durchgelassen.

Von draußen konnte sie schon ein entsetzliches Geschrei hören.

Sie öffnete die Tür, lief rein und sofort wurde es entsetzlich laut, dass sie sich vor Schreck am liebsten die davon betäubten Ohren zugehalten hätte. Nur konnte sie es leider nicht, aus mehreren Gründen.

Ein Unwohlsein erfüllte sie, wie sie es noch nie zuvor vernommen hatte.

„Hast du das Wasser geholt?", wurde sie von einer älteren Frau mit weitaufgerissenen Augen gefragt. Ein wirklich einschüchternder Anblick, besonders, wenn man diese Frau noch etwas näher kannte.

Das Mädchen nickte. Vor dem Haus stand ganz in der Nähe ein Brunnen, aus dem sie es gerade so schaffte, Wasser zu schöpfen. Sie war eine sehr schwache und zierliche Person, die lieber nicht mit so schwerer, körperlicher Arbeit konfrontiert wurde.

Sie überreichte der Frau den Eimer, der ihr so hart aus der Hand gerissen wurde, dass sie glaubte, fast umzufallen. Die Frau hatte einen kräftigen Griff und konnte auch sonst nicht gerade als schwaches Weibsbild bezeichnet werden.

Schnell setzte sich das Mädchen auf die Bank, neben ein anderes Mädchen.

Die Kräuterfrau - die Frau, die so furchterregend war - half gerade bei einer Geburt, wie sie es recht häufig tat.

Die schwangere Frau schrie so entsetzlich. Ihr Kopf war ganz rot und sie war komplett mit Schweiß bedeckt. Sie trug ein weißes Kleid, das ihr bis zu den Knöcheln reichte, allerdings völlig durchnässt vom Schweiß und anderen Körperflüssigkeiten war.

„Du musst dich beruhigen", sagte die Kräuterfrau etwas ruhiger zu der Schwangeren, welcher Tränen in den Augen standen und ihre Augenbrauen verzweifelt zusammengezogen hatte, aber diese fing nur noch schlimmer zu weinen an.

Das Mädchen zitterte. Solche Situationen überforderten sie. Egal wie oft sie schon in solch einer Situation dabei war, sie würde sich wohl niemals dran gewöhnen können. Sie musste dabei immer daran denken, was dabei geschehen könnte - und damit meinte sie nicht das Schöne daran, dass ein neues Leben entstand. Selbst wenn sie versuchte, an das Gute dabei zu denken, fielen ihre Gedanken dennoch immer wieder darauf zurück, was passieren würde, wenn etwas schieflaufen würde. Was dann mit ihr geschehen würde. Wie dann alle ihr gegenüber wären; wie sie sich alle ihr gegenüber verhalten würden.

Ihre hellen, betörend blauen Augen, die eine leichte Flieder Verzierung hatten, waren ganz voller Sorge. Die Kräuterfrau bemerkte ihren Blick, so wie das Zittern ihrer Hände, welches sie vor lauter Aufregung bekommen hatte. Den schnellen Herzschlag konnte die Frau allerdings nicht sehen. Begeistert sah das Kräuterweib davon nicht gerade aus.

„Was guckst du so, Mädchen? Mach dich lieber nützlich!" Ihre Stimme klang wie immer ernst und streng, wenn sie mit dem Mädchen sprach. Obwohl das Mädchen neben dem helläugigen Mädchen genauso schockiert aussah und zitterte, wurde nur sie so angeschrien. Aber sie sagte nichts dagegen. Sie wollte sich nicht unbeliebter machen und anders als so, kannte sie es ohnehin nicht. Sie wusste ja bereits, was ihr dann nur gesagt werden würde. Den Ärger konnte sie sich wirklich gut sparen.

Die Menschen in dem Dorf mochten sie nicht. Denn sie konnte etwas, was die anderen nicht konnten. In ihrem Dorf gab es einst nur solche, wie sie, aber sie starben aus. Sie war die Letzte ihrer Art. Etwas ganz Besonderes also, was die Menschen eher als eine Art Fluch betrachteten. Vom Teufel geschickt. Satansbrut. Teufelsanbeterin und -untertanin. Es gab einst noch eine von ihrer Sorte, aber die Frau starb vor ihren Augen. Es war ihre Schwester, die sich für sie opferte. Eigentlich gab es noch eine: ihre Mutter. Allerdings war diese ... naja ...

Alle anderen in dem Dorf hatten braune Haare, obwohl sie auch dieses Gen in sich trugen. Ob durch den Kampf vor hundert Jahren ein Defekt entstanden war? Oder die Vermischung die einst zwischen den Gabenlosen und denen mit Gabe die Ursache war? Sie wusste es nicht, aber sie wusste, dass diese Frau, die sie so anschrie, noch einen Hauch dieser Macht in sich trug und benutzen konnte. Und das war auch der Grund, weshalb sie Hebamme wurde und eine ausgezeichnete Kräuterkundlerin - mal davon abgesehen, war sie auch die Einzige in dem ganzen Dorf, die Heilkundig war. Wobei sich das Mädchen auch einiges von der Kräuterfrau abgucken konnte. Aber das Mädchen konnte ihrer Meinung nach ganz klar sagen, obwohl die beiden diese Kraft verband, dass sie von dieser Frau nicht gemocht wurde. Ja schon regelrecht verachtet, wahrscheinlich sogar mehr als von den anderen Menschen aus dem Dorf. Die Frau hatte spitze Augen; sie durchbohrten das Mädchen regelrecht mit ihren Blicken. Wie ein lästiges Insekt, dass man gerne zu zertreten vermochte. Aber einen Grund konnte sich das Mädchen dafür einfach nicht zusammenreimen. Waren doch die beiden mit etwas so Wunderbaren gesegnet; hatte Gott ihnen beiden doch eine so unglaubliche Macht geschenkt. Da sollte eigentlich gar kein Hass entstehen können, aber da wurde sie eines Besseren belehrt. Aber bei niemandem konnte sie sich den Grund denken. Alle hassten sie. Freunde hatte sie nicht. Da war nur ein Junge, der manchmal nett zu ihr war. Dieser hatte noch einen Freund, der auch nett zu ihr war - da in ihren Augen nett jemand schon nett war, wenn er ihr nichts tat und sie auch nicht beleidigte oder dergleichen. Und so war dieser Junge. Er machte einfach nichts. Einen mochte sie ganz besonders gerne und das auch auf eine ganz besondere Art.

Aber waren sie auch ihre Freunde, nur weil sie zu ihr nett waren?

Nein, das glaubte sie nicht. Sie war alleine. Keine Freunde, keine Familie, kein ... einfach nichts und niemanden.

Seit dem Tod ihrer Schwester, war sie völlig alleine. Sie lebte alleine, ganz Abseits von all den anderen. In einer kleinen Hütte, die gerade mal ein Bett, einen Schrank, Tisch und Stuhl und eine Kiste enthielt - das Nötigste zum Leben. Alles war sehr alt und das sah man den Möbeln auch an. Wenn sie nicht aufpassen würde, dann hätte sie sicher täglich neue Splitter, die sie nun wirklich nicht benötigte, bei der ganzen Arbeit, die sie zu erledigen hatte und die sie ohnehin schon völlig erschöpft und verletzt zurückließ. Für ihre schmerzenden Hände musste sie dann immer eine Salbe herstellen, wenn sie wieder leer war. Leinen musste sie auswaschen, da sie sich keine neuen leisten konnte und ihr auch sonst niemand welche freiwillig verkauft hätte (nur für den doppelten Preis, den die anderen im normalen Fall bezahlt hätten). Und ihre Hände waren oft voller Wunden; aufgescheuert, voller Kratzer und aufgerissener Haut, übersät mit Schlieren. Ihre Hände waren ständig voller Bandagen. Abends machte sie sich dran, über Nacht ließ sie sie dann dran und entfernte sie Frühs, um dann pünktlich zur Arbeit zu gehen.

Sie hatte für Licht nur eine kleine Öllampe, die auch nur den kleinen Tisch erhellte, an dem sie sonst immer so freudig mit ihrer (Mutter und) Schwester saß. Ihren Vater kannte sie nicht. Sie wusste nur, dass er im Krieg starb. Und ihre Mutter wurde immer trostloser, von der Trauer um ihren Geliebten geplagt.

Ihre Augen fielen ein, ihre sonst so seidigen Haare wurden stumpf und ihre Nägel, die so schön glänzten, wurden spröde. Sie bekam Falten auf ihrer sonst so reinen Haut. Und auch geistlich sah es mit ihrem Aussehen ähnlich aus.

Sie saß nur noch an dem kleinen Holzfenster und starrte hinaus, als würde sie auf etwas warten. Vielleicht hatte sie ja auf ihren Tod gewartet. War der Tod ein schönes, helles und warmes Licht? Ihre Mutter sprach immer von so einem, wenn sie aus dem Fenster sah. Wie es doch alles erhellen würde, dabei sah das Mädchen nur die ewige Finsternis, die unter der Erde herrschte und besonders in ihrem Eck, da niemand in ihrer Nähe leben wollte. Und wo kaum jemand lebte, da wurde auch kaum ausgeleuchtet.

Eines Tages, schaffte es ihre Mutter nicht mehr zum Fenster. Sie war zu schwach, da sie ihre Gesundheit völlig ignoriert hatte; die Anzeichen ihres Körpers völlig ignoriert hatte. Aber dennoch äußerte sie ihren letzten Wunsch. Sie wolle, dass das Fenster geöffnet werden würde. Und das tat sie auch. Und da tauchte ein letztes Lächeln auf dem Gesicht ihrer Mutter auf, so friedlich, als hätte sie endlich ihren Frieden gefunden. Und dann war ihre Mutter tot, und das

Mädchen mit ihrer Schwester allein.

Das Mädchen musste an einen Abend denken, als sie mit ihrer Schwester einige Zeit nach der Beerdigung (sie hatten eigenhändig ein Grab geschaufelt und ihre Mutter mit aller Kraft hineingehievt und zugeschüttet) ihrer Mutter, am Esstisch saßen. Ihre Schwester wirkte so nervös, wie noch nie zuvor. Allgemein kannte sie ihre Schwester eher als eine sehr ruhige und liebenswerte Person, doch je schlimmer es um ihre Mutter stand, umso unruhiger wurde sie. Das Mädchen dachte erst, dass es mit dem Tod ihrer Mutter zu tun haben würde, allerdings war dem so nicht - oder zumindest nicht ganz deswegen.

Immerzu spielte sie an ihrem Kleid (ein genauso weißes und leichtes, wie es das Mädchen und auch ihre Mutter trugen, die Kleidung der Lichtzauberer) rum oder machte seltsame Überkreuzungen mit ihren Fingern.

„Hör mal", fing sie damals an zu sagen, als würde sie sagen wollen, dass es Zeit war, einen Mann zu finden und zu verschwinden - wodurch auch das Mädchen ganz unruhig wurde.

Wie sollte sie es schaffen, ohne ihre Schwester zu überleben? Hätte sie gewusst, was ihre Schwester damals eigentlich sagen wollte, sie hätte diesen Gedanken nicht annähernd so schlimm empfunden. Wahrscheinlich hätte sie sogar noch Luftsprünge gemacht und hätte vor Freude getanzt. Sie hätten zusammen wieder glücklich werden können, ganz bestimmt. Und Verehrer hätte ihre Schwester bestimmt gefunden, obwohl ihre Gabe als Fluch angesehen wurde. Ihre Schwester war wunderschön, auch so wurden ihr oft verstohlene Blicke von jungen und auch alten Männern zugeworfen. Eine Heirat wäre also - trotz allem - möglich gewesen. Ihre Schwester hätte geheiratet und Kinder bekommen. Ob das Mädchen allerdings dann noch ein Teil der Familie gewesen wäre? Der Mann ihrer Schwester hätte bestimmt etwas dagegen gehabt. Allerdings würde ihre Schwester sicherlich niemanden heiraten, der nicht auch ihre Schwester zumindest duldet. Das wäre sicher eine ihrer Bedingungen gewesen.

Lauter solcher Gedanken flogen in dem Kopf des Mädchens rum, ob sie denn nun eine neue Familie bekommen würden. Aber dem war nun mal nicht so. Und das musste sie leider akzeptieren. Und auch das was danach kam.

„Ja? Was ist denn?", fragte das Mädchen und steckte sich noch ein Stück trockenes Brot in ihren Mund. Sie versuchte so zu tun, als würde es ein ganz normales Gespräch werden, obwohl sie vor Aufregung beinahe das Gefühl bekam zu platzen. Ihre Stimme und ihren Ausdruck konnte sie gut unter Kontrolle behalten, wie lange, wusste sie allerdings nicht, denn sie wurde mit jeder Sekunde aufgeregter und würde daher sicherlich jeden Moment zu zittern beginnen.

„Es gibt da etwas Wichtiges, über das ich mit dir reden muss. Ich weiß es schon eine ganze Weile und wusste einfach nicht, ob ich es dir sagen sollte. Aber jetzt halte ich es wohl für sehr wichtig - wenn nicht sogar für *das* Wichtigste. Denn es wird bald hier sein. Und ich weiß, du wirst Angst haben und ich verspreche dir, dass ich dich mit meinem Leben beschützen werde. Aber ich finde es wichtig, sehr wichtig sogar, dass du es erfährst. Und du hast auch ein Recht darauf. Vielleicht kannst du dich ja doch irgendwie darauf vorbereiten oder dir irgendwas ausdenken, um dich davor zu beschützen."

„Was meinst du? Worum genau geht es denn? Du redest

18

mir ein wenig zu Rätselhaft." Ihre Aufregung war verschwunden, stattdessen war sie eher verwundert. Wahrscheinlich hatte sie bereits ein Gefühl, dass dieses Gespräch in eine ganz andere Richtung gehen würde, als sie erwartet hatte.

Sie sah ihre Schwester einfach nur mit einer hochgezogenen Augenbraue an und wartete darauf, dass sie deutlicher wurde.

Ihre Schwester seufzte, sie schien selber nicht richtig zu wissen, wie sie es dem Mädchen beibringen sollte. „Dir ist doch klar, dass wir die letzten Lichtzauberinnen sind?"

„Ja."

„Und auch, weshalb."

„Ja. Der Krieg und danach die Vermischung mit Nichtzauberern - und wahrscheinlich noch ein Gendefekt. Das hat zur Massenausrottung von diesem – unserem - Zauber geführt."

Ihre Schwester nickte zustimmend, sah allerdings eher in ihren eigenen Gedanken versunken aus. Das Mädchen dachte bereits, dass ihre Schwester sie gar nicht richtig wahrgenommen hätte und wollte wieder das Wort ergreifen, doch da kam ihr ihre Schwester schon zuvor. „Das ist wahr. Sie alle können es nicht, was wir können, obwohl sie auch von Lichtzauberern abstammen. Aber vielleicht wird genau deswegen das nicht hinter ihnen her sein, was hinter uns her ist. Deswegen werden sie sicher in Frieden weiterleben können und nur wir werden uns fürchten müssen, um unser Leben Angst haben."

„Kannst du mir jetzt bitte mal verraten, was los ist? Du redest so umschweifend. Damit kann ich nichts anfangen! Sag doch einfach was los ist, statt andauernd in Rätseln zu reden!" Sie hatte ihre Stimme mehr gehoben, als sie eigentlich vorhatte, doch das war dann auch unwichtig. Sie wollte einfach nur wissen, was los war und nicht noch länger zurückgehalten werden. Ihre Stimme spiegelte sich in ihrem Blick wider, so böse wie sie guckte.

Entweder ganz oder gar nicht, sonst braucht sie es auch gar nicht erst zu versuchen, mir davon mitzuteilen.

Was ihr danach offenbart wurde, ließ sie Weiß wie eine Wand werden. Der Schock stand ihr klar in den Augen geschrieben und sie fing zu zittern an. Ein Zittern, dass so unglaublich stark wurde, dass es nicht mehr zu kontrollieren war. Tränen stiegen ihr in ihre Augen.

„Was?", fragte das Mädchen mit weinerlicher Stimme ihre Schwester. „Meinst du das ernst? Du kannst das doch gar nicht ernst meinen. Du warst doch schon immer eine Komikerin, auch, wenn deine Witze nie sonderlich gut waren. Aber der ist jetzt wirklich unter aller Sau! Völlig unter deiner Würde!" Die Angst wich und stattdessen wurde sie aufgebracht, doch ihre Schwester blieb ruhig auf ihrem Stuhl sitzen, so wie die ganze Zeit auch schon.

„Das ist kein Scherz, auch wenn ich wünschte, dass es einer wäre. Aber leider ist dem so nicht."

Das Mädchen sah ihre Schwester mit großen Augen an.

Ihr Blick fiel auf den Boden. Und das Mädchen ließ darauf ebenfalls ihren Kopf hängen.

So hatte sie ihre Schwester noch nie gesehen, so trostlos und verletzlich, also musste sie es ernst meinen.

Das Mädchen ließ ihre Schultern sinken und sackte in ihrem Stuhl zusammen. Die Trostlosigkeit ihrer Schwester färbte auf sie selber ab.

„Können wir irgendwas dagegen tun?", fragte das Mädchen

ganz leise, dass sie schon glaubte, dass ihre Schwester es nicht hören würde.

„Wir können nur kämpfen. Aber ich weiß nicht, ob wir es auch überleben können. Das werden wir erst erfahren, wenn es so weit ist. Also können wir nur hoffen, dass wir stärker, als dieses Ding sind. Und dann gibt es ja noch ein danach, falls wir es wirklich überleben sollten."

„Und wenn dem nicht so ist, wenn wir sterben? Und was meinst du mit einem danach? Dann leben wir eben ganz normal weiter." Sie sah wieder zu ihrer Schwester, völlig Verständnislos, da sie nicht verstehen konnte, was sie damit meinen könnte.

„Dann müssen wir uns auf das Schlimmste gefasst machen. Denn selbst, wenn wir es schaffen, die Menschen aus dem Dorf werden uns dann noch mehr verachten und wer weiß, ob sie dann nicht zu unserem neuen Feind werden. Zu einem richtigen Feind und nicht das, was sie ohnehin schon für uns sind."

●●●

Auf das Schlimmste hatten sie sich damals wirklich gefasst gemacht. Und das Schlimmste war auch eingetreten. Ihre Schwester hatte sie gewarnt, dass sie wieder von einer Schattenzauberin angegriffen werden würden, die über alle und alles herrschen wollte. Sie bereiteten sich auf den Kampf vor. Aber dass es so schlimm werden würde, das hätte das Mädchen nicht gedacht. So etwas hatte sie wirklich noch nie in ihrem Leben gesehen. Niemand hatte das. Abgesehen von ihrer Mutter, die einst in einer Schlacht kämpfte, mit ihrem Geliebten, bei der auch die letzten ihrer Art getötet wurden.

Ihrer ältesten Tochter erzählte sie von dieser Schlacht und warnte sie vor dem, was eines Tages auch sie ereilen würde.

Eines Nachts, war es dann so weit, leider. Sie schliefen, auch wenn es kein richtiger Schlaf war. Seit sie davon erfahren hatten, konnten sie nämlich nicht mehr richtig schlafen. Sie waren immer eher in einer Art Halbschlaf, besonders gut war das für die beiden nicht - körperlich wie auch psychisch.

In dieser Nacht schliefen sie auch mit einem Auge offen, völlig übermüdet, aber mit zu großer Sorge gefüllt, dass sie nicht richtig schlafen konnten.

Als es so weit war, wurden sie schnell durch den tosenden Wind wach, der um alle Häuser herrschte. Wie ein wütendes Unwetter - nur kannten diese Menschen kein Unwetter, sie kannten im Allgemeinen kein Wetter. In der Höhle kam nichts an, nur durch den Riss an einer Stelle der Decke konnten sie erahnen, was draußen vor sich ging. Durch diesen Riss kam auch das Wesen, das es nicht geschafft hätte, ins Innere zu gelangen, wenn er nicht dagewesen wäre.

Die Vorfahren dieser Menschen hatten sich diese Höhle gesucht, um alle vor diesen Wesen zu schützen. Sie belegten die Höhle mit einem Schutz, doch über die Zeit entstand dieser Riss und der Schutz bekam dadurch ebenfalls einen Schwachpunkt.

Die anderen Menschen wurden auch von dem ungewohnten Geräusch wach, das wie eine böse Vorwarnung klang und im Inneren der Menschen sofort die Alarmglocken losklingeln ließ.

Direkt brach eine Massenpanik aus, als sie die riesigen Schatten sahen, die die kleinen Häuser für Puppen hätten nutzen können. Ihre Fratzen waren unerträglich. So böse und belustigt, dass es einem kalt den Rücken runterlief.

Laut fingen alle zu schreien an, rannten wild durcheinander und suchten nach Versteckmöglichkeiten.

Das Mädchen schreckte hoch, sprang aus ihrem Bett, lief an die Tür und öffnete sie, erstarrte jedoch sogleich. Sie wollte wegrennen, aber ihre Füße wollten sich einfach nicht bewegen. Als wären sie Wurzeln, die sich ganz tief in die Erde gegraben und mit allem anderen, was es da sonst noch so gab, verwurzelt hatten. Sie konnte nur mit ofenstehendem Mund zusehen, wie die Schatten nach Menschen griffen, ganz egal, welches Alter oder Geschlecht.

Diese Opfer versuchten sich zu wehren, zu treten und zu schlagen, sich aus dem festen Griff zu befreien, aber nichts half. Sie wurden einfach zu den riesigen Mündern der Schatten gebracht und dann schrien sie laut. Es wirkte so, als würden sie ihnen irgendwas aussaugen. Die Schatten ließen die Menschen danach einfach wieder fallen, als hätten sie das Interesse an ihrem neuen Spielzeug verloren und die Menschen wurden starr und still, als wäre nie etwas wie Leben in ihnen gewesen. Je öfter der Schatten das jedoch machte, umso größer wurde er.

Dem Mädchen brach der Angstschweiß aus und sie fing zu zittern an.

Das Geschrei der Menschen wurde immer lauter, obwohl es immer weniger wurden. Alles hatte vielleicht ein paar wenige Augenaufschläge gedauert, aber das Chaos war verheerenden groß. Als sie bereits dachte, dass alles aus wäre - was viele andere ebenfalls dachten -, ertönte plötzlich aus dem Nichts ein lieblicher Gesang.

Ein Schatten wollte sich gerade eine Frau nehmen, die weinend am leblos wirkenden Körper ihres Mannes lag, neben ihr ihr weinendes Kind. Sie schüttelte den Körper, doch nichts passierte.

Als alle den Gesang hörten, wurde es schlagartig still. Jede einzelne Person versuchte die Quelle des Gesangs ausfindig zu machen. Es klang so wunderschön, so bezaubernd, so ... als ob es von einem Engel kam. Nein, es musste einfach ein Engel sein, so etwas wunderschönes konnte doch von sonst nichts kommen, außer von einem Wesen, das Gott höchstpersönlich geschickt hatte.

Da war sie, auf der Spitze eines Felsen, von dem aus man das ganze Dorf im Blick hatte. Die Schatten hatten sich gewunden, bei dem Gesang tat ihnen alles weh. Als würden sie zerquetscht werden. Ein schreckliches Gefühl. Diese Schmerzen ließen sie schrumpfen, noch kleiner, als sie vorher bereits waren. Nun waren sie es, die schrien und nicht mehr die Menschen.

Manche Menschen standen wieder auf, alles um sich herum völlig vergessend: die Toten, die Schatten, all das Chaos.

Je kleiner die Schatten wurden, umso lauter schrien sie.

Doch obwohl es so schien, als würden nun sie diejenigen auf der Siegerseite sein, wurde das Mädchen dieses unwohle Gefühl im Magen nicht los.

Da erblickten sie das Mädchen, wie es in dem Eingang ihres Heimes stand. Genau, was sie die ganze Zeit gesucht hatten. Das Mädchen fragte sich nur, wie ihre Schwester da hinkam, ohne dass sie etwas bemerkt hatte, und achtete nicht weiter darauf, was da mit schnellen dämonischen Schritten auf sie loskam. Aber ihre Schwester merkte es.

Der Gesang stoppte, stattdessen funkte ein helles Licht auf, das wie ein Blitz durch die Höhle ging. So grell und strahlend, dass sich alle ihre Arme schützend vor die geblendeten Augen hielten.

Erst da, kam das Mädchen Gedanklich in die Realität zurück und bemerkte was da auf sie zu kam.

Es wäre zu spät gewesen, wenn der Lichtschein nicht vor ihr gehalten hätte und sie nach hinten stieß. Der Schatten war kurz geblendet und schrie entsetzlich vor Schmerzen auf, doch er hatte bereits seine Krallen ausgefahren.

Er tötete sie, ohne es zu merken, denn er verschwand sofort; zerstört vom Licht.

Erst als ihre Schwester zu Boden fiel und Blut spuckte, realisierte sie, was da vor ihren Augen geschehen war.

Schnell kroch das Mädchen zu ihrer Schwester und griff nach ihrer Hand, die schnell an Wärme verlor. Das Gefühl des kälter werdenden Körpers ließ das Mädchen erschaudern und erschrocken zusammenzucken. Was ein schreckliches Gefühl, so Angst einjagend, so einschüchternd. Dem Tod so nahe.

Dem Tod.

Die Augen des Mädchens wurden größer, als sie realisierte, was dieses Gefühl zu bedeuten hatte. Tränen drangen so zahlreich in ihre Augen, dass sie es nicht einmal annähert schaffte, sie unter Kontrolle zu bringen.

„Es tut mir leid. Es tut mir so leid. Hätte ich nicht-", weinte das Mädchen, wurde jedoch von ihrer Schwester unterbrochen.

„Warum sollte es dir leidtun? Ich habe dir doch gesagt, dass ich dich mit meinem Leben beschützen werde. Und das habe ich auch. Und darüber bin ich froh." Das sprechen fiel ihr schwer, dennoch ließ sie es sich nicht anmerken. „Ich liebe dich und ich werde da oben mit Mutter und Vater auf dich warten. Dann werde ich beide endlich wiedersehen. Denk dran, dass ich dich liebe. Über alles, meine wunderbare kleine Schwester. Vergiss mich nicht."

Mit ihrer blutigen Hand umfasste sie das Gesicht des Mädchens. Auch aus ihrem Mund drang nun Blut. Ihre Organe wurden von dem Schatten zerschnitten. Von außen konnte man nichts sehen, aber in ihrem Körper sah es grausam aus. Es war nur ein kurzer Moment, ehe die Hand zu Boden fiel und das blutige Lächeln auf ihrem Gesicht versiegte.

Das Mädchen konnte ihrer Tränen nicht mehr Herrin werden. Furchtbar fing sie zu weinen an, dass es sich schon beinahe wie Schmerzensschreie anhörte.

Doch sie konnte ihrer Trauer nicht lange ihren Lauf geben, denn es kamen bereits einige Leute auf sie zu, die nicht gerade begeistert aussahen.

Sie dachte, dass sie ihr vielleicht helfen und Beistand, so wie Trost schenken wollten, aber dem war nicht so. Und das merkte sie auch recht schnell, als sie die Ausdrücke auf den Gesichtern der Menschen erblickte.

„Ihr habt Leid über uns gebracht!", schrie eine Frau sie an.

„Was?", fragte das Mädchen ganz ungläubig. Sie verstand nicht recht, was die Frau meinte. Es stimmte zwar, dass die Wesen hauptsächlich hinter ihnen her waren, doch ihre Schuld war es dennoch nicht. Immerhin waren die anderen auch vom Lichtzauberstamm Nachfahren.

„Ihr seid mit dem Teufel im Bunde. Ihr habt das über uns gebracht!"

Durch die Vermischung mit den Nichtzauberern, kam es zu einer Glaubensübergreifung. Sie waren alle sehr christlich geprägt. Das Mädchen selber glaubte an Gott, so wie auch all die anderen im Dorf - oder zumindest fast alle. Ein paar wenige hatten auch noch andere Götter, an die sie glaubten. Ihre Mutter glaubte ebenfalls an noch ein paar andere. Daher wurden sie und ihre Schwester immer so angesehen, dass sie dem Satan unterwürfig waren.

Das Mädchen versuchte sich und ihre Schwester zu verteidigen, auch wenn ihr bereits klar war, dass ihr niemand glauben würde. Aber nun, wo ihre Schwester tot war, wollte sie wenigstens ihre Überreste vor den Gehässigkeiten und der Boshaftigkeit dieser Menschen schützen. Besonders nachdem, was sie für all diese Menschen getan und was sie dafür alles verloren hatte. Ihre sonst immer so demonstrative Schüchternheit schien wie weggepustet und ein tiefer Zorn machte sich in ihr breit. Wie diese Menschen es nur wagen konnten so über ihre Schwester zu reden, als wäre sie einfach nur irgendein Abschaum gewesen, den es zu bestrafen galt. Ihre Stimme war fest, ihr Ton erbost. „Das stimmt nicht! Meine Schwester hat viele von euch gerettet!"

„Unsere Liebsten in den Tod zu schicken, das nennst du retten? Welch ein Glück, dass sie jetzt bei ihrem Herrn und Gebieter dem Satan ist!"

Es war ja klar, dass sie mir nicht glauben wollen. Aber sie haben doch selber alle gesehen, was geschehen ist, was sie getan hat. Warum reden sie dann etwas derartiges? Sind ihre Herzen denn wirklich so verpestet, so schwarz wie diese Schatten, dass sie nicht einmal mehr die Wahrheit erblicken können?

„Nein. Sie geht zu Gott. Gott liebt sie, denn sie hat viele von euch zurück ins Leben gerufen, hat alle mit ihrem Leben beschützt. Und Gott hat sie gesegnet, sie zu einem seiner Engel gemacht, die auf die Erde geschickt wurden, um die Menschen zu beschützen."

„Welche Lügen verbreitest du hier? Solch jemand würde den Herrn niemals zu Gesicht bekommen. Und dann noch ihr Gesang! Direkt aus der Hölle. Hat uns versucht damit zu verführen, wollte uns damit ebenfalls direkt in die Hölle schicken. Unsere Seelen sollten unseren Körper verlassen und von dem Dunklen Diener des Dunklen Herrschers aufgesaugt werden." Die Frau redete sich bereits in Rage und das Mädchen hatte bereits die Befürchtung, dass sie sich nicht mehr einbekommen würde, wenn sie sie nicht unterbrach.

„Das stimmt doch gar nicht. Damit konnte sie die bösen Geister vertreiben. Solch schöne Klänge können gar nicht aus der Hölle kommen, dazu ist nur Gott fähig! Gott und seine Engel. Und seht doch nur selber, wie sie die Dunklen Schatten vernichtet und sich selber aufgeopfert hat."

„Warum verschwanden die Dämonen dann mit ihrem Tod, wenn sie nicht die Herrin über sie war?"

„Wegen dem Licht, das Gott ihr gab. Habt ihr dieses schöne Licht denn gar nicht gesehen? Habt ihr nicht gesehen, wie sie den Schatten damit zerstört und uns alle gerettet hat?" Ihre Stimme klang sanft und mit Gestiken - eine Hand legte sie auf ihre Brust, da wo ihr Herz lag und die andere streckte sie von ihrem Körper weg - versuchte sie die Menschen mitzureisen, die allen Anschein nach auch kurz davor waren, ihren Worten Glauben zu schenken, wenn nicht diese Frau dagewesen wäre.

„Welch ein Geschwätz erzählst du uns da? Fülle unsere

28

Köpfe nicht mit Lügen, dafür wird Gott dich strafen und richten. Du wirst in die Hölle gehen, wie diese Hexe. Solch ein Aussehen, das kann nur aus der Hölle kommen. Lässt die Männer sündigen, durch ihre betörende und einnehmende Art. Nicht mehr als eine Hure war sie, die sich den Männern nur zu gerne hingegeben hätte und um dich wird es eines Tages genauso stehen. Eine Sünde, eine Prüfung, die es zu bewältigen gilt."

Entrüstet sah sie die Frau an. Wie konnte sie es wagen ihre Schwester als Hure zu bezeichnen, solch lästerlichen Worte über eine Tote zu äußern und sie damit zu verhöhnen?

Wieder drang ihr Zorn an die Oberfläche. „Nein. Sie sieht aus wie ein Engel. Sie ist von Anfang an für den Himmel bestimmt gewesen. Nie war sie eine Hure, immer nur eine Heilige, unbefleckt bis zum Schluss. Selbst in ihrem Tod sieht sie noch wunderschön und friedlich aus. Wie ein Engel eben nur kann."

„Deine Lügen hören wir uns nicht länger an. Du bist ein Dämon direkt aus der Hölle, so wie sie es war und deine Mutter! Welch Glück uns doch beschert wird, wenn dann auch du endlich zurück in die Unterwelt verbannt wirst." Diese Worte schockierten sie zutiefst. Wie konnte man nur so geblendet sein? Wie konnte man nicht sehen, wo es so viel zu sehen gab? Wie konnte man nur freiwillig in solch einer riesigen Lüge leben?

„Aber wir sind doch alle derselbe Stamm. Ihr wisst doch, dass wir von Gott geschickt wurden. Er hatte uns einst diese Gabe gegeben. Seine Engel waren unsere Vorfahren. Gesegnet mit dem Licht des Himmels." So wurde es immer übermittelt. Sie selber hatten zwar nie wirklich den Himmel gesehen, abgesehen von der Felsspalte, allerdings sah angeblich das Licht des Himmels aus, wie das Licht, welches die Lichtzauberer erschaffen konnten. Das Mädchen fragte sich, ob diese Menschen die Legenden um diesen Zauber bereits längst vergessen hatten, oder es zumindest wollten.

„Welche Hirngespinste willst du uns in den Kopf setzen? Du bist doch die Einzige, die noch dieses teuflische an sich hat. Ein Fluch, von dem wir anderen dank Gottes Beistand schon lange erlöst wurden."

„Doch nur, weil meine Linie nicht von Nichtzauberern übernommen wurde. Ihr seid die Mischlinge, die keine Anrechte mehr auf diese Gaben haben. Gott steht somit mir bei und nicht euch Unwürdigen." Ganz recht, so war es und nicht anders. Diese Menschen waren Unwürdige. Sie sollten eigentlich so grausam behandelt werden und nicht das Mädchen. Doch Gott würde ihnen schon ihre gerechte Strafe zuteilen und das Mädchen als Belohnung, dafür, dass sie all diese Gemeinheiten ertragen hatte, in das Paradies schicken. Dann würde sie es sein, die so gehässig grinsen würde.

„Du willst dies eine Gabe nennen? Etwas, das uns alle beinahe den Untergang geweiht hätte. Hau lieber ab, bevor es noch böse mit dir endet, so wie es eigentlich sein sollte. Wir wissen nämlich nicht, wie lange wir noch jemanden derartiges unter uns ertragen und dulden können." Mit diesen abschließenden Worten, verschwanden die Menschen und ließen sie zurück.

Sie saß da, alleine mit dem Leichnam ihrer Schwester - der nun völlig kalt war und langsam steif wurde -, ohne Trost oder Mitgefühl. Eine innere Leere, die sich durch ihre Eingeweide fraß. Ihr weißes Kleid bereits völlig mit dem Blut ihrer Schwester gedrängt.

Zittrig schob sie ihre Schwester beiseite, stand auf, holte

sich einen langen und dicken Stock (da sie keine Schaufel hatte) und fing an, ihn in eine weiche Stelle des Bodes zu stecken, direkt neben die Stelle, wo ihre Mutter bereits begraben war. Sie hob ein Loch aus und versuchte ihre Schwester hinein zu legen. Es war schwierig, denn sie war größer, als das Mädchen gewesen und damit auch etwas schwerer.

Sie suchte nach etwas Grünem und nach langem Suchen, fand sie auch etwas. Sie legte es in das Grab ihrer Schwester. Beide Hände lagen auf ihren Bauch und ihr Gesicht sah ganz friedlich aus. Ihre Haare lagen sanft verteilt auf dem dunklen Boden. Sie war eine sehr blasse Person gewesen, weswegen das Mädchen dachte, dass sie nicht noch heller werden konnte, doch ihr Blutverlust und der Kontrast zur dunklen Erde belehrten sie eines Besseren.

Ihre Schwester wollte schon immer die Welt da oben sehen, doch da gab es bereits keinen Ausgang mehr - dieser wurde nämlich zum Schutz, vor vielen Jahren, verschlossen und niemand wusste mehr, wo er lag. Und selbst, wenn man direkt vor ihm stehen würde, könnte man es nicht erkennen, so gut war er getarnt. Wenn niemand hineingelangen sollte, sollte immerhin auch niemand hinausgelangen. So war es am besten für alle. Galt das auch für die Toden; für ihre Seelen? Ob sie nun, wo sie tot war hinauskonnte? Hinausgehen und alles sehen?

Tränen flossen ihre Wangen hinab. Sie schwor sich, sie würde nie jemandem so an sich ranlassen; sie würde niemals jemanden je wieder so nahekommen, wie es bei ihrer Schwester der Fall war. Sie würde mit niemandem eine so starke Bindung aufbauen, wie zu ihrer Schwester. Niemals. Und sie würde die Welt da oben sehen. Eines Tages.

●●●

„Was soll ich denn machen?", fragte das Mädchen ein wenig überfordert. Bei Geburten bekam sie immer Angstzustände. Sie ertrug auch die Schreie der Frauen nie. Sie klangen so qualvoll, als wäre es nicht das schönste der Welt - wie immer behauptet wurde - sondern das Allerschrecklichste, was ein riesiger Fehler war und es deswegen zu bereuen galt.

„Hol lieber noch mehr Wasser. Ein Kind, das dazu noch gerade neu auf die Welt kommt, soll nicht von einem Kind wie dir geplagt werde. Und das Wasser ist wichtig, damit es im Anschluss gewaschen werden kann, sowie die Mutter."

Das Mädchen sprang schnell auf, nahm sich einen leeren Eimer und stürmte hinaus. Sie spürte eine so große Erleichterung. Da wollte sie wirklich nicht länger drinbleiben. Das Geschrei und all das Blut. Es erinnerte sie jedes Mal an damals. Sie hielt es einfach nicht aus. Und dann noch dieser schreckliche und erdrückende Geruch.

Sobald sie aus der Tür war, füllte sie ihre Lungen mit der schönen kühlen und frischen Luft (so frisch die Luft in einer Höhle eben sein konnte).

Sie ließ sich möglichst viel Zeit und sprang schwebend über die Steine hinweg. Auf den größeren und glatteren Steinen sprang sie einbeinig abwechselnd hin und her. Sobald sie an dem Brunnen angekommen war, warf sie den Eimer hinein und zog ihn wieder heraus, als er bis oben hin gefüllt war. Kaltes Wasser, das ihr Spiegelbild in dem schweren Licht beherbergte. Das wenige Flackern der Flammen am Haus, ließ es glitzern. Sie musste den Eimer mit beiden Händen umgreifen, so schwer fand sie ihn. Wasser spritzte umher, als sie den Eimer nach unten schwingen lies. Ein paar Tropfen fielen auf ihre Füße, was sie ganz zappelig machte. Ein kaltes und unangenehmes Gefühl. Sie versuchte das Wasser an ihrem Kleid abzustreifen, verlor dabei allerdings beinahe ihr Gleichgewicht. Gerade so, fing sie sich wieder, bevor sie umfiel und den kompletten Inhalt über sich ergießen konnte.

Sie stapfte los und versuchte dabei die Tropfen ab zu schütteln, die bei ihrem kläglich gescheiterten Versuch nicht abgegangen waren, und dennoch ihr Gleichgewicht zu halten.

Was die Leute wohl wieder über sie gesagt hätten, wenn sie sie gesehen hätten? Allerdings konnte sie niemanden in ihrer Umgebung ausmachen, nur die Dunkelheit. Davon abgesehen, wurde sie ja eh von allen gemieden, weswegen auch alle mieden, in ihrer Umgebung zu sein - und die Leute wussten, dass sie oft bei der Kräuterfrau half, weswegen dieses Haus besonders gemieden wurde.

Je näher sie kam, umso lauter wurde es und so unwohler fühlte sie sich, weswegen sie immer langsamer wurde. Sie konnte schon von draußen die entsetzlichen Schreie hören. Immer, wenn sie solche Schreie hörte, stellte sie sich immer wieder dieselben Fragen: Warum war sie überhaupt da? Warum blieb sie nicht einfach in ihrer Hütte und blieb an ihrem Tisch sitzen? Aber dann kam ihr auch immer wieder die Antwort, in Form ihres Magens; wenn ihr Magen wieder so nach Nahrung schrie, dass er sie schmerzte. Für das Brot, das sie als Bezahlung bekam, machte sie das. Ganz genau. Daher konnte sie auch – egal, wie sehr sie es sich wünschte - nicht einfach vor dem abhauen, was sich hinter dieser Tür abspielte.

Sie drückte die Tür auf. Ein schrecklicher Gestank drang in ihre Nase, die sie davon sofort rümpfen musste. Eine stickige

Luft, die wie ein dicker Nebel auf allem lag und ihr regelrecht den Atem abschnürte. Der Geruch von Schweiß, Angst, Rauch und besonders Blut, drang in ihre Nase - und noch ein seltsamer, undefinierbarer Geruch (vielleicht eine Kräutermischung?). Eine schreckliche Mischung, die dafür sorgte, dass ihr übel wurde. Dennoch bewahrte sie lieber Stillschweigen. Sie wusste ja ohnehin bereits, was für eine Reaktion ihr entgegengekommen wäre. Ärger bekam sie so oder so, nur wie viel oder wenig sie bekam, konnte sie wenigstens ein wenig lenken.

„Da bist du ja endlich! Noch länger hätte es wohl nicht dauern können? Du unnützes Mädchen!", schimpfte das Kräuterweib, die gerade dabei war, die gebärende Frau mit irgendwas einzureiben. Von dieser Paste musste dieser Gestank ausgehen, vermischt mit Schweiß, Blut und stickiger Luft.

Das Mädchen stellte das Wasser mit einem lauten Rums auf den Boden, dass das Wasser nur wieder zu spritzen begann. In dieser Hitze, Stickigkeit und Gestank eher angenehm, als unerträglich. Zumindest für sie war es so ein Empfinden, für das Kräuterweib schien es das komplette Gegenteil zu sein.

„Dummes Mädchen! Heiz es auf und wirf es nicht auf den Boden!"

Das Mädchen kam nicht mal richtig zu Atem, da musste sie den Eimer bereits erneut nehmen und in den großen Kessel über der Feuerstelle schütten. Dabei hatte sie immer Schwierigkeiten, da der Kessel höher lag, als sie es war, dadurch kam sie schwer an die Öffnung heran. Wenigstens konnte sie sich dieses Mal nicht ihre Haut verbrennen, wie es ihr bereits so oft schon beinahe geschehen war, da die Flammen durch die hohe Lage ebenfalls dementsprechend hoch waren. Ein Feuer gab es allerdings diesmal nicht, nur eine warme Glut, die noch in so schönen Farben leuchtete.

Als sie hineinsah, da war da etwas, etwas, das sie völlig in dessen Bann zog, so wunderschön und faszinierend.

Rote Haare. Überall sind rote Haare. Aber eines dieser Menschlein, mit roten Haaren, sieht aus, als würde es Feuer auf dem Kopf tragen. Sie ist wichtig. Du bist auch wichtig. Du musst aus diesem Loch. Deine jungen dreizehn Lenze, werden in der nächsten Zeit zu achtzehn. Wenn der achtzehnte Lenz eingekehrt ist, wirst du sie treffen. Dann wirst du mit ihr kämpfen. Dann wirst du sie auf deine Seite bringen müssen, sonst verfällt sie dem Schatten.

Erschrocken fuhr das Mädchen zurück. Völlig überrascht und verwundert. Dabei rempelte sie die Kräuterfrau an und ließ den vollen Eimer fallen, wodurch sich das ganze Wasser in dem Haus verteilte und ihr eigenes Kleid völlig nass spritzte.

„Welch ein tollpatschiges Ding! Was soll das!? Bist du etwa übergeschnappt?! Lerne endlich mal, wo du deine Rangstelle hast, denn so tief wie du, wird niemand jemals sein!"

Dann falle ich wenigstens nicht so tief und kann mich dabei nicht verletzen. Dann kann ich nur noch aufsteigen.

Langsam drehte sie sich zu der Frau um. Sie war so erschrocken.

Aber diese Stimme ... Was war das für eine Stimme gewesen?

„Ich", fing sie an, verschluckte dann jedoch ihre Stimme. Was sollte sie sagen? Wenn sie von der Stimme erzählen würde, dann könnte sie sich ja einfach direkt in die Glut werfen. Ihr sicherer Tod müsste es nicht unbedingt sein, aber großen Verletzungen würde sie davon definitiv erleiden.

Daher ließ sie ihren Kopf einfach hängen und sagte mit leiser Stimme, dass sie bereits dachte, dass das Kräuterweib sie nicht hören könnte: „Ich dachte etwas gehört zu haben."

Noch etwas leiser fügte sie hinzu: „Aber da muss ich mich wohl geirrt haben ..."

„Und deswegen drehst du hier gleich so durch? Was stimmt denn nicht mit dir? Ich sollte wohl lieber mit dem Pater über dich reden. Das hört sich ja fast so an, als würdest du mit dem Teufel im Bunde stehen oder ein Dämon an deinem Schatten kleben."

„Nein, das stimmt nicht!" Die Augen des Mädchens wurden ganz groß.

Angst.

Sie hatte Angst.

Wenn die Frau davon reden würde, dann würde sie verbrannt werden, denn eine Hexe gehört nun mal verbrannt.

Sie werden mich umbringen, wenn sie davon erfahren. Noch sicherer werden sie mich vorher foltern, um ihren ganzen Frust und Hass an mir auszulassen. Aber verbrennen werden sie mich ganz bestimmt!

Aber sie wollte nicht verbrannt werden!

„Ich habe nichts mit dem Teufel zu tun! Ehrlich! Ich muss mich einfach nur verhört haben. Vielleicht war es ja auch einfach nur ein Windzug von irgendeiner Seite. Rillen gibt es ja genug, dass es so sein könnte."

„Das werden wir ja dann sehen! Teufelsbalg! Und wage es ja nie wieder, mein Heim derart zu beleidigen. Es ist eines der am besten gebauten Häuser, die es gibt! Zu behaupten, dass es undicht sei, ist die größte Beleidigung. Du bist so unsagbar unhöflich, du kannst nur eine Teufelshure sein!" Die letzten

Worte spuckte das Kräuterweib nur so voller Hass und ... Ekel? Als wäre das Mädchen nicht mehr als ein kleines Insekt, das sie mit glühenden Kohlen zerquetschen wollte. Wahrscheinlich würde sie sogar das widerwertigste Insekt über das Mädchen stellen. Wenn das Kräuterweib sie verraten würde, dann konnte das Mädchen nicht länger dortbleiben. Dann würde sie abhauen müssen.

Was nun? Sollte sie fliehen? Aber dann würden sie sie erst recht beschuldigen – abgesehen davon, dass es sowieso keinen Ort gab, an den sie fliehen konnte. Andererseits würden sie sie so oder so beschuldigen. Egal, wie man es nimmt und dreht. Niemand mochte sie. Niemand. Und daher würden sie alles tun, um sie los zu werden. Es war nicht mal ein nicht mögen, es war eher ein regelrechter Hass, eine Verfluchung - und noch viel Schlimmeres. Aber es gab nun mal kein Wort, um diesen abgrundtiefen Hass zu beschreiben, zu benennen. Umso weniger überraschte es das Mädchen, dass die gebärende Frau zu schreien anfing. Nicht vor Schmerz, sondern vor Angst.

„Bringt sie raus! Bringt sie raus! Sie soll mein Kind nicht verteufeln! Sie darf es nicht verfluchen! Es wurde noch nicht einmal getauft! Sie soll weg!" Tränen liefen ihr Gesicht hinab und ihr Kopf war völlig rot.

Sieht die Frau mit so einem roten Gesicht und so einer hysterischen, verrückten - beinahe schon wahnsinnigen - Stimme nicht viel mehr wie ein Teufel aus?

Ganze Zeit schon, hatte die Frau sie so voller Angst beobachtet, als würde irgendein Monster oder Dämon vor ihr stehen. Und dann kam auch noch das mit dem Eimer, den Geräuschen; Stimmen. Dazu hatte die Frau zuvor ein Gerücht über das Mädchen gehört. Sie würde Kinderseelen fressen und in den Tod schicken, direkt in die Hölle, wo der Satan bereits auf sie wartete, um sich gierig über sie herzumachen.

Dieses Gerücht entstand dadurch, dass einmal Kind und Mutter bei der Geburt verstarben. Dass sie gar nichts dafür konnte, da das Kind schief lag und daher nicht richtig rauskam, das interessierte dabei niemanden.

Die Kräuterfrau hatte es nicht für nötig gehalten, einfach das Kind zu drehen, da sie es angeblich nicht konnte. Sie sahen nur die beiden Toten, das große Grab, in das die beiden zusammengelegt wurden.

Irgendwer musste als Sündenbock herhalten. Und sie musste nun mal immer als Sündenbock herhalten. Niemand mochte sie. Warum also nicht? Die Kräuterfrau gab ihr die Schuld und damit waren alle zufrieden.

Wie lange sie bereits unter diesem Gerücht litt. Wie sehr sie bereits unter allen Dingen litt, für die man sie grundlos beschuldigt hatte. Eltern wollten ihre Kinder nicht in ihrer Nähe haben; sah man sie, wurden die Kinder sofort in die Häuser gebracht und durften nicht eher gehen, ehe sie nicht wieder verschwunden war.

Das Mädchen war wie erstarrt.

Die Frau schrie so entsetzlich und beschimpfte sie. Ob das so gut für das Kind - und auch sie selber - sein konnte?

Schnell rannte das Mädchen nach draußen, als sich ihre Füße plötzlich doch wieder bewegen ließen, als sie den gröbsten Schock überstanden hatte. Die frische Luft erfüllte sie, sobald sie durch die dunkle Tür trat. Starke und tiefe Atemzüge machte sie. Sie war noch nie so erleichtert und zerstört zur gleichen Zeit. Tränen stiegen ihr in die Augen. Wieder kamen dieselben Fragen in ihr auf: Was nun? Sollte sie nicht lieber doch fliehen? Aber wohin? Wie würde sie wegkommen? Das wusste sie einfach nicht. Es gab ja nicht einmal einen Ausweg aus der Höhle. Sie würde niemals abhauen können, ohne nicht doch irgendwann gefunden zu werden. Also lief sie einfach schnell in ihr Haus - der einzige Ort, der sich für sie wie eine Schutzzone anfühlte, denn dort war sie immer ungestört. Zumindest, bis zu diesem Tag.

Sie setzte sich in eine dunkle Ecke, möglichst im Schatten getarnt. Darauf wartend, bis jemand kommen würde, um sie für einen Prozess zu holen.

2

Es dauerte nicht lange, bis jemand laut an ihre Tür klopfte. Wenn sie etwas vom Wetter wüsste, wenn sie es kennen würde, dann würde es sie sicher an ein Donnergrollen erinnern.

„Raus da! Sofort! Gestehe deine Verbrechen und nehme dich dir deiner gerechten Strafe an. Lasse Gott über dich richten und dich zurück zu deinem Herrn - dem Satan - schicken."

Bei den lauten Schlägen und Schreien, zuckte sie verängstigt zusammen. Es erschreckte sie unglaublich, obwohl sie bereits damit gerechnet hatte.

Welche Strafe? Warum soll ich bestraft werden, wenn ich versucht habe, allen das Leben zu retten? Und dann habe ich es geschafft und soll bestraft werden? Meine Schwester musste bereits für sie sterben - sie hatte alle eigentlich gerettet, das macht es noch schlimmer -, so wie meine Mutter und nun soll auch ich für sie sterben? Nein! Das will ich nicht.

Wenn sie mich nicht hier haben wollen, dann gehe ich doch lieber, als zu sterben. Aber wo soll ich hin? Und wie soll ich hier weg?

Nur weil ich eine Stimme gehört habe, soll ich besttraft werden. Es kann doch auch ein Engel gewesen sein, der da zu mir gesprochen hat - das würden sie allerdings niemals glauben, sie würden immer nur einen Dämon sehen, und mich das Teufelsweib.

Es ist doch gar nichts geschehen. Aber was hatten diese Worte auf sich? Sie würden doch viel mehr eine Drohung darin sehen: *Es ist noch nichts geschehen, aber das wird es vielleicht bald - je nachdem, wie ich Lust und Laune habe. Das Ganze wird Folgen für mich haben, alles ...*

Sie konnte nicht weiter darüber nachdenken, da wurde die Tür bereits aufgestoßen, da es den Leuten gereicht hatte, auf sie zu warten - und ihnen war ohnehin bewusst, dass das Mädchen die Tür niemals freiwillig geöffnet hätte.

Sie hatte sich in die hinterste Ecke des Hauses verkrochen. Als sie das Aufkrachen der Tür hörte, drückte sie ihre Arme fester um sich, die sie bereits schützend über ihren Kopf gehalten hatte, und zuckte verschreckt zusammen.

Sie würden sie töten. Töten und vorher foltern, bis sie bereits daran fast zu Grunde gehen würde. Sie kamen sie zu holen, zu verurteilen und dann zu töten. Es war ein wahres Wunder, dass sie sie überhaupt so lange hatten leben lassen.

Sie stürmten in das Haus hinein, suchten sie und fanden sie auch recht schnell. Das Haus war nicht sonderlich groß, eher eine kleine Hütte.

„Da ist sie!" Ein Mann kam auf sie zu und dann noch einer. Sie sahen so furchtbar wütend aus, was das Mädchen nur noch mehr verschreckte.

„Komm her!", befahlen sie ihr, doch sie schüttelte nur verängstigt ihren Kopf.

Sie wollte etwas sagen, doch nur ein verängstigter, leiser, kläglicher Laut kam aus ihrer Lunge.

Beide packten sie an ihren Armen und zogen sie nach oben, dass sie laut zu schreien anfing. Sie war um einiges kleiner als die Männer, dass ihre Füße den Boden nicht berühren konnten und sie nur in der Luft hin und her treten konnte.

Lange dauerte es nicht, bis sie nach draußen getragen wurde - die Männer liefen schnell und hatten große Schritte -, wo sich bereits vor ihrer Haustür eine Menschentraube gebildet hatte, die bereits gespannt auf sie wartete.

Sobald die Menschen sie sahen, wie sie sich da wand und schrie, machten sie erstmal ein verdutztes Gesicht, doch dann fingen sie an ihren Hass zu schüren. Laut fingen sie an sie anzuschreien und ihren Hass gegen sie auszutragen.

„Hexe!"

„Satansweib!"

„Hure des Bösen!"

„Kleines, verwegenes Luder!"

„Stirb!"

„Auf den Scheiterhaufen mit ihr! Soll ihr Herr sie holen kommen und uns nicht länger verfluchen!"

Und noch vieles weitere.

Sie ließ die Worte über sich ergehen, versuchte sie auszublenden, sich das Gesicht ihrer Mutter und ihrer Schwester vor Augen zu führen, besonders ihre Schwester. Wie sehr sie ihre Schwester doch geliebt hatte. Doch die Stimmen; diese Worte füllten ihren Kopf, wie Schatten oder Dämonen, die sie verfolgten. Sie musste nicht mehr in die Hölle geschickt werden, sie war nämlich bereits in der Hölle. Diese Menschen, sie alle waren die Dämonen und das Mädchen, sie war die Jungfer, die unberechtigt in ihr feststeckte und wohl bis zum Tode gequält werden würde.

Nein. Nicht. Ich habe nichts getan. Ich gehöre doch zu eures Gleichen und ihr zu meines. Warum wollt ihr mir so etwas schändliches antun? Warum hasst ihr mich so sehr? Etwa, weil wir nicht mehr dasselbe Volk sind? Weil ich die einzige bin? Dann lasst mich gehen! Lasst mich doch gehen! Lasst mich einfach in Ruhe ...

Tränen liefen ihr wie Wasserfälle über ihre Wangen. Eine

innere Verzweiflung, die am Wachsen war, machte sich in ihr breit.

Sie wurde in ein großes Haus gebracht, das in der hintersten Ecke der Dorfhöhle lag. Es war ein Haus für amtliche Dinge, für den Bürgermeister und andere seiner Art bestimmt. Aber wenn man in das Haus ging, konnte man in dem hintersten Bereich eine Treppe finden, die noch viel tiefer ins Erdreich führte. Dort wurden die Gefangenen hingeführt. Es gab kaum jemanden, der dort hingebracht wurde. Aber extra für das Mädchen, wurde eine eigene Zelle vor Jahren errichtet. Sie hatten sie schon viel früher einsperren wollen, allerdings kam es nie dazu, da ihnen immer ein fester Grund gefehlt hatte. Aber was war fester, als eine teuflische Stimme, die nur sie hören konnte?

Je tiefer sie kamen, umso dunkler wurde es. Ab einem bestimmten Punkt ließen sie weniger Fackeln leuchten, bis irgendwann keine mehr fackelten und es stock finster war. Die Dunkelheit und die Schreie der anderen Gefangenen, die sofort an die Gitter kamen, schrien und versuchten, nach ihr zu greifen, sobald sie sie gehört hatten, versetzten das Mädchen in eine Angststarre, die sie nur wegen ihrem Wärter lösen, aber nicht ablegen konnte.

„Bitte, nicht so weit nach unten, sonst kann ich nichts mehr sehen. Ich habe Angst im Dunkeln." Sie weinte. Im Dunkeln gab es böse Wesen; Schatten und Dämonen, die sie verfolgten, die hinter ihr her waren.

„Freu dich doch lieber. Du kommst so näher an die Hölle, da, wo dein Herr regiert. Und wo du hinkommst, da wird es eh kein Licht geben. Gewöhn dich dran, denn du brauchst es nicht. Das Böse mag doch die Dunkelheit?"

„Aber ich habe Angst. Und ich habe Angst vor der Dunkelheit, weil ich nicht zum Bö- Ahh!" Hart wurde sie in ihre Zelle geworfen. Ihre zarte Haut schürfte von dem harten

Aufprall auf den kalten, steinigen Boden sofort auf. Das Gitter hätte rostig sein müssen, so wie die anderen, doch ihres war neu. Dennoch kalt und feucht. Und besonders dunkel. Außerdem stieg ihr der feuchte und stechende Geruch in die Nase.

Schimmel.

Und von den anderen Zellen zog der schreckliche Gestank von Fäkalien zu ihr.

Etwas Feuchtes spürte sie an ihrer Haut. Sie dachte, dass es Wasser war, das durch den Boden gedrungen kam, doch als sie runter sah, konnte sie Blut sehen. Sofort färbte sich ihr weißes Kleid rot und der Dreck vom Boden heftete sich an es dran. Sehen konnte sie allerdings nicht, wie schlimm es war, nur wenig Lichtschein half ihr ein paar Tropfen zu erkennen. Und wenn der Mann mit seiner Fackel gehen würde, dann würde auch das Licht verschwinden. Dann würde sie in völliger Dunkelheit zurückbleiben. Sie fürchtete sich. Sie konnte den Wind hören, wie ein böser Fluch, der über sie kam.

Angst. Sie hatte schreckliche Angst.

Sie kroch so weit nach hinten, bis sie die kalte Wand an ihrem Rücken spürte. Eine kalte Umarmung, ein Monster, das sich nach ihr sehnte. In die hinterste Ecke verkroch sie sich und legte wieder schützend ihre Arme um sich. Sich in eine Ecke verkriechen zu können, beruhigte sie. Wie ein Schutz, denn dann kann sie nur von einer Seite angegriffen werden. Dann kann sie sich besser verteidigen. Dann fühlte sie sich stärker. Aber in diesem Moment fühlte sie sich überhaupt nicht sicher oder stark. Ganz im Gegenteil. Noch nie hatte sie sich so angreifbar gefühlt, nicht einmal als dieser riesige Schatten sie umbringen wollte. Sie war wehrlos und alleine. Ein hilfloses Mädchen. Und dann noch diese unerträgliche Angst.

Leise summte sie vor sich hin, um nicht den Wind hören zu müssen, der sie schier verrückt machte.

Wie lange sollte sie wohl dort sein? Wie lange musste sie in diesem Loch bleiben? Würden sie sie dort verhungern lassen, da lassen bis sie verweste und ein Skelett geworden wäre? Sie würde nicht einmal die Tage zählen können, die sie in dieser Einöde liegen würde. In solch einer Dunkelheit verliert man jegliches Zeitgefühl. Das verlor man bereits in der Höhle, allerdings konnte man da wenigsten durch den Riss das wenige einfallende Licht sehen. Was hatten sie überhaupt mit ihr vor? Warum erst jetzt? Eigentlich hätten sie es schon eher machen wollen, warum erst jetzt? Wegen der Zelle? Hatten sie sie irgendwie anders gebaut, um sie zurück zu halten, etwas zu tun? War sie deswegen im Dunkeln, um ihre Kraft zu schwächen? Bei Licht gibt es Schatten, aber in der Dunkelheit gibt es nur Dunkel. Die Dunkelheit schwächte sie.

Sie blieb da, bis sie Hunger bekam, bis sie Durst bekam, bis sie zu frieren anfing und bis sie müde wurde. Irgendwann schlief sie dann auch ein, doch schnell wachte sie wieder Angsterfüllt auf. Schreckliche Albträume plagten sie, jedes Mal, wenn sie ihre Augen schloss. Und sobald sie wach wurde, wurde sie von den Schatten vor ihr verfolgt. Ein nicht enden wollender Teufelskreis.

Die Geräusche des Windes, sie füllten sie mit Angst. Auch wenn sie kein Zeitgefühl mehr besaß, so dachte sie sich irgendwann, dass sie bereits mindestens zwei Tage in ihrer Zelle verweilen musste.

Am dritten Tag kam jemand zu ihr, um zu sehen, wie es ihr wohl ergehen mochte. Den Männern nach zu urteilen ging es ihr noch zu gut, daher gingen sie wieder weg.

Sie mochte die Dunkelheit nicht und wenn es kein Licht gab, dann musste sie wohl ihr eigenes Licht erzeugen. Und dann wirklich.

Es nahm viel Kraft und Energie in Anspruch, doch da schaffte sie es dennoch irgendwann, ein kleines Leuchten in ihren - wie ein Ball geformten - Händen zu erschaffen. Ihre Augen fingen an zu leuchten.

Es war so wunderschön, so hellauf glänzend, eine strahlende Kraft, ein kleiner Hoffnungsschimmer in dieser trostlosen großen Dunkelheit, die sie zu verschlucken drohte.

Wenn das Licht groß und hell genug war, dann fingen die anderen Häftlinge, die halbwegs in ihrer Nähe waren und ebenfalls kein Licht abbekamen, zu johlen an. Aber die meisten Häftlinge waren am obersten Teil, sie war sehr tief, extra für sie die Zelle da unten. Es sollte niemanden in ihrer Nähe geben, mit dem sie einen Sozialkontakt aufbauen konnte.

Mit ihren Gedanken (dafür schloss sie ihre Augen) versuchte sie mehr Licht zu finden.

Draußen. Außerhalb der Höhle, da war eine riesige Wiese, die Sonne hell auf über dem Himmel. Ein wunderschöner Anblick. Ob sie wohl mit dem Licht noch viel mehr sehen könnte? Weiter und immer weiter, bis sie …

Ein Mädchen …

Sie sah ein Mädchen und ihre Haare … So ein feuriges rot. Sie sah wunderschön aus.

Immer öfter beobachtete sie das Mädchen. Damit verbrachte sie ihre Zeit. Es hielt sie davon ab, verrückt zu werden. Ab und zu kam immer jemand, brachte ihr ein wenig Essen und Trinken. Sie wollten sie in diesem Verfließ versauern lassen. Aber das Mädchen tröstete sich immer damit, den Feuerkopf zu beobachten. Ein Mädchen, das so stur, schön, stark und wild, wie das Feuer selbst, war.

Jeden Tag sah sie ihr zu, wie sie ihre Kraft zu beherrschen übte, sah zu, wie sie Kräuter, Baumrinde, Wurzeln, Bären, Federn und anderes sammelte. Sah ihr zu, wie ihre Haare im Wind wehten, wie eine lodernde Flamme.

Dieses Mädchen wurde ihr Lebenssinn. Und dann hörte sie wieder diese Stimme in ihrem Kopf, die sie bereits einst gehört hatte - der Grund, weswegen sie in diese Zelle gesperrt wurde -, mit denselben Worten, wie zuvor:

Rote Haare. Überall sind rote Haare. Aber eines dieser Menschlein, mit roten Haaren, sieht aus, als würde es Feuer auf dem Kopf tragen. Sie ist wichtig. Du bist auch wichtig. Du musst aus diesem Loch. Deine jungen dreizehn Lenze, werden in der nächsten Zeit zu achtzehn. Wenn der achtzehnte Lenz eingekehrt ist, wirst du sie treffen. Dann wirst du mit ihr Kämpfen. Dann wirst du sie auf deine Seite bringen müssen, sonst verfällt sie dem Schatten.

Wie zuvor.

Dieses Mädchen, rote Haare.

Ob sie gemeint war? Gab es denn noch andere Menschen, mit roten Haaren?

Sie hatte noch nie rote Haare gesehen. Sie hatte bis dahin nicht einmal gewusst, dass es solche Haare gab. Auch als sie die Stimme gehört hatte, hatte sie es für Einbildung gehalten. Aber dann war da dieses Mädchen.

Rote Haare.

Dann war sie wirklich ihr Lebenssinn.

Sie musste herausfinden, wo sie war, musste zu ihr. Sie finden. Sie auf ihre Seite bringen. Sie lieben.

Lieben?

Ja, sie glaubte, sie zu lieben. Hoffentlich würde auch ihr diese Liebe entgegenkommen, eines Tages.

Nein, sie war sich sicher, dass dieses Mädchen sie auch einmal lieben würde. Sie waren für einander bestimmt. Ganz bestimmt.

Nun war nur die Frage: Was war mit Schatten gemeint? Sie verstand es nicht so recht. Welchem Schatten würde sie sonst verfallen? Etwa dem, dem sie selber nur gerade so entkommen konnte? War sie dem Schatten so wichtig? Aber wieso?

Das würde sie sich später irgendwie zusammenreimen müssen. Dazu dachte sie auch, dass der Schatten endgültig zerstört wurde, auch wenn er sie überall hin verfolgte.

War er real oder nur eine Einbildung?

Egal. Alles egal. Sie musste aus diesem Loch raus. Sie würde erstmal einen Weg aus diesem Loch finden müssen.

Wie würde sie da nur herauskommen? Wie würde sie so etwas schaffen? Wie würde sie dieses Mädchen beschützen können, wenn sie nicht einmal sich selber beschützen konnte? Wenn sie nicht einmal abhauen konnte? Wenn sie solch eine Angst hatte?

Sie musste sich etwas überlegen, wie sie rauskommen sollte. Und sie hatte auch schon so eine Idee.

3

Eine Fackel wurde erleuchtet, ihr Feuer flackerte in dem Wind, der in den Kellerverließen herrschte. Dunkle und lange Schatten wurden dabei geworfen.

Das Mädchen war zuvor die Tür hinaufgeklettert, was ihr schrecklich an ihren ohnehin schon wunden Händen und Füßen weh tat. Die Stangen waren rutschig und kalt, doch sie war sich sicher, dass sie nur so entkommen konnte. Sie wusste mittlerweile, wann die Wachen kamen, um nach ihr zu gucken. Auf was anderes konnte sie ja auch gar nicht achten.

Es gab keinerlei Abwechslung, nicht einmal den Wechsel zwischen Dunkel und hell - abgesehen davon, wenn jemand nach ihr gucken kam.

Der Mann leuchtete in die Zelle, sah aber nichts, weswegen er sie öffnete. Irgendwo musste sie ja sein. Wenigstens in eine Ecke musste sie sich verkrochen haben. Und wenn nicht, dann musste er dringend Alarm schlagen. Wenn sie sich heraushexte, wer wusste schon, was sie sonst noch hexte. Schweiß lief sein Gesicht hinab und er atmete schneller, sowie sein Herz schneller schlug. Er leuchtete in die hinteren Ecken, aber auch dort war sie nicht.

Wo war das Hexenmädchen? Wo war sie? Sie durfte nicht weg sein.

Ihm war klar, dass viele der Männer sie auf eine Weise begehrten, die die Frauen als abstoßend empfanden. Sie war wunderschön, schöner, als alle anderen. Denn sie war die Einzige, die solch schimmerndes Haar besaß und diese Augen. Alle anderen hatten dunkle Haare und dunkle Augen. Sie war die letzte mit solch einem schönen Antlitz. Sie war zart wie ein Engel. Aber in diesem Dorf gab es nur Frauen, die eher einem alten Gaul ähnelten: grob und schlicht, dazu noch meistens schlecht gelaunt. Schon beinahe hässlich, wenn man meinen mochte. Dieses Mädchen war also eine besonders schöne Abwechslung; überhaupt nicht wie all die anderen Frauen und Mädchen aus dem Dorf. Und sie mochte zwar noch jung sein, aber je älter sie wurde, umso schöner würde sie sicherlich auch werden. Und sie war nicht so aufbrausend, wie die ganzen anderen Frauen, eher zurückhaltend und verängstigt. Sie war, was sich alle Männer und Jungen wünschten. Sie wollten sie, doch bekamen sie nicht. Denn sie hatten Angst davor, dass das Mädchen sie verhexen könnte. Doch sie dachten sich, wenn sie geschwächt wäre, dann hätten sie ein leichteres Spiel. Wie sollte sie immerhin hexen, wenn sie selbst zu schwach zum Stehen war? Aber wenn sie jetzt verschwunden wäre, wo sie so schwach war, dann würden die Männer sagen, dass er sie sich ganz alleine genommen hätte.

Eilig trat er tiefer in die Zelle, ging hin und her, bis in die hinterste Ecke und zurück, nur um wieder in die Ecke zu gehen, doch da hörte er bereits, wie hinter ihm die Zellentür geschlossen wurde. Erschrocken drehte er sich um. Der Blick des Mädchens, er sah anders als sonst aus. Völlig verändert. Da war keine Angst mehr, nicht einmal ein Hauch von Verunsicherung. Sie sah aus, als würde sie jemanden umbringen wollen - oder noch viel Schlimmeres. Und bevor er auch nur etwas sagen konnte - was er ohnehin nicht konnte, da ihm seine Stimme ohnehin bei ihrem Anblick (so bedrohlich und angsteinflößend) versagte - war sie auch schon verschwunden.

Stark fing er zu zittern an und ließ die Fackel vor Schreck fallen. Angstschweiß floss ihm aus jeder einzelnen Pore. Er bemerkte nicht, wie er auf den Boden fiel und dabei beinahe seine Sachen in Brand gesetzt hatte, da die Fackel direkt neben ihm lag.

Das Mädchen hatte ihm bereits den Rücken zugekehrt und war nach oben gerannt, mit der Hoffnung, dass er nicht jeden Augenblick losschreien würde - und falls er es doch tat, sie noch rechtzeitig oben ankommen würde, um dennoch die Möglichkeit zur Flucht zu haben. In dem Gang konnte sie immerhin nirgendwohin fliehen.

Seine Hände zitterten so stark, dass er sie ganze Zeit über den Boden schliff und die Haut von ihnen dabei aufriss. Leicht liefen ihm die Tränen aus den Augen und fühlten sich kalt auf seiner Wange an. Er selber bemerkte nur, wie es in seiner Hose plötzlich unangenehm warm und feucht wurde. Er hatte sich in seine Hose gepisst.

4

Langsam lief sie die Treppe hinauf.

Hass spürte sie in ihrem Innersten. Hass und … Was war dieses andere Gefühl? So hatte sie noch nie gefühlt. Sie verstand es nicht, aber sie empfand dieses Gefühl als äußerst böse. War sie damit böse? Hatten diese Menschen vielleicht recht?

Nein, diese Menschen waren böse. Diese Menschen machten sie böse. Man erntet, was man säht. Sie sollten nun dasselbe tun.

Es wurde immer heller, je weiter sie nach oben kam. Immer mehr Fackeln hingen an den Wänden.

Die Gefangenen bemerkten sie und kamen an die Zelltüren. Durch die Gitter streckten sie ihre Hände nach ihr aus, johlten und verlangten, dass sie sie frei ließen. Das Mädchen allerdings ging einfach weiter und beachtete sie nicht. Die Gefangenen versuchten nach ihr zu greifen und wurden immer lauter, doch sie ging nur noch schneller. Bis sie oben ankam, wo die Wachen sich an einem Würfelspiel erfreuten, schlug ihr Herz mit jedem neuen Schritt stärker.

Dieses Geschrei hätten die Männer eigentlich beunruhigen oder zumindest wachsamer werden lassen müssen, doch sie riefen stattdessen einfach nur, dass sie still sein sollten. Die Männer dachten nur, dass es an dem Wachmann liegen musste, der unten bei dem Mädchen war. Die Gefangenen mussten nach Essen schreien oder irgendein anderes Bedürfnis erfüllt haben wollen. Doch dann, als das Mädchen gerade dabei war, sich zu überlegen, wie sie unbemerkt an den Männern vorbeikommen sollte, drehte sich einer der Männer um, um nochmal nach den Gefangenen zu rufen. Sofort sah er sie und bemerkte direkt ihre Veränderung.

Die anderen Wachmänner bemerkten seine Reaktion und sahen ebenfalls in die Richtung, in die er sah. Erschrocken wichen sie zurück, als sie das Mädchen sahen. So wie der Wachmann, bemerkten sie ebenfalls, dass sie irgendwie anders als normal wirkte. Sie hatten so eine dunkle Aura gespürt, doch als sie dann sahen, dass es nur dieses Mädchen war, lachten sie.

„Nur dieses Mädchen", kam es von einem der Männer, sein Lachen war mit am lautesten gewesen.

Sie kam etwas näher, da merkten sie, dass sie wirklich anders war und ihnen fiel auch wieder ein, dass sie eigentlich in Ketten - oder zumindest hinter Gittern - liegen müsste, dafür aber ihr Mitmensch nicht da war.

„Was machst du hier? Du müsstest in einer Zelle unten im Verließ stecken. Wie bist du da rausgekommen? Wo ist Friedrich?"

„Da steckt jetzt jemand anderes, dieser Friedrich. Ich habe ihn darin eingesperrt."

Der Mann zückte sein Schwert, als er das hörte und lief auf sie zu. So einfach durften sie die Hexe nicht davonkommen lassen. Seine Unsicherheit war wie weggeweht.

Sie hatte sich nur überlegt, wie sie aus ihrer Zelle kam, was danach kommen würde, das hatte sie nicht bedacht.

Sie hätte gerne einen Zauber gegen ihn angewandt, doch hatte sie immer nur für das Gute gekämpft, nicht um einen Menschen umzubringen oder zu verletzen. Also wusste sie auch nicht, was sie in diesem Moment gegen den Mann hätte tun sollen.

Er lief auf sie zu und packte sie hart am Arm, dass sie schmerzhaft aufschrie. Nun war sie diejenige, die unsicher war.

„Du kommst jetzt mit."

Er brachte sie aus dem Haus, in eine große Halle, die Halle, in der gerichtet wurde.

Einer der anderen Männer lief in das Dorf und berichtete den Vorfall. Sofort kam der Richter mit ein paar anderen Leuten. Der Wachmann, der das Mädchen hatte, war derweilen dabei sie zu ihrer Anklagestelle zu bringen. Sie wurde gefesselt und auf den Boden geworfen. Der Rest traf ebenfalls ein und setzte sich an die ihrigen Plätze. Der Richter hatte Probleme auf sein Podest zu kommen, so alt war er. Es dauerte daher ein wenig länger, bis sie begannen.

Irgendwann setzte er sich allerdings dann doch auf seinen heruntergekommenen Stuhl. Mit alter und finster klingender Stimme sagte er: „Das Hohegericht ist so weit, mit dem Verhör gegen Sunja - dem Hexenmädchen - zu beginnen." Mit seinem hölzernen Hammer schlug er auf seinen Tisch.

In Sunja kam wieder die Angst zurück, ihre Verunsicherung wuchs.

„Sucht sie nach Hexenmalen ab. Reist ihr die Kleider runter und seht nach." Der Richter machte ein Handzeichen, um zu bestätigen, was er verlangte. Seine Miene hätte nicht ausdrucksloser, wenn nicht sogar desinteressierter sein können. Doch Sunja sah etwas in seinen Augen aufblitzen, was sie nicht mehr als irgendetwas anderes hätte anwidern können, in diesem Moment.

Dieser Mann wollte sehen, was unter ihrem einst weißen,

aber von der Zeit in der Zelle grau und dreckig gewordenes Kleid ruhte. Sie wurde auf viele Arten erniedrigt, aber auf diese würde sie sich nicht erniedrigen lassen. Sie würden sie eh zum Tode verurteilen. Die Männer würden sie unbekleidet sehen wollen. Sie war sich ihrer Schönheit äußerst bewusst. Und sie war sich bewusst, dass alle Männer in diesem Saal, sie vergewaltigen wollten. Aber sie war nicht mehr so schwach, wie sie glaubte.

„Fasst mich an und ich verfluche euch! Meine Macht werde ich auf euch ausüben, dass ihr mich nie wieder berühren oder gar ansehen könnt! Ich weiß, dass ihr mich ohnehin umbringen wollt. Wozu noch so tun als ob? Ihr wollt sehen, was unter meinem Kleid ist, doch das werde ich nicht zulassen. Ihr habt vor mich als Sünderin und Teufelsweib zu verurteilen. Aber denkt mal daran, was ihr gerade vorhabt. Ihr seid die Sünder, nicht ich. Aber Gott wird schon über euch richten. Er wird euch vernichten. Er wird euch in die Hölle schicken. Da werdet ihr für eure Sünden schon noch büßen ihr-"

„Schweige still, du ungehobeltes Weib! Du hast genug Schändlichkeit von dir gegeben. Wir sind keine Sünder. Wir richten, was zu richten ist. Gott sagte mir meine Berufung. Und meine Berufung ist es, dich – Hexe - zu verurteilen. Du hast für deine Sünden verurteilt zu werden und dann zu sterben."

„Versucht nicht Gott zu nutzen, um eure Sünden reinzuwaschen, denn das werden sie nicht. Eure Sünde ist zu groß. Habt gefälligst Eier in der Hose und steht für eure Vergehen selber ein, als den Herren vorzuschieben - aber stimmt ja, Männer haben keine Eier, nur Frauen; Männer haben Säcke, denn sie sind Säcke!" Noch nie hatte sie so vulgär gesprochen - nicht einmal gedacht oder es gewagt zu denken.

Dem Richter schien beinahe der Kopf zu platzen, so rot war er, außerdem schien er auch jeden Augenblick zu zittern anzufangen. Eine dicke Ader pulsierte auf seiner Stirn. Wenn er ein Wildtier gewesen wäre, dann hätte sicher Schaum aus seinem Maul geschäumt. Eine gewisse Genugtuung verschaffte Sunja dieser Anblick schon.

„Los! Entkleidet sie endlich! Soll sie ihre Scham anderweitig präsentieren und uns zeigen, dass sie auch gehorchen kann. Irgendwo wird sich schon ein Teufelskuss befinden." Er stellte sich schon vor, was sie tun würde. Wie sie flehen würde. Wie sie da ohne etwas vor ihm stehen würde, so wie Gott sie geschaffen hatte: rein, wunderschön und unberührt; wie ein Engel, denn er wusste ganz genau, dass sie nie etwas Schreckliches getan hatte. Nein, das, diese unwiderstehliche Reinheit und Schönheit würde er nur für sich haben wollen.

Einer der Männer lief bereits grinsend auf sie zu und packte ihr Kleid, eine ekelhafte Vorfreude, die sie sogar auf ihrer Haut ohne Berührung spüren konnte. Sie hätte wahrscheinlich nicht einmal angesehen werden müsse, damit sie es hätte spüren können. Er wollte es aufreißen. Auch er wollte sehen, was sich unter diesem Kleid befand. Doch sein freudiges, ekelhaftes Grinsen sollte sich schnell in ein grimmiges Gesicht umwandeln.

„Wartet! Ich habe es mir anders überlegt. Vielleicht hilft ja ein einfaches Gespräch. Bringt sie in mein Zimmer. Lasst mich das Gefäß für Gott sein und ihn in Ruhe mit ihr reden."

Enttäuscht ließ der Mann wieder von ihr ab und nickte nur, während das Mädchen den Richter finster ansah, denn sie wusste ganz genau, dass das nur eine Lüge war.

Der Mann zog sie an ihrem Arm hoch und brachte sie in das Zimmer des Richters. Kurz darauf kam der Richter hinterher - durch sein hohes Alter konnte er nicht so schnell laufen.

Sobald der Richter in den Raum trat, befahl er Wachen vor der Tür zu postieren und dass alle aus dem Zimmer verschwinden sollten, danach schloss er hinter sich die Tür. Immer noch war ein Seil um ihre hinter den Rücken gelegten Arme gebunden (was direkt geschah, als sie nach ihrem Ausbruch entdeckt und geschnappt wurde), doch sie schaffte es unbemerkt, das Seil ein wenig zu lockern.

Nun, da sie mit dem Mann alleine war, konnte sie sich irgendwie einen Weg hinausfinden. Das Mädchen sah sich um und fand hinter dem Mann einen Tisch, mit einem Kerzenständer, der ihrer Meinung nach sicherlich sehr hart war. Im Augenwinkel konnte sie seinen Blick sehen, daher wanderten ihre Augen von dem Kerzenständer rüber zu ihm. Der Mann sah sie an, voller Begierde. Sie schritt rückwärts. Sie wusste ja ohnehin, was er vorhatte, aber sie dachte, dass er wenigstens ein wenig etwas sagen würde, allerdings schien nicht einmal das der Fall zu sein. Was er vorhatte ... Sie war keine Hure, sie war keine Hexe, sie war nicht das, was er sie zu machen wollte. Sie sah sich um, überlegte, wie sie unbemerkt zu dem Tisch kommen sollte, dann könnte sie sich ihre schnell gefundene Waffe schnappen und diesem widerlichen Mann über den Kopf schlagen. Am besten wäre es wohl, wenn sie über das Bett neben sich springen würde, dann würde er sicher versuchen, sie sich zu schnappen, war allerdings langsamer und würde sie nicht rechtzeitig zu fassen bekommen.

Schnell huschte sie hinüber und streifte sich das Seil ab. Der Richter fing zu lachen an.

„Glaubst du wirklich, dass du mir so schnell entkommen könntest? Oder willst du dich direkt im Bett frei machen? Du Hure! Du glaubst mich wohl verführen zu können? Oder möchtest du so dringend von dem Dämon in dir befreit werden? Wenn es dein Wunsch ist ... es ist meine Pflicht, mich um meine Schäfchen zu kümmern. Auch wenn es mir zuwider ist, selbst eine Hexe zählt darunter."

„Ja, ich glaube, dass ich so leicht wegkomme. Denn ich glaube, dass ihr Männer viel zu überheblich seid. Ihr glaubt ihr wärt etwas Besseres, doch das stimmt nicht. Euer Übermut macht euch blind und unsicherer. Das lässt eine Frau besser davonkommen, denn wer unsicher ist, der zeigt auch mehr Schwachstellen. Und ich bin keine Hure und bin keine Hexe, genauso wenig bin ich von irgendwas besessen! Und damit bin ich unschuldig und gehöre definitiv nicht hierher!"

„Und ihr Frauen, ihr redet zu viel." Schnell stürzte er sich auf sie. Er wollte sie nicht länger reden hören, da er sie ohnehin nicht ernst nahm. Er wollte sie stöhnen hören, sie sehen, wie sie war, sich in ihr spüren; mit der inneren Wallung, die er spürte und ihn beinah zum überkochen brachte. Er musste sich endledigen, dringend; jetzt. Doch sie sollte recht behalten, besonders, da sie solche Dinge nicht mit sich machen lassen würde und besonders nicht durch solch einen abartigen Mann.

Schnell hüpfte sie vom Bett und rannte hinter ihn zum Tisch. So schnell konnte er sich nicht umdrehen, da hatte sie bereits den Kerzenständer umgriffen und in die Luft geschwenkt - sie empfand es ein wenig schwerer, als sie erwartet hatte, denn so wie sich bei ihr keine dicke Haut bilden wollten, bekam sie auch einfach keine Muskeln. Das bemerkte sie natürlich. Mit einem harten Schlag auf seinem Kopf, fiel er blutend zu Boden. Er ließ ein leises Stöhnen von sich, dann ein Krachen auf den Boden. Blut floss auf den alten, dreckigen und wahrscheinlich schon total morschen Holzboden. Vorsichtig stellte sie den Ständer zurück und lief langsam neben ihn. Sie beugte sich halb über ihn, um zu sehen, wie es ihm wohl ergehen mochte, ob sie ihn vielleicht noch mehr als nur verletzt haben könnte. Aus dieser Perspektive sah er sogar noch älter aus.

Als würde er bereits eine Leiche sein, aber immer noch unter uns weilen - und richten.

Tot war er wohl nicht, aber eine Gehirnerschütterung - so wie eine dicke, unschön aussehende Beule - würde er wohl doch von sich tragen. Aber wahrscheinlich hätte er den Tod wohl doch viel mehr verdient, als nur eine einfache, blutige Wunde.

Plötzlich wurde sie wieder so wütend, je länger sie den Mann ansah. Als wäre er ein Stück Dreck, spuckte sie auf ihn. Ja, wie Dreck. In ihren Augen … war er mehr als das. Ein lüsterner Widerling, der sich als Mann Gottes bezeichnete, seine Position aber nur für seine eigenen Gelüste ausnutzte. Auf ihn zu spucken, gab ihr eine gewisse Befriedigung. Wie viel Befriedigung würde ihr wohl dann erst sein Tod geben? Wenn er tot wäre, dann wäre die Welt sicher ein besserer Ort, aber sie war nicht so wie er - wie diese Menschen - sie tötete Menschen nicht einfach so. Das Mädchen war ein Friedlebender Mensch. Sollte sie jemals jemanden töten … Wenn es so wäre, dann nur weil es ein Versehen war.

Sie stieg vorsichtig über ihn hinweg, um möglichst kein Blut auf sich oder ihrem Kleid zu hinterlassen, ging dann an das Fenster und versuchte es, so leise wie nur möglich, zu öffnen. Ihr war klar, dass jeden Augenblick jemand die Tür aufbrechen würde. Gerade leise war der Schlag nun nicht gewesen und Stimmen - oder wohl eher Stöhnen (alle wussten immerhin, was er eigentlich vorhatte) - konnte man auch nicht mehr hören.

Sie sah noch mal kurz auf ihn und konnte wieder nur an das eine denken: Dieser Mann hatte es verdient. Er hatte auch noch geglaubt, dass sie sich nicht hätte wehren können, weil sie ein Mädchen war. Dieser Kerl war zu überheblich.

Schnell kletterte sie raus, gerade rechtzeitig. Sie hörte unruhige Stimmen von draußen und Versuche die Tür aufzuschlagen.

Nach ein paar Versuchen sprang sie auf.

Sie ließ sich nach unten fallen. Gesehen wurde sie dabei zu ihrem Glück nicht. Sie duckte sich so weit unter den Rand des Fensters, dass nicht einmal der Ansatz ihres Haares zu sehen war. Dafür konnte sie aber lauschen, was die Männer sagten.

„Der oberste Richter ist verletzt! Schwer verletzt! Holt einen Medicus! Sofort! Er muss dringend behandelt werden, sonst stirbt er vielleicht noch."

„Wo ist das Mädchen? Sie müsste doch hier sein?!"

„Ich weiß nicht. Schlagt Alarm. Findet das Mädchen! Sie muss für das bezahlen, was sie getan hat."

Sonderlich intelligent scheinen diese Kerle ja nicht zu sein, sonst würden sie das offene Fenster bemerken. Überheblich eben, unterschätzen die Kleineren.

„Ob sie jemand entführt und dem obersten Richter dann das angetan hat?" Dass es eine Frau sein konnte, würde keiner von ihnen vermuten oder auch nur annähernd glauben.

Sie wollte noch mehr lauschen, doch da presste sich eine Hand auf ihren Mund, die sie am losschreien hinderte.

Ein Junge war neben ihr. Seinen Zeigefinger hielt er vor seinen Mund und machte ein Geräusch, um ihr zu deuten, still zu sein. Leise sagte er zu ihr: „Komm mit, ich bin hier, um dir zu helfen. Mein Freund wartet auf der anderen Seite auf uns. Wir beide wollen dir helfen."

„Warum?"

„Weil wir es ungerecht finden, was mit dir gemacht wird. Wir wissen, was dein Zauber bedeutet. Wir brauchen ihn, damit uns die Schatten nicht holen, aber wenn sie dich jetzt töten, dann töten sie auch uns."

Kann ich ihm wirklich vertrauen? Hier kann ich doch niemandem trauen. Alle wollen mich töten. Aber er wirkt anders, seine Worte sind anders und er wollte mir noch nie etwas Böses. Ich kenne diesen Jungen und ich kenne auch seinen Freund. Beide haben braunes Haar und braune Augen. Der eine helleres, der andere dunkleres. Aber sie sahen mir beide nie böse gesonnen aus. Sie waren sogar immer recht freundlich. Aber ich habe noch so viele Fragen.

Sie wurde an ihrem Handgelenk gepackt, bevor sie auch nur noch einen weiteren Gedanken fassen konnte.

„Komm mit, ehe sie uns noch entdecken." Er zog sie hinter sich her und versuchte dabei immer möglichst gedeckt zu bleiben.

Er zog sich seinen Umhang aus, den er bis dahin getragen hatte, und warf ihn dem Mädchen um. „Bedecke dich damit. Bei mir wird niemand Verdacht schöpfen - bei niemandem. Es glaubt keiner, dass es auch Leute gibt, die dir nichts Böses wollen."

Sie wusste nicht, was sie davon halten sollte – wirkten die Worte dieser beiden Männer doch irgendwie anders, als das, was nun dieser Junge behauptete.

Aber da liefen sie bereits los. Und erneut gerade so rechtzeitig.

„Guck nur, das Fenster ist offen, da müssen sie abgehauen sein", konnte sie es aus dem Inneren des Zimmers nach draußen strömen hören.

Schnell liefen sie weg, ehe noch jemand zu ihnen kam und sah, was da vor sich ging.

Wow, ein wenig Gehirn scheinen sie doch zu besitzen.

Die beiden liefen an dunklen Wegen lang, um möglichst nicht von irgendwem entdeckt zu werden, einfach nur zur Sicherheit.

Unauffällig kamen sie an einem Haus in einer der hinteren Ecken der Höhle an, wo sich sonst niemand hinwagte würde - wegen der Dunkelheit, weil es da nichts zu sehen oder holen gab und weil es als eine Art Slum angesehen wurde, ein Ort, an dem nur die Leute lebten, die ohnehin nichts hatten. Solche wie Waisenkinder oder Bettler. Wenn es einen Ort für diese Leute gab, dann diesen, wo sie nicht seltsam angesehen oder behandelt wurden.

Ein Junge riss schnell die Tür auf. „Da bist du ja. Ich dachte schon, du hättest sie nicht befreien können."

„Alles ist in bester Ordnung gelaufen. Sie ist aus dem Fenster gesprungen, als ich reingehen wollte. Kam mir einfach direkt entgegen, hat sich also so gesehen, selber befreit."

„Dein Glück erstaunt mich immer wieder."

„Deswegen gehe ja auch immer ich auf solche Missionen und nicht du - du Unglücksschwein."

„Jaja und jetzt kommt schnell rein, bevor euch noch jemand sieht - auch wenn sich *hier* wohl eher niemand her traut."

Der Junge mit dem dunkleren Haar zog das Mädchen in das kleine Haus.

Sie gingen an eine Feuerstelle. Sunja wurde von dem Jungen losgelassen, der ihr deutete, sich mit zu ihnen ans Feuer zu setzen. Sie sagte nichts, setzte sich einfach hin und ließ sich die Geschehnisse noch einmal durch ihren Kopf gehen.

„Wie geht es dir?", wollte der Junge mit den hellen Haaren wissen. „Haben sie dir etwas angetan? Bist du hungrig oder irgendwas anderes? Du siehst so aus. Sie müssen dich schrecklich behandelt haben. Hoffentlich haben sie dir nicht noch mehr angetan."

Das Mädchen sah zu ihm auf. „Nein. Mir geht es gut. Danke. Aber, sagt mir mal, warum habt ihr mir eigentlich geholfen?"

„Das habe ich dir doch bereits gesagt", mischte sich der dunkelhaarige ein. „Dein Zauber; deine Magie oder Macht, sie ist sehr wichtig. Wenn du stirbst, dann sterben wir auch. Ganz einfach."

„Ja, aber die anderen sehen das nicht so. Es muss einen genaueren Grund geben, warum ihr das anders, als die anderen seht." Sie sah beide Jungen abwechselnd an.

Als erstes sahen sich die Jungen an, doch dann fing der hellhaarige an zu sprechen: „Ich hatte einmal einen kleinen Bruder, er war auch wie du. Weißes Haar und leuchtend helle blaue Augen. Meine Mutter hatte seinen Anblick nicht ertragen können, weswegen sie ihn erstickte. Er war noch klein. Sehr klein. Hatte gerade mal seine großen Äuglein öffnen können. Hätte er schreien können, dann hätte er es sicher getan. Hätte man ihn gehört, dann wären sicher viele gekommen, um ihn zu retten, aber hätten sie gesehen, was er ist, wären alle wieder gegangen und hätten so getan, als wäre nie etwas geschehen. Wer weiß, vielleicht hätten ein paar sogar noch mitgemacht."

Das Mädchen sah ihn schockiert an. Der Gedanke, dass eine Mutter ihr eigenes Kind umbringen könnte, verstörte sie zutiefst. Sie hielt ihr Kind für einen Dämon, wegen einer Gabe, die so wertvoll und wichtig war. Welch ein schrecklicher Gedanken.

„Und bei mir ist es ganz ähnlich, nur war es bei mir eine Schwester, die etwas älter war. Und sie wurde nicht von meiner Mutter, sondern von meinem Vater umgebracht", hatte sich der andere zu Wort gemeldet.

Sie konnte nicht verstehen, wie jemand so grausam zu den eigenen Kindern sein konnte. Sie verstand allgemein nicht, wie jemand so grausam sein konnte. Schockiert sah sie die beiden Jungen an.

„Wie heißt du eigentlich? Wie heißt ihr beide? Ich habe

euch nie nach euren Namen gefragt."

Der dunkelhaarige sagte: „Mein Name ist Hannes und das da ist Jonas. Und wie heißt du? Dein Name kam in diesem Dorf nie zur Geltung. Und wir haben dich auch nie gefragt. Du und deine Familie, ihr wart immer nur die Hexen, Satansweiber und was weiß ich noch alles, aber eure Namen, die wurden nie benutzt."

„Mein Name ist Sunja."

„Seltsamer Name. Noch nie gehört. Aber passt wohl zu dir, so besonders wie du. Bei uns gibt es keine besonderen Namen, da wir nicht besonders sind." Sie wusste nicht wie sie Hannes sein Lächeln deuten sollte, aber irgendwas blitzte in seinen Augen auf, was ihr nicht gefiel. Jonas dagegen schien ein wirklich sanfter Junge zu sein.

Sie sah von Hannes weg, sein Blick schien sie gleichzeitig zu zersetzen und zu verschlingen. In seiner Gegenwart fühlte sie sich unwohl. Warum, das konnte sie sich selber nicht richtig erklären, immerhin hatte er sie gerettet. Aber irgendwas an ihm, ließ sie erschaudern. Auf alle Fälle wusste sie, dass sie zu ihm besser Abstand waren sollte.

5

Fast ein ganzes Jahr hatten sie Sunja bei sich versteckt. Die Menschen hatten irgendwann die Suche aufgegeben, blieben aber dennoch wachsam. Gerüchte waren im Umlauf, dass sie einen Ausweg gefunden oder sich einfach weggezaubert hatte - mit ihrer Teufelskraft natürlich.

Sunja bekam Essen, Trinken und einen Schlafplatz von ihnen. Und was am wichtigsten war: Sicherheit.

Zu Hannes hielt sie immer noch Abstand, aber sie verstand sich wirklich gut mit Jonas.

Eines Tages ging Sunja an die Feuerstelle, da es fast erloschen war, nur noch die Glut leuchtete auf. So wie damals, als die Stimme zu ihr sprach. Sie versuchte ein Stück Holz in Flammen auf funken zu lassen, doch da erschrak sie vor einem Funken, der zu nah an ihre Haut kam. Das Holzstück fiel zu Boden, doch der Funke fiel auf die Glut. Ein Flammenspiel wurde entfacht. Dieses Jahr über hatte sie immer weniger das Mädchen beobachtet, doch da sah sie etwas in den Flammen. Das Spiel zeigte feurige Haare. Sie sah eine Kreatur, wie die, die sie in der Höhle gesehen hatte. Das Mädchen floh davor. Sie war in großer Gefahr. Sunja wusste, dass sie aufbrechen musste. Sie hätte schon viel früher aufbrechen sollen.

Schnell stand sie auf und zog sich einen Mantel über. Sie suchte Proviant zusammen, allerdings nur so wenig, dass die Jungs genug übrighaben würden, und sie selber genug, um über einen kleinen Zeitraum zu überleben.

Nun musste sie nur noch einen Weg hinausfinden, doch ehe sie das konnte, wurde sie von Hannes und Jonas bemerkt, die von ihrem Weg vom Markt zurückkamen.

Jonas war völlig außer sich. „Sunja! Was machst du da? Packst du da etwa? Willst du gehen?"

Sie drehte sich erschrocken zu Jonas um. Sunja hatte gedacht, dass es bei den beiden noch etwas länger dauern würde. Daher antwortete sie ebenfalls so überrascht und kurz: „Ich muss hier weg."

„Warum denn? Du bist hier sicher. Wenn sie dich sehen, dann werden sie dich töten, aber vorher werden sie dich foltern oder schlimmeres - falls das geht, aber die würden sich für dich sicher etwas ganz Besonderes ausdenken, was du dir sicher auch schon selber denken kannst."

„Dann muss ich eben vorsichtig sein. Aber ich muss unter allen Umständen gehen - da muss ich sogar riskieren, gefoltert, oder schlimmeres, zu werden."

„Und wohin? Und Warum? Und warum ausgerechnet jetzt?"

„So genau weiß ich das nicht. Aber ich muss unter allen Umständen hier weg."

„Warum so plötzlich?"

„Es ist gar nicht so plötzlich. Ich hätte bereits vor einem Jahr hier verschwinden müssen. Es kam nur leider nicht so weit. Ihr wisst ja, warum." Betrübt sah sie zur Seite.

Hannes mischte sich ein, der bis dahin ganze Zeit nur am Türrahmen gelehnt hatte und sie monoton beobachtete. Seine Blicke fühlten sich wie kleine Haken an, die sich immer tiefer in ihr Innerstes bohrten, erst durch ihre Haut, durch ihr

Fleisch und zum Schluss in ihre Knochen.

„Und da hattest du nicht mal vor, uns zu verabschieden, und bestiehlst uns lieber?"

„Nein, so war das nicht gemeint. Aber ich muss dringend los. Ich habe etwas gesehen, das nicht noch länger auf sich warten lassen kann."

„So, so. Aber ist dir klar, was mit den Menschen hier passiert, wenn du gehst?"

„Nein. Und es interessiert mich auch nicht. Diese Menschen haben mich schon immer verachtet und wollten, dass ich sterbe. Sollen sie zusehen, was sie ohne mich sind oder werden, ob sie dann überhaupt noch etwas sind."

„Können sie nicht, weil sie sonst tot sind."

„Dann ist es eben so. Ich habe wichtigeres zu tun, als mich zu verstecken, um dann vielleicht doch irgendwann gefunden und getötet zu werden."

„Ganz schön egoistisch von dir."

„Egoistisch von mir? Sie werden so oder so sterben, da werde ich wenigstens mich selber retten und das Mädchen in den Flammen." Sunja war völlig von dem empört, was sie da so belustigt und auch irgendwie ernst aus Hannes seinen Mund kommen hörte.

Jonas lief zu ihr. Er hatte nicht auf das alles eingehen wollen, aber er hatte etwas rausgehört, was ihn zu interessieren schien. „Mädchen in den Flammen?"

„Ich habe keine Zeit mehr. Ich muss los." Sunja ging nicht auf seine Frage ein, lief an ihm vorbei und wollte ebenfalls an Hannes vorbei, doch er stellte sich ihr in den Weg. Er kam mit seinem Gesicht näher an ihres.

„Dann kannst du ja nochmal meine Frage von zuvor beantworten: Wie willst du hier raus?"

„Ich suche einen Weg und jetzt lass mich durch." Sie versuchte ihn wegzudrängen, doch er packte sie nur und drückte sie an die Wand.

Sunja hatte nicht erwartet, dass es ihr so schwerfallen würde, an ihm vorbei zu kommen. Mit einem bösen Blick sah sie Hannes an. „Was soll das?"

„Du kannst auch einfach nett bitten."

„Warum? Ich habe keine Zeit dafür und du bist mir extra in den Weg gegangen, warum soll ich da noch nett bitten, dass du weggehst?" In Sunja wuchs eine Wut an, die sich wohl jeden Augenblick zu einem mächtigen Sturm zusammen-brauen würde, wenn sie nicht endlich davon gehen könnte.

Jonas merkte recht schnell, dass da etwas Seltsames zwischen den beiden entstand, weswegen er schnell dazwischen ging. „Wenn du schon gehen willst, dann nehmen wir dich einfach mit oder halt du uns. Also wir begleiten dich einfach."

Verwundert sah Sunja die beiden an. „Wirklich?"

„Ja. Wir mögen dich, da können wir dir auch helfen. Und deine Meinung werden wir sicher auch nicht ändern können. Aber ich habe auch nicht vor, hier zu sterben. Also komme ich mit."

Sunja sah etwas in Hannes Augen aufblitzen. „Dann komme ich auch mit." Er grinste breit und stieß sich von der Wand ab, dass Sunja wieder frei von ihm war, da er seine Arme von beiden ihren Seiten abgestemmt hatte, damit sie nicht weggehen konnte.

„Dann packen wir mal noch schnell unsere Sachen zusammen und dann sind wir auch schon auf und davon. Und unterwegs kannst du uns dann auch unsere Fragen beantworten, die es zu beantworten sonst zu viel Zeit kosten würde."

Sunja wartete kurz, ging nochmal sicher, dass sie selber auch alles hatte, da kamen die Jungs auch bereits zurück.

„Du solltest dir besser einen Umhang umlegen", meinte Jonas, doch Hannes war schneller. Mit einem kurzen Überwurf, hatte Sunja bereits das große Stück Stoff über ihrem Kopf. Etwas überrumpelt packte sie und richtete es. Böse sah sie ihn an.

Das kann ja noch was werden, mit diesem Idioten.

Langsam schlichen sie nach draußen. Sunja bedeckte sich so gut sie konnte und hoffte, dass sie niemand entdecken würde, denn wenn das geschehen würde, dann wäre alles aus.

Eine Stimme begrüßte sie. Sofort zuckte Sunja zusammen und griff erschrocken nach einer Hand vor ihr, zu ihrem Bedauern war es Hannes Hand. Grinsend sah er sie an.

„Was denn, so schreckhaft? Denk dran, Sonnenschein, du wolltest hier weg."

„Aber auch nur, weil es meine Aufgabe ist. Ich habe eine Bestimmung zu erfüllen."

„Eine Bestimmung. So, so. Das ist es also, wie du dieses plötzliche Verschwinden nennst."

„Psst. Nicht so laut, sonst hört uns vielleicht noch jemand." Verunsichert sah sie sich um, doch niemand schien sie zu beachten.

„So große Angst? Soll ich deine Hand halten, bis wir draußen sind?" Erst da bemerkte sie, dass sie immer noch seine Hand hielt. Schnell ließ sie von ihm ab. Da merkte sie auch schon, wie nah sein Gesicht an ihrem war.

Sie lief an ihm vorbei und beschleunigte ihren Schritt.

„Was denn? Eingeschnappt?"

Jonas mochte die Stimmung zwischen den beiden nicht. Er mochte Sunja und er glaubte, dass sich zwischen Hannes und ihr vielleicht mehr entwickeln könnte. Er konnte ja nicht wissen, dass ihr Herz bereits an eine andere Person mit wunderschönem Feuerhaar vergeben war. Sie selber wusste es ja auch noch nicht wirklich.

„Hey, Sonnenschein, lauf doch nicht so schnell. Wo willst du überhaupt hin?" Hannes lief ihr schnell nach, um den Abstand aufzuholen, der zwischen ihnen entstanden war.

„Den Ausgang von dieser verdammten Höhle - oder wohl eher Hölle! - suchen." Sie drehte sich um, da sah er ihre Augen hell erleuchten. Er war fasziniert von diesem Anblick, so sehr, dass er kurz stehen blieb und zu grinsen anfing. Zum Glück hatten sie zu dem Dorf einen recht guten Abstand gewinnen können, dass niemand in ihrer Nähe war, um es zu sehen. Jonas kam auch noch schnell und sah es ebenfalls. „Wow, unglaublich", sagte er.

Sie sah die Blicke der beiden. Ihre Faszination ließ sie sich unwohl fühlen, weswegen sie sich schnell umdrehte und weiterlief.

Sie hatte ihre Kräfte eingesetzt, um einen Weg nach draußen zu finden. Es war Tag, aber in der Höhle bekam man davon nicht viel mit. Sie versuchte durch das Licht von draußen einen Ausgang zu finden, der sie in die Höhle führte, und von ihrem Standpunkt aus nach draußen.

„Ich habe was." Sofort rannte sie los, bis sie vor einer grobsteinigen Wand ankam. Steine versperrten ihr den Weg, doch schnell warf sie sie zur Seite, die beiden Jungs halfen ihr dabei. Mit jedem Stein mehr, der die Mauer zum einriss brachte, wuchs die Aufregung in ihr an. Sobald die Mauer, die ihren Weg versperrt hatte, beiseite geräumt war, rannte sie weiter, den Gang durch, hinaus in die Freiheit. Sie war noch nie außerhalb der Höhle gewesen. Aufgeregt stürmte sie los, mit den Jungs im Schlepptau. Sunjas Herz fing an schneller zu schlagen und dann spürte sie es, zum ersten Mal in ihrem Leben: Sonnenstrahlen auf ihrem Körper. Das Licht schien sie mit einer ihr unbekannten Kraft zu füllen, die bis dahin versteckt blieb. Und dann erst dieser frische Duft, diese kräftigen Farben, die Geräusche, der Wind, das Wetter, einfach …. Einfach alles! Wie konnte nie zuvor jemand diesen Ausgang gefunden haben? Einfach übersehen. Stand zuvor überhaupt schonmal jemand vor dieser Wand? Wenn man mal von den Menschen absah, die diese Wand zugemauert hatten.

„Unglaublich. So sieht also die Sonne aus. So sieht draußen aus. So riecht und fühlt sich draußen an." Jonas sah sich voller Freude um.

Sunja fing an sich im Kreis zu drehen. Die Sonne füllte sie mit einer bis dahin genauso unbekannten Freude. Sie fühlte sich einfach unglaublich - und auch unglaublich frei. Für sie war es so, als wären die Steine, die den Höhleneingang versperrt hatten, auf ihrem Körper gewesen und hätten ihn nach unten gezogen, in ein tiefes Meer, in dem sie kurz davor war, zu ertrinken. Als die Steine weg waren, war es für sie so, als wäre auch eine riesige Last entfernt worden.

Jonas sah ihr mit genauso einer Freude dabei zu.

Ihre Haare schimmerten in dem Licht. Ein Glanz, den er noch nie gesehen hatte, so wie sonst auch niemand in der Höhle. Und wenn es Nacht wäre, dann hätte er diesen Glanz wohl am ehesten mit dem Schein des Mondes und der Sterne verglichen.

Hannes staunte auch nicht schlecht, doch er beruhigte sich recht schnell wieder und fing wieder mit seiner üblichen Neckerei an. „Hey, Sonnenschein, ist ja schön, dass du jetzt deines Gleichen gefunden hast, aber kannst du jetzt mal aufhören so rumzutänzeln? Du hattest es doch so eilig an einen gewissen Ort - oder eher zu einer gewissen Person - zu kommen."

Sunja stoppte in ihrer Bewegung. Gerade hatte sie noch so ein unglaubliches Glück verspürt, doch bei ihm wurde sie sofort genervt. „Warum bist du so?", fragte sie ihn. Sie war

71

mehr als genervt. Ihre Stimme spiegelte es durchaus wider, besonders, da sie so schrill war. Auch ihre Augenbrauen gingen wieder finster nach unten. Zum ersten Mal sah sie die Sonne und dann war da einer wie er und ruinierte ihr alles.

Ein breites Grinsen umspielte seine Lippen. „Wie bin ich denn?"

„Einfach unausstehlich!"

„Unausstehlich oder unwiderstehlich?"

„Hmpf … ghn … gha!" Sein Blick und seine Frage überrumpelten sie ein wenig. Sie zog ihre Augenbrauen zusammen und zog ihren Kopf unverwandt nach hinten. „Unausstehlich! Wie eingebildet bist du eigentlich?"

„Nicht sonderlich, mir wurde nur immer wieder gesagt, wie toll ich bin. Wie gut ich aussehen. Was für ein toller Kerl ich doch bin. Da wollte ich nur sicher gehen, dass ich mich nicht verhört habe."

Sunja verdrehte ihre Augen.

Wie kann jemand nur so arrogant sein?

Sie konnte bei ihm nur mit ihrem Kopf schütteln. Einer wie er würde für sie niemals Sinn machen.

„Wenn du unbedingt darauf bestehst, dann lass mich gucken, wo sie sein soll", versuchte sie wieder auf das eigentliche Thema zurück zu kommen.

„Nur zu, lass dir ruhig Zeit. Wir haben ja genug davon, wie es mit deiner Freundin - oder was auch immer - aussieht, das kann ich dir nicht sagen."

Sunja glaubte, dass jeden Augenblick eine ihrer Adern platzen könnte, so sehr nervte er sie bereits. Als sie in dem Haus versteckt gelebt hatte, da sah sie ihn weniger, er sprach weniger und machte einen genervteren Eindruck. Aber nun war es sie, die genervt war. Er sprach viel mehr, war aufmüpfiger und auch aufdringlicher. Er kam ihr so nah - zu nah. Sie mochte seine Nähe nicht. Aber sie wollte sich auch nicht zu sehr auf ihn konzentrieren oder von ihm ablenken müssen.

Sie sah einfach nur in die Sonne, sah sich Bilder in dem Licht an. Da war wieder dieses Mädchen. Sie sammelte irgendwas im Gestrüpp, irgendwelche Pflanzen und Beeren. Sie sah den Weg, sah die unendliche Weite, die sie auf sich nehmen musste, um zu ihr zu gelangen. Sie würde auch an einen Ort gelangen, der ihr Unbehagen bereitete. Ein böser Ort. Ein gefährlicher Ort. Sie würde auch ohne diesen Ort noch vielen Gefahren ins Auge blicken müssen. Wann würde sie da nur das Mädchen erreichen?

Sie sah eine Frau aus einem kleinen Haus kommen. Diese Frau, sie hatte sie einst gesehen. es war an einem Tag, wo sie das Mädchen wieder beobachtet hatte. Das Mädchen hatte einen Mann umgebracht, der sie angreifen wollte. Mit einem merkwürdigen Ausdruck im Gesicht, sah die Frau zu ihr. Sah sie das Licht von Sunja? So musste es sein, denn sie sagte ihr, dass sie sie beschützen solle. Dasselbe sagte auch die Flamme, mit derselben Stimme. Aber woher wusste die Frau von ihr und wie konnte sie ihr Nachrichten geben, wenn sie nur eine Blutzauberin war? Das würde sie diese Frau fragen können, wenn sie sie kennenlernen würde. Für den Augenblick öffnete sie ihre Augen, drehte sich zu Jonas und Hannes um - mit ernsten und festen Blick - und sagte erstmal: „Ich weiß jetzt, wo wir hinmüssen."

6

Sie waren bereits seit ein paar Tagen unterwegs. Ihre Vorräte waren schnell aufgebraucht, weswegen sie sich beibringen musste, wie sie überleben konnten. Essen mussten sie entweder sammeln oder jagen. Zum Jagen brauchten sie allerdings Waffen. Sie besaßen aber nur ein kleines Schnitzmesser, weswegen sie sich erst einmal welche herstellen mussten.

Sunja machte sich ständig Gedanken, um dieses Mädchen. Ob sie wohl von ihr wusste? Wie sie wohl heißen mochte? Diese Frau - die von dem Mädchen immer nur Großmeisterin genannt wurde - nannte sie nur Mädl.

Sunja wurde aus ihren Gedanken gerissen. Hannes kam mit einem Hasen - mit einer erhobenen Hand - an die Lagerstelle, die sie sich vor Einbruch der Nacht aufgebaut hatten.

Sunja saß alleine am Feuer. Die Nächte waren zwar angenehm, allerdings mochte sie es doch lieber da, wo es Licht gab.

„Hast du dieses Mädchen wieder beobachtet, oder warum starrst du so in die Flammen?"

Sie sah zu ihm auf. „Nein, dieses Mal nicht. Am Anfang vielleicht, aber da hat sie bereits geschlafen. Sie ist immer recht schnell müde. Kein Wunder, so viel wie sie arbeiten muss. Da wäre ich auch erschöpft. Und Freunde hat sie scheinbar auch nicht, mit denen sie reden könnte, nur diese alte Frau. Sie scheint eigentlich überhaupt keine Menschen in ihrer Umgebung zu haben, abgesehen von dieser alten Frau. Und die ist so alt, die wird es sicher nicht mehr lange machen - wenn du weißt, was ich meine."

„Dann wird es ja höchste Zeit, dass wir zu ihr kommen und sie ein wenig auf andere - oder sollte ich lieber neue sagen? - Gedanken bringen. Außerdem kann sie dann mal richtige Menschen kennenlernen." Er setzte sich ihr gegenüber ans Feuer. „Ich bin gut in sowas."

„Wie genau, meinst du das? Und außerdem ist die alte Frau auch ein echter Mensch."

„Die ist doch eher ein Skelett, als ein richtiger Mensch, so wie du sie beschrieben hast."

„Stimmt doch gar nicht!" Sie wollte empört gucken, doch sie war ein wenig zu belustigt davon, so, dass sie dann doch gegrinst hatte.

„Stimmt eben wohl. Aber egal. Du wolltest etwas wissen. Soll ich es dir vielleicht zeigen?" Da war wieder dieses Aufblitzen, in seinen Augen.

Angewidert zog sie ihren Mundwinkel nach oben, dass er ihren Eckzahn sehen konnte. Unbemerkt ging sie ein wenig weiter von ihm weg. „Nein, danke, ich glaube, ich bin ausreichend bedient. Hier draußen gibt es genug neue Dinge für mich zu entdecken, die meiner Aufmerksamkeit sicher mehr bedürfen. Ich meine, hier gibt es so viele Dinge - und auch Lebewesen! - die ich noch nie gesehen habe oder von denen ich noch nicht einmal etwas gehört habe."

„Wenn du meinst. Ich kann es dir nur anbieten. Und ich kann dir nur sagen, dass du definitiv etwas verpasst."

Selbstverliebter, überheblicher, arroganter, kotzbrockiger ... Ich sollte nicht so denken. Dieser Kerl bringt mich noch um den Verstand! Aber nicht auf diese Art wie er es gerne hätte.

75

Sie schüttelte nur wieder mit ihrem Kopf, nicht wissend, was sie darauf erwidern sollte. Sie konnte sich gedanklich - und manchmal auch leise sprachlich - über ihn aufregen. Nur Jonas konnte Sunja davon abhalten, Hannes zu erwürgen oder auf eine andere Art zum Schweigen zu bringen. Sie hatte auch schon darüber nachgedacht, ihm die Stimmbänder durchzuschneiden.

Wo Jonas wohl bleiben mag? Ich glaube, es dauert nicht mehr lange, dann kommt es zur Katastrophe.

Wenn man vom Teufel sprach - oder in diesem Fall eher dachte - dann kam er auch schon.

Jonas kam hinter ihr zum Vorschein. „Ich habe ein paar Früchte gefunden."

Etwas erschrocken drehte sich Sunja zu ihm um. Jonas hatte davon nichts mitbekommen, doch Hannes sah ihr etwas belustigt dabei zu.

Jonas setzte sich einfach neben sie. Auch er wurde ihr langsam etwas zu aufdringlich. Aber er war ihr dennoch etwas lieber, als Hannes seine Art. Sie wunderte sich, was plötzlich mit ihm los war - und auch mit Hannes. Nicht mal in der Zeit, in der sie zusammen in dem Haus gelebt hatten, waren sie so aufdringlich. Ob ihnen die Außenwelt zu Kopf gestiegen sein mochte? Fanden sie diese neue Welt zu aufregend oder zu gefährlich? Hatten sie Angst um Sunja, dass sie vielleicht irgendwelchen Gefahren ausgesetzt sein mochte, vor denen sie sie beschützen wollten?

Sunja verstand das Verhalten der beiden einfach nicht, aber sie mochte es nicht. So viel stand zumindest schon einmal fest.

„Magst du welche haben?" Er sah ihr direkt in die Augen und hielt ihr seine Hand entgegen, die voll mit Beeren war.

Sie nahm sich dankend eine, wissend, dass er nicht aufgeben würde, ehe sie eine nahm, wenn sie abgelehnt hätte.

Seine Augen wurden wärmer und ruhiger, doch da war noch etwas. Sie wusste nicht genau, was es sein sollte.

Sie rückte ein wenig von ihm ab, so wie kurz zuvor bei Hannes, da sie merkte, wie er ihr unauffällig näherkam. Um es nicht aussehen zu lassen, als würde sie ihn nicht mögen, tat sie so, als würde sie sich ihr Bettlager zurechtrücken. Es war bereits dunkel seit einer Weile, daher würde es sicher nicht auffallen.

Hannes sah belustigt dabei zu. „Etwa schon müde, Sonnenschein?"

„Nein, aber wenn ich es werde, hätte ich mein Bett gerne fertig, damit ich dann nichts machen muss, wenn ich nur noch meine Augen schließen will." Sie sah ihn ein wenig finster an.

Er grinste einfach nur. Und dann noch dieses Funkeln in seinen Augen.

Ein Kribbeln machte sich in ihr breit. Sie glaubte schon zu spüren, wie sich ihre Nackenhaare aufstellten, vielleicht sogar mehr als nur diese. Jedes noch so kleine Härchen stellte sich bei ihr auf. Aber das musste nicht an seinem Blick liegen, von dem sie nicht mehr loskam, es konnte auch daran liegen, dass Jonas plötzlich mit seinen Fingern über den Rücken von ihr strich. Ein unwohles Gefühl, dass ihr nicht gefiel. Sie mochte Jonas, aber seine plötzliche aufdringliche Art, gefiel ihr nicht. Lieber wäre es ihr, wenn er wieder so wie vor dem Ausbruch aus der Höhle zu ihr wäre.

Sie versuchte irgendwie, ihn von sich abzuwimmeln. „Jonas, willst du dein Bett nicht auch langsam mal herrichten? Du wirst sicher auch bald zu müde dazu sein. Außerdem wollen wir morgen doch früh aufstehen. Da willst du sicher noch genügend Schlaf abbekommen."

„Ja, ist gut." Er sah traurig aus, sagte aber sonst nichts

weiter. Er rückte nur ein wenig von ihr ab, stand auf und rollte seine Felle aus.

Hannes stand ebenfalls auf. „Dann werde ich wohl auch mal. In der Zeit kannst du ja den Hasen auf dem Feuer zubereiten. Keine Sorge, ich habe ihn bereits gehäutet und auseinandergenommen."

Sie wusste, was er ihr damit sagen wollte. Sunja mochte es nicht, die Tiere zu häuten oder sie auszunehmen. Von dem Geruch wurde ihr schlecht. Außerdem ließ sie der Gedanke nicht los, dass dieses Tier einmal am Leben war. Sie hatte nie Fleisch gegessen - auch wenn es eher daran lag, dass in der Höhle kein, oder zumindest kaum, Platz dazu gab, Tiere zu halten. Die Jungs konnten kaum genug von dem neuen Geschmack bekommen, der ihre Zunge erfüllte. Sie fanden den Geschmack wunderbar. Sunja blieb lieber bei den Früchten, auch wenn ihr klar war, dass sie früher oder später auch Fleisch essen musste.

Sie bemerkte, dass es einen Wandel in dieser Außenwelt gab. Auch in der Höhle hatte sie davon ein wenig mitbekommen können. Manche Zeiten waren eisig kalt und manche waren wärmer. Aber in der Außenwelt, da war kein Feuer von Nöten, dass sie vor der Kälte der Steine schützte. Sie wusste, dass während der kalten Zeit, die Pflanzen nicht so richtig wachsen wollten. Wenn es also so kalt werden würde, dass die Pflanzen nicht mehr wuchsen, würde sie dann wirklich früher oder später Fleisch essen müssen. Ihr war später lieber. Und selber töten würde sie die Tiere wohl niemals können. Sie konnte sich nicht vorstellen, irgendeinem Lebewesen das Leben zu nehmen. Aber auch das wurde glücklicherweise für sie übernommen.

Sunja nickte nur. Sie achtete zwar auf den Hasen, aber auch darauf, wie Hannes sein Bettlager vorbereitete. Jonas eifersüchtigen Blick bemerkte sie dabei jedoch nicht auch nur ein bisschen. Sie beachtete ihn allgemein nicht sonderlich, das machte ihn wütend. Sie beachtete ihn schon, aber nicht auf die Art, wie er es gerne hätte. Und das machte ihn nur noch wütender.

Hannes bemerkte ihren Blick und lachte innerlich. Es war genau das, was er wollte: Ein Mädchen, das ihn zu lieben begann. Er hatte oft genug bei den anderen Jungen und Mädchen gesehen, dass die Mädchen den Jungen eher verfallen waren, wenn sie solche Neckereien entgegen bekamen; wie ein kleiner Spaß unter ihnen. Das hatte er sich als Vorbild genommen. Und auch wenn sie so tat, als würde sie ihn für einen Kotzbrocken halten, so schien sie ihn ja dennoch immer Beachtung zu schenken, ganz gleich, welche Form von Beachtung. Und an ihn denken würde sie sicher auch die ganze Zeit. Sie würde das zwar nie zugeben - und vielleicht hatte sie es selber auch einfach noch nicht verstanden - aber seiner Meinung nach sah es sehr so aus, als wäre sie in ihn verliebt - zumindest ein kleines bisschen. Vielleicht würde sie es sich eines Tages ja doch noch eingestehen.

„Bin ich solch eine Augenweide oder warum starrst du mich so an, Sonnenschein?", fragte er sie, mit seinem Rücken in ihre Richtung gewandt, immer noch damit beschäftigt, die Felle herzurichten.

Etwas entrüstet schnappte sie nach Luft. „Was? Nein! Einer wie du doch nicht! Wie kommst du nur immer auf solche Ideen?"

Man kann sich zwar leicht in seinen Augen verlieren und seine Sommersprossen auf der Nase sehen auch sehr faszinierend aus, aber das muss noch gar nichts heißen! So ein eingebildeter Idiot!

„Oh und ob. Du guckst einfach viel zu offensichtlich. Und wenn selbst du mich so begaffst, dann muss ich das doch sein." Er musste grinsen, sah sie aber immer noch nicht an. Sunja sah schnell auf den Hasen und dann wich ihr Blick wieder zu ihm zurück. „Begaffen?" Sie klang empört.

Solch ein Wichtigtuer.

Sie konnte sich einfach nicht mehr beruhigen. „Woher willst du das schon wissen? Du siehst mich ja nicht mal an."

„Ich muss dich dafür ja auch gar nicht ansehen, um das zu wissen. Immerhin kann ich deinen Blick im Nacken spüren. Ein sehr aufdringlicher Blick. Als würdest du dich nur mit ihm an mich ranschmeißen. Aber wenn du das willst. Und wenn du schon davon redest, dass ich dich nicht ansehe: Willst du denn so dringend, dass ich dich ansehe?" Er drehte seinen Kopf so weit zu ihr nach hinten um, wie es ihm nur möglich war, und grinste breit.

„Nein! Alles einfach nur nein! Ich will dich nicht sehen und auch nicht von dir angesehen werden! Hör auf mir meine Worte im Munde umzudrehen!" Beleidigt drehte sie sich weg. Sie sah in die Dunkelheit, sah wie ihr Schatten durch das Feuer flackerte. Einen Moment war sie davon so eingenommen, dass sie gar nicht bemerkte, wie sie angesprochen wurde. Sie sah nur das Flackern ihres Schattens. Es zog sie auf, wie fremdgesteuert. So faszinierend, so Besitzergreifend, so leicht besessen von diesem Anblick.

„Sonnenschein!"

Erschrocken drehte sie sich um, als sie an ihrer Schulter gepackt wurde. „Was? Was sagtest du?" Mit großen Augen sah sie Hannes an. Er sah ihre Angst in ihren Augen; ihren Schock und Schrecken; konnte es spüren. Damit hatte sie nicht gerechnet.

„Ich hatte gesagt, dass du doch auf den Hasen achten sollst." Seine Stimme zeigte ihr, dass ihm ihr Anblick nicht gleichgültig war. Verwunderung und Mitleid schwang ihn seiner Stimme mit.

„Ja, stimmt." Langsam drehte sie sich wieder um, nur um Jonas zu sehen. Seine Augenbrauen waren zusammengezogen, als würde er nicht ganz verstehen, was da gerade geschehen war. Sunja sah auch, dass der Hase bereits von seinem Spieß genommen wurde. Das hatte sie gar nicht mitbekommen. Hannes hielt ihr ein Stück hin, doch sie schüttelte nur leicht ihren Kopf, starr mit dem Blick auf das Feuer.

Er setzte sich neben sie, sah kurz zu ihr auf und sah dann ebenfalls auf das flackernde Feuer. „Alles in Ordnung mit dir?"

„Ich, ich hatte nur geglaubt, etwas in den Schatten gesehen zu haben."

„Und was?" Sie hätte mit einem Witz seinerseits gerechnet, aber nicht mit dieser mitfühlend, fragenden Stimme.

„Ich weiß es nicht. Ich konnte es nicht genau erkennen." Sie sah ein wenig nachdenklich aus.

Er sah sie nochmal kurz an, ehe er wieder auf die Flammen sah. Und ehe er in sein Stück Fleisch biss, sagte er noch mit ernstem Gesicht und ernster Stimme: „Dann sollten wir besser ab jetzt jede Nacht einen Wachposten aufstellen, damit wir gewappnet sind, falls uns irgendetwas auflauert. Hier gibt es bestimmt noch einige Gefahren, von denen wir nichts wissen und wir auch nicht wissen, wie diese zu bekämpfen sind, was uns angreifbar macht. Besonders in der Nacht, wo wir nichts sehen können.

Esst jetzt etwas und dann geht schlafen. Ich werde die erste Schicht übernehmen."

7

Hannes hatte Mühe seine Augen offen zu halten. Der weite Weg, den sie ohnehin schon immer gehen musste, zerrte an seinen Nerven und minimierte seine Energie erheblich. Er war aber auch schon seit sehr langer Zeit wach gewesen; geschlafen hatte er schon in der letzten Nacht recht wenig. Das war oft so bei ihm. In der Nacht wachte er ständig auf. Als würde etwas Dunkles in ihm ihn aus seinem Schlaf reißen, bevor es sich an die Oberfläche bahnen konnte; bevor es die Überhand gewinnen konnte. Dieses Gefühl sorgte dafür, dass er durchhielt, wach zu bleiben.

Jonas schnarchte ein wenig, aber Sunja ...

Hannes sah sie an, wie sie von dem Mondlicht beschienen wurde, als würde er - der Mond - sie schützen wollen. Ihr ging es ähnlich, nur ohne dieses böse Etwas in sich. Zur Ruhe kam sie einfach nicht mehr. Ständig hatte sie das Gefühl, als wäre da etwas. Eine Gefahr, so weit und doch so nah. Es konnte gut sein, dass der Mond sie wirklich beschützen wollte. Nur wussten sie es bis dahin noch nicht wirklich, obwohl Sunja irgendwie eine Art Verbindung zu ihm spüren konnte. Welche Art von Verbindung das genau war, fand sie erst ein wenig später heraus. Zuvor - als sie noch in der Höhle war - hatte sie den Mond nie gesehen. Nun sah sie ihn, sah wie er sich veränderte. Manchmal so dünn, als würde er jeden Augenblick durchbrechen und an einem anderen Tag – oder eher zu einer anderen Nacht - so voll, als würde er das ganze Jahr über nichts mehr essen müssen.

Sie war ihm zwar mit ihrem Rücken zugewandt, so, dass er ihr Gesicht nicht sehen konnte, doch er wusste dennoch, dass sie wach war. Er konnte es spüren.

„Du solltest schlafen", sagte er. Es waren keinerlei Gefühle in seiner Stimme zu hören. Nicht einmal sein sonst so typisches Grinsen, ließ sich erkennen; nicht mal annähernd.

„Ich kann nicht." Ihre Augenbrauen waren sauer zusammengezogen, aber auch irgendwie traurig. Sie musste an die Gefahren denken, denen sie sich noch stellen werden müssen.

Wenn da nun wirklich etwas ist? So etwas wie diese Kreaturen damals in der Höhle? Würden wir dann alle überhaupt überleben? Wird jemand von uns sterben oder vielleicht sogar wir alle? Ich hätte die beiden da nicht mit reinziehen sollen. Aber es war ihre eigene Entscheidung, ich hätte sie ja gar nicht abhalten können, selbst, wenn ich es gewollt hätte. Sie haben sich da selber reingezogen, genau an dem Tag, an dem sie mir geholfen und mich aufgenommen haben. Wenn sie mich einfach gehenlassen hätten, dann würden sie jetzt nicht ihr Leben in Gefahr bringen.

Ihr Gesicht wurde hart und sie spannte sich an. Sie spürte eine innerliche Wut, von der sie nicht wusste, woher sie kam. Vielleicht eine Art Vorahnung, wie sie sie so oft spürte.

Leise, dass es niemand hören konnte, seufzte Hannes. „Dann versuche es. Wir haben noch einen langen Weg vor uns und du hast nicht ewig genug Energie, um so weit laufen zu können."

„Es geht nicht. Ich bin zu unruhig. Ganze Zeit glaube ich, dass da etwas ist. Vielleicht tauschen wir einfach. Du schläfst und ich halte Wache, du hörst dich müde an."

„Wo? Und nein."

„Im Wald und es beobachtet mich." Starr war ihr Blick ins Dunkel gerichtet. Irgendwie war sie froh, dass er ihre Idee verneint hatte. Wenn er ebenfalls wach war, dann fühlte sie sich sicherer.

Sobald Hannes hörte, was sie sagte, sprang er auf und lief schnell zu ihr. Er sah zu ihr runter und dann in die Richtung, in die sie starrte, versuchte etwas zu erkennen, sah genauer, fand allerdings nichts. Eine Hand hatte er dabei, wie zum Schutz, auf ihren Arm gelegt.

„Wo genau?"

„Weiß ich nicht. Aber ich kann die Blicke auf mir spüren, so wie du meine auf dir gespürt hattest. Aber diese Blicke sind schlimmer, viel schlimmer. Wie Krallen die sich scharf in meine Haut ritzen." Die letzte unschöne Beschreibung versuchte er zu ignorieren, denn bei diesen Worten lief es ihm kalt den Rücken runter. Lieber versuchte er die Stimmung ein wenig zu erheitern. Ein winziges Grinsen legte sich auf seine Lippen.

„Gibst du gerade zu, mich beobachtet zu haben?"

Sie drehte sich zu ihm um. „Und wenn es so wäre?"

„Dann …" Er sah in ihre vom Mond glänzenden Augen. Er fand sie wunderschön. Ob ihr Herz wohl genauso sehr in diesen Moment schlug, wie seins es tat? Er betrachtete ihr ganzes Gesicht und blieb an ihren Lippen hängen. Dünne, schmale, leicht rosige Lippen. Langsam beugte er sich zu ihr runter, doch bevor er seine Lippen auf ihre legen konnte, hörten sie einen lauten und dämonischen Schrei. Erschrocken fuhren sie nach oben. So erschrocken, dass Sunja mit ihrer Stirn gegen Hannes seinen Kiefer krachte. Beide sogen schmerzhaft Luft ein und rieben sich dann ihre schmerzenden Stellen. Sie hatten keine Zeit, sich ihrem Schmerz hinzugeben und zu untersuchen, wie leicht oder schwer sie verletzt waren. Selbst einen Bruch, in jeglicher Form, hätten sie in diesem Moment ignorieren müssen.

Erschrocken sprangen sie auf und sahen, was da auf sie zugesprungen kam.

Jonas wachte von diesem Schrei auf und kam zu den beiden gerannt. „Was ist da? Was ist es?", fragte er ganz aufgeregt.

„Es sieht aus wie ein Schatten", meinte Hannes.

Das Feuer war aus, nur eine leichte Glut war noch am Leuchten, so schwach, als wäre sie gar nicht da, doch plötzlich entflammte es sich. Erschrocken drehten sich die Jungen zu der Flamme um, Sunja jedoch erzeugte Flammen und damit Licht in ihren Händen.

„Du kannst Feuer erzeugen?" Hannes Augen wurden größer.

„Nein. Es ist meine Körperwärme, die gerade sinkt. Ich entziehe sie mir. Ich kann die Flamme nicht lange halten, daher mache ich normales Licht."

Ein heller Lichtstrahl erschien, den sie direkt auf den Schatten schoss.

Der Schatten schrie voller Schmerz und löste sich auf.

„Er hatte darauf gewartet, dass kein Licht mehr da ist. Und er hat darauf gewartet, dass ich unachtsam werde." Das Feuer erlosch so schnell, wie es aufging. Sunja legte sich wieder hin (oder viel mehr brach sie in sich zusammen und fiel dadurch auf den Boden) und sah in die Dunkelheit.

Hannes drehte sich zu Jonas um und sagte zu ihm: „Wir sollten wieder ein Feuer an machen."

Jonas nickte nur mit offenstehendem Mund. Er war von diesem Ereignis noch völlig eingenommen, realisierte noch gar nicht richtig, was da gerade geschehen war.

Sofort machten sie sich daran und ließen Sunja liegen. Sie zitterte. Hannes merkte es als erstes. Er fing an, die Worte von Sunja, zu realisieren, nachdem er den Schock überstanden hatte.

Ihre Körperwärme? Ihre Körperwärme.

„Wie viel Wärme hast du dir damit entzogen?"

Sie drehte sich zu ihm um - was ihr sichtlich schwer fiel -, so stark am Zittern, dass sie bereits mit ihren Zähnen klapperte. Sie versuchte zu sprechen, schaffte es aber nicht.

Keine Zeit mehr zum Abwarten oder zum Nachdenken. Schnell zog er sie an sich, versuchte, ihr Wärme zu spenden.

„Kannst du dem Feuer auch Wärme wieder entziehen und in dich aufnehmen?"

Sie streckte ihre zittrige Hand nach dem Feuer aus, aber auch das misslang ihr.

Hannes hob sie hoch und brachte sie an das Feuer. „Versuche es noch einmal."

Sie versuchte es erneut, aber wieder schaffte sie es nicht richtig, ihren Arm zu heben, so stark zitterte sie.

„Kannst du Wärme von mir auf dich übertragen?"

Ihre Augenbrauen zogen sich verwirrt zusammen, dann verstand sie, was er meinte und ihre Augen wurden größer.

Schnell schüttelte sie ihren Kopf. Sie wollte das nicht. Was, wenn sie ihm zu viel nahm und er dann selber zu frieren begann? Dann würde er ewig brauchen, um wieder auf seine normale Temperatur zu kommen. Oder was, wenn sie ihn dadurch ausversehen umbrachte? Das könnte sie sich niemals verzeihen. Er wusste, was es bedeutete.

„Doch, nimm, sonst erfrierst du noch!"

Wieder schüttelte sie ihren Kopf.

„Mach schon! Jetzt nimm! Sonst stirbst du noch!"

Sie wollte wieder ablehnen, doch da nahm er bereits ihre Hand und drückte sie sich unter seine und sein Hemd, direkt auf die Stelle, wo sein Herz lag. Heiß schlug es, für sie fühlte es sich noch viel intensiver an. Dieses unglaublich schöne Gefühl nahm sie völlig ein. Und sie empfand seine Wärme als so angenehm, dass sie sie automatisch annahm. Nach nur kurzer Zeit hörte sie zu zittern auf.

Jonas hatte alles mit angesehen. Einerseits war er eifersüchtig, andererseits freute er sich darüber, seine Wärme nicht abgegeben haben zu müssen. Er fror ungerne. Genauso wollte er ungern das Risiko eingehen, ausversehen umgebracht zu werden, durch ein Versehen zu Tode zu frieren. Erfrieren, hörte sich das Wort alleine nicht schaurig an?

Jonas wollte irgendeine Form von Widerspruch von sich geben, doch da sagte er einfach nur: „Wir sollten schlafen, solange wir es noch können, bevor ein neuer Schatten kommt."

Wenn Jonas nichts gesagt hätte, dann hätte Sunja Hannes vielleicht wirklich die ganze Wärme entzogen, so gebannt war sie von dieser; diesem wohligen Gefühl.

Hannes und Sunja gingen auseinander und zu ihren Schlafplätzen.

Hannes war ein wenig kalt geworden und legte sich näher ans Feuer.

Sunja - die nicht mehr zitterte, und der es wieder fast ganz normal ging (zumindest, wenn es um ihre Körpertemperatur ging) - sah wieder in die Dunkelheit. Ob sie überhaupt noch schlafen konnte? Sobald sie ihre Augen schloss, sah sie wieder dieses Wesen vor sich. Sah, wie es immer näher und näher kam, um sie ganz in sich zu verschlingen.

Warum war das so? Warum war dieses Ding hinter ihr her? Sie wusste es nicht und konnte sich auch sonst keine möglichen Antworten darauf geben. Es war so wie damals.

Ging es wieder darum, dass sie eine Lichtzauberin war? Ging es darum, sie umzubringen, wegen ihres Zaubers? Das war die naheliegendste Antwort, die sie sich darauf geben konnte. Eine Antwort, die ihr gar nicht gefiel, denn dann

würde sie bis an ihr Ende gejagt werden; bis sie tot wäre.
Hannes ging es ähnlich; er konnte ebenfalls nicht schlafen
und würde auch nicht mehr einschlafen können; er war zu
unruhig.

Hannes beobachtete Sunja ein wenig durch die Flamme
und versuchte seine eigene Körpertemperatur wieder zu
regulieren.

Jonas tat es ihm gleich, schlief dabei jedoch recht schnell
ein.

Sunja bekam von alledem nichts mit, sie war, wie immer,
mit ihrem Rücken in ihre Richtung gewandt und bekam auch
so nichts von den Blicken mit, so sehr war sie in Gedanken
versunken.

Sie drehte sich weg vom Wald. Für diese Nacht würde sie
wohl erstmal sicher sein. Sie sah in die Flamme und dann sah
sie zu Hannes. Sein Blick überraschte sie, doch gesagt hatte
niemand von ihnen etwas. Sie sahen sich einfach nur an, so,
als würden sie sich schon ohne Worte verstehen.

Sie war froh, ihn bei sich zu haben. So nervig er auch war,
irgendwie fühlte sie sich wohl bei ihm. Aber auch sicher und
geborgen. In seiner Umgebung war sie ruhiger.

Sie sah in seine Augen, versuchte alles von ihnen zu
erfahren. Beide im Schweigen, beide einander angetan. Und
irgendwann, da schliefen sie einfach ein und vielleicht - aber
nur vielleicht - da träumten sie voneinander.

8

Am nächsten Tag war nur noch die Wärme der Glut zu spüren, sie war leicht, verströmte sich und kämpfte gegen den Wind an. Der Wind wehte kalt, so dass Sunja die Felle enger um sich schlang.

Jonas wachte als erster auf, hatte am meisten geschlafen und war auch am meisten von ihnen ausgeruht. Er hatte bereits Frühstück besorgt und seine Sachen zusammengepackt. Als er sah, wie Sunja wach wurde, kam er direkt zu ihr geeilt und hielt ihr eine Hand voll Beeren und Nüsse hin. Ein breites Lächeln lag auf seinem Gesicht, während sie ihn verschlafen musterte.

„Oh, danke." Sunja nahm sie voller Freude entgegen. Ihr Lächeln wurde sehr breit. Sie hatte Hunger und direkt was zu essen in den Magen zu bekommen, empfand sie als äußerst herrlich. Das von vergangener Nacht hatte extrem an ihren Nerven gezerrt.

Bei Hannes war es das Gegenteil. Er hatte keinen Hunger, das was in der Nacht geschehen war, lag ihm noch zu schwer im Magen, erschöpft war er dennoch.

Sunja war schnell satt. Es wunderte sie, dass Jonas so viel auftreiben konnte.

Sobald sie fertig mit essen war, packte sie ebenfalls ihre Sachen zusammen. Hannes hatte seine bereits gepackt und auf seinen Rücken geworfen.

„Was glaubt ihr, wie lange es noch dauern wird?", fragte Jonas, der sich seine Sachen ebenfalls auf den Rücken warf und Sunja gerne beim Packen geholfen hätte. Sunja mochte es allerdings nicht, wenn man ihre Sachen umwühlte. Sie packte sich alles lieber ihrer Meinung nach zurecht, so, wie sie es am bequemsten empfand.

„Ein paar Wochen oder Monate? Vielleicht ja sogar ein ganzes Jahr." Sunja sah zur Sonne hinauf. Je länger sie am Himmel stand, umso wärmer wurde es (so wie in diesem Moment). Aber wenn sie wieder zu sinken begann, umso kälter wurde es. Eine Sache, an die sie sich immer noch erst gewöhnen mussten, da es in der Höhle fast immer nur die gleichen Temperaturen gab.

Sunja konnte sich bereits ihre Felle ablegen und unter ihr Gepäck beifügen.

Der Weg verlief ruhig. Einige Tage konnten sie ruhig schlafen. Und je ruhiger es wurde, umso unaufmerksamer wurden sie auch.

Es schien nur eine schwache Flamme in der Nacht. Sunja wachte in der Nacht auf und sah viele kleine Lichter leuchten.

Langsam stand sie auf und sah sie bewundernd; fasziniert an. Die Luft war diese Nacht so kühl, dass man Gänsehaut bekam. Sie achtete nicht auf die Kälte, sie lief nur auf die Lichter zu, wie gebannt.

Hannes wachte von ihrem Rascheln auf. Er stand ebenfalls auf, nur etwas schneller, um sie einholen zu können. Die Sorge, dass ihr etwas zustoßen könnte, dass sie in einen Bann geraten sein könnte, von eines dieser Wesen, machte ihn fast verrückt. Er eilte ihr hinterher, doch dann sah er einen Anblick, der all seine Sorge von sich wehte, auf und davon, mit dem leichten Wind, der in dieser Nacht herrschte. Ein Lächeln schlich sich auf seine Lippen und er lehnte sich an einen Baum, mit überkreuzten Armen.

Sunja wurde von hunderten, wenn nicht sogar tausenden kleiner Lichter umschwirrt und dadurch hell erleuchtet. Ihre Arme waren ausgestreckt und als sie anfing, sich zu drehen, konnte er auch ihr Lächeln sehen. Ihren Ausdruck voller Freude und Faszination.

Sunja sah ihn, sah sein Lächeln. Sie blieb stehen, sobald sie ihn sah und lächelte ihn einfach nur an, so wie er. Doch nach einer Weile, hörten sie auf zu lächeln und liefen aufeinander zu, bis sie voreinander standen. Tief sahen sie sich in ihre Augen.

„Willst du immer noch nicht, dass ich dich ansehe? Willst du mich immer noch nicht ansehen? Willst du das zwischen uns weiter ignorieren?" Seine Stimme war sanft und leise.

Sie sagte nichts, sie schüttelte nur ihren Kopf.

Er legte eine Hand um ihr Gesicht, während sie ihre Hand auf seine Brust legte. Sie kamen sich näher, sahen sich fest in ihre Augen und von ihren Augen, auf ihre Lippen. Beide genossen es. Es war, als wäre endlich etwas gebrochen, ein langer angehaltener Druck, der sie beide wieder erlöste. Sie konnten sich nur kurz küssen (Sunjas erster Kuss, doch sie fand es wundervoll, sanft und irgendwie warm, ganz, wie sie es sich vorgestellt hatte, wenn nicht sogar besser), ehe sie einen entsetzlichen Schrei hörten.

Erschrocken wichen sie voneinander und rannten schnell zu ihrem Lager zurück, wo der Schrei herkam.

Jonas war da, ein Schatten direkt über ihm.

Sunja schaffte es gerade so noch rechtzeitig, einen Lichtstrahl nach ihm zu werfen, ehe er Jonas sein Leben aussaugen oder ihn besetzen konnte.

Aber es war nur ein kleiner, damit machte sie den Schatten nur aggressiv. Der Schatten gab ein entsetzliches Geschrei von sich und schoss auf sie los. Sie schaffte es nicht rechtzeitig, einen neuen Lichtstrahl zu erzeugen. Mit einem entsetzlichen Schrei, fuhr der Schatten in sie hinein. Ihre Augen färbten sich schwarz, dass nicht mehr auch nur ein Hauch Weiß zu erkennen war.

Hannes und Jonas sahen sie mit Schock geweideten Augen an.

„Was tut sie da?", fragte Jonas verängstigt.

Ein entsetzlicher Schrei brach aus ihrer Lunge heraus.

„Sie wurde von diesem Ding besessen. Jonas! Komm! Wir müssen ihr helfen!"

„Und wie sollen wir das bitte anstellen?"

„Keine Ahnung. Halt so, wie sie es gemacht hat."

„Mit dem Lichtzauber, den wir nicht geerbt haben? Bist du dumm?"

Voller Schmerz fing Sunja an, sich zu krümmen und zu schreien, über den Boden zu wälzen, während sie sich mit beiden Händen ihren Kopf hielt, der sich anfühlte, als würde er jeden Augenblick zu platzen beginnen.

Hannes sah zu dem noch leicht brennenden Feuer, bekam eine Idee und griff nach einem der Holzscheite. Das Feuer fing neu zu erglühen an und er hielt es Sunja entgegen. Feuer war auch Licht, dann musste dieses Ding auch mit Feuer verscheucht werden können.

Sunja schrie noch entsetzlicher, je näher das Feuer an sie herankam. Es war heiß und schmerzvoll.

„Was tust du da? Siehst du nicht, dass sie Schmerzen hat?", schrie ihm Jonas entgegen.

„Glaubst du, dass ich das nicht wüsste? Wir haben keine andere Wahl, sonst wird das Vieh, dieses seltsame Wesen, noch völlig die Macht über sie ergreifen."

Bevor Jonas auch nur darüber nachdenken konnte, etwas darauf zu erwidern, stieß Hannes die Flammen in Sunjas Rücken. Entsetzliche Schreie, die ein Gemisch aus ihren eigenen und denen dieses Wesens waren. Doch es klappte. Der Schatten stieg aus ihrem Mund hinaus und verblasste in den dunklen, Sternen besetzten Himmel.

Schnell nahm Hannes die Flammen weg, doch er hatte ihr bereits eine riesige Brandnarbe auf den Rücken gesetzt. Tränen liefen ihr Gesicht hinab. Solche Schmerzen hatte sie noch nie empfunden. Es fühlte sich an, als wäre die Flamme durch sie hindurchgebrannt und nicht nur auf ihrem Rücken verblieben.

Starr sah sie nach vorne, ihr Kopf lag auf dem Erdboden, wie der Rest ihres Körpers, eng zusammengezogen, wie ein Fötus. Sie wollte fragen, warum er das getan hatte, doch sie wusste die Antwort bereits, und sie war sich sicher, dass es die einzige Möglichkeit war, sie zu retten. Die einzige Möglichkeit, für die beiden. Sie hatten keine Zauber, sie waren ganz normale Menschen, Nichtzauberer. Aber es war schrecklich. Sunja fühlte sich, als würde sie verbrennen. Böse konnte sie ihm dennoch nicht sein, er hatte ihr ja nur helfen wollen. Sie fühlte sich dennoch so verletzt. Bei ihm hatte sie sich am sichersten gefühlt und nun war es er gewesen, der ihr den entsetzlichsten Schmerz ihres ganzen Lebens zugefügt hatte.

Jonas stürmte auf Hannes zu und packte ihn an seinem Kragen. Er wollte ihn anschreien, aber er zischte stattdessen nur wie eine Schlange und fragte ihn, was das sollte. Seine Worte waren wie Gift und voller Wut. Doch als er Hannes Augen sah, da fing eine innere Angst an zu lodern, und er wusste nicht, woher diese so plötzlich kam.

Was war das plötzlich für ein Blick?

Jonas ließ Hannes los und wich ein paar Schritte zurück.

„Wir sollten schlafen", meinte Hannes und legte sich in sein Bett. Jonas sah ihm nach.

Sunja hatte von alldem nichts mitbekommen. Sie saß auf ihrem Bett, in welches sie während des Streites gekrochen war, und weinte still. Jonas hätte sie gerne getröstet, doch glaubte er, dass sie erstmal alleine sein wollte. Außerdem ließ Hannes Anblick ihn nicht mehr los. Er verstörte ihn.

Hannes hatte recht. Sie sollten schlafen. Vielleicht fühlte er sich nur so, weil er noch unter dem Schock mit dem Schatten litt. Vielleicht war da gar nichts in Hannes seinen Augen. Vielleicht hatte er sich das alles ganz einfach nur eingebildet. Er konnte genauso einfach übermüdet sein. Von sowas bekam man doch derlei Einbildungen, oder etwa nicht?

Jonas legte sich hin und schloss seine Augen.

Genauso musste es sein. Und wenn er wieder aufstand, dann wäre alles wieder normal. Er versuchte sich gut zuzusprechen, doch dennoch wurde er das Gefühl nicht los - so wie es auch bei Sunja der Fall war -, als würde noch etwas Schlimmes auf ihn zukommen. Etwas, was er niemals erwartet hätte. Und es würde mit einem schrecklichen Verrat in Verbindung stehen.

9

Sunja wachte in der Nacht auf, immer noch vom Schmerz geplagt, der ihr durch den ganzen Körper zog. Sie hatte ohnehin nicht richtig schlafen können. Doch sie wachte nicht wegen der Schmerzen auf, so schrecklich sie auch sein mochten. Irgendwas zerrte an ihren Sachen. Sie wollte etwas sagen, doch das Gewicht auf ihr, war so schwer, dass sie nicht mal richtig atmen konnte.

War das etwa wieder der Schatten? Nein, das konnte es nicht sein. Der Schatten hatte sich völlig anders angefühlt. Außerdem hätte er sie direkt in Besitz genommen und nicht an ihren Sachen gezogen. Auch ihr Innerstes fühlte sich seltsam an, nicht auf die Art bedroht, wie es bei dem Schatten der Fall war, aber dennoch sehr bedroht.

Es war ein Mensch. Ein echter Mensch. Aber wo sollte so plötzlich ein Mensch herkommen? Es sei denn …

Es sei denn es war einer von den beiden Jungen.

Aber das war überhaupt nicht die Ausstrahlung von Jonas oder Hannes, dafür war sie zu finster.

Sunja konnte den Körper auf sich spüren, klar und deutlich. Er versuchte sie auszuziehen. Sie versuchte erneut zu sprechen, diesmal kam ein kurzer Laut raus, ganz ähnlich wie ein Krächzen.

„Schhh", sagte der Mann auf ihr. „Sei still, dann geht es

auch ganz schnell." Sie kannte diese Stimme. Sie kannte diese Stimme so gut, mit diesem reizenden Witz dahinter, wegen dem sie ihn am Anfang am liebsten erwürgt hätte, aber am Ende sie sich deswegen in ihn verliebt hatte.

Was tat er mit ihr? Was hatte er da mit ihr vor? Was sollte das?

Sie gab einen Laut des Entsetzens von sich, da drückte er seine Hand auf ihren Mund, so fest, dass es ihr schon schmerzte.

„Was habe ich gesagt? Still sein. Ich werde auch ganz vorsichtig sein."

Sie hatte ihn geliebt, doch nun empfand sie nichts als Angst für ihn. Angst und auch eine Art Verachtung und Ekel. Das war nicht mehr dieser Junge, er war eine ganz andere Person. Sunja erkannte diesen Jungen nicht mehr wieder, er war wie weggeweht; wie verbrannt, mit ihrer Haut.

Sie versuchte zu schreien, aber es kam nur gedämpft durch seine Hand.

„Du sollst still sein! Sonst werde ich nicht mehr vorsichtig sein. Hast du das verstanden?", kam es gezischt.

Er musste etwas zu laut gewesen sein, denn Jonas wurde wach.

Verschlafen und auch ein wenig verwundert sah er in die Richtung der Quelle seines Erwachens. Erst verstand er nicht richtig, was er da sah, doch dann fing die Wut an zu wachsen.

Er sprang unter seinen Fellen hervor und direkt auf den Mistkerl zu, der Sunja wehtun wollte. Der ihr wehgetan hatte.

Er sprang auf ihn, warf ihn zur Seite und rollte mit ihm ins Dunkel. Doch der Kerl war stärker. Jonas wurde zu Boden gedrückt und sah den gestörten Ausdruck in seinen Augen.

„Warum?", wollte Jonas wissen. Er verstand es nicht, wollte es nicht wahrhaben. Es war wie ein Verrat, der tiefer saß, als jede Schrecklichkeit, die er je erleben musste. „Warum tust du das?"

„Warum? Weil ich so bin. Weil mein Vater es mich gelehrt hat. Weil ich so erzogen wurde. Soll ich dir sagen, wie meine Mutter wirklich gestorben ist? Wie meine Schwester wirklich gestorben ist?" Er fing breit zu grinsen an.

Sunja drehte sich zu den beiden um. Sie versuchte Luft zu bekommen, ihre leeren Lungen wieder zu füllen. Durch ihre Wunde, brannte ihr alles, besonders ihre Lungen. Tränen drangen über ihre Wangen. Heiß, verzweifelt.

Jonas spürte, dass es eine Lüge gewesen war, was er ihm damals erzählt hatte. Dennoch wollte er es nicht wahrhaben, versuchte sich verzweifelt an seine Worte zu klammern. „Sie sind an einem Fieber gestorben."

„Nein, Jonas, das war gelogen. Deine Familie ist so verendet, aber nicht meine. Ich wollte, dass wir Verbündete werden würden, daher habe ich so getan, als wäre sie wie deine gestorben. Um Mitleid, um dein Mitgefühl zu erlangen. Und es hat funktioniert. Aber sie sind anders gestorben. Auf eine viel grausamere Art."

„Was meinst du? Warum …?" Jonas wusste nicht, was er sagen sollte, versuchte sich zu befreien, war gegen seinen besten und einzigen Freund aber zu schwach.

„Warum? Weil ich dir die Wahrheit ja nicht sagen konnte. Sonst hättest du niemals etwas mit mir zu tun haben wollen. Dann hättest du nichts als Verachtung für mich übriggehabt. Das durfte ich natürlich nicht zulassen. Aber ich habe gemerkt, dass ich in deiner Umgebung verweichlicht bin, so wie du."

„Wie?"

„Wie sie gestorben sind? Da muss ich wohl etwas weiter ausholen.

Mein Vater fand Lichtzauberinnen wunderschön. (Damals

waren sie bereits einzigartig und mein Vater liebte einzigartige Dinge.) Also sorgte er dafür, dass eine sich in ihn verliebte. Als er hatte, was er wollte, bekam er einen Sohn, wie er es unbedingt wollte. Ein Jahr später bekam er eine Tochter, wie er es ebenfalls unbedingt wollte. (Mein Vater bekam eben immer, was er wollte.) Und dann fing er an, seine Geliebte zu vergewaltigen, als seine Kinder laufen konnten, denn dieser Mann war grausam, grausamer als alles, was ein Mensch jemals zu Gesicht bekommen könnte. Er war der Teufel höchstpersönlich.

Er fesselte sie. Er liebte es, wie sie schrie. Er liebte es, wie sie weinte. Seine Tochter wusste nichts von ihrer Mutter. Unsere Mutter wurde in den tiefen Keller gesperrt, wo er ihr verboten hatte, hinein zu gehen. Aber seinen Sohn, den nahm er immer mit. Er zwang ihn, dabei zuzusehen. Und als er sie dann zu tote vergewaltigt hatte, da war sein Sohn gerade zwölf Jahre geworden. Er hatte ihm gesagt, dass er seine Schwester in den Keller bringen sollte. In den dunklen, kalten Keller, in den sie sonst niemals gehen durfte. Und dann wurde auch sie gefesselt. Da zwang er seinen Sohn, sie zu vergewaltigen. Aber irgendwie störte es den Jungen nicht. Er fand es sogar sehr befriedigend. Er tat es, wie sein Vater. Sie wechselten sich sogar manchmal ab. Sie schrie so wunderschön. Weinte so wunderschön. So wunderschön, wie sie es war. Wie ihre Mutter war sie einzigartig. Und Einzigartigkeit, das war nun mal beliebt.

Und dann starb auch sie irgendwann, an den Folgen. Was gab es denn sonst noch Einzigartiges, wenn die Frauen nicht mehr da waren?

Genau. Dann wollte sich sein Vater an ihm vergehen, doch der Junge drehte den Spieß um. Er tötete seinen Vater und dann suchte er sich einen neuen Freund. Und da war noch dieses wunderschöne Mädchen. Sie sollte sich in ihn verlieben und wenn er bekommen würde, was er wollte (denn wie sein Vater, bekam er immer, was er wollte), dann würde er es so machen, wie es sein Vater einst tat."

Jonas wurde schlecht, bei diesen Worten. Wie hatte er nie dieses dunkle Wesen in ihm sehen können.

„Ich muss zugeben, dass ich meine Absichten bei dir ein wenig - sogar sehr - aus meinen Augen verloren habe. Doch was vor wenigen Stunden geschah, ihre Schreie, ihre Tränen, sie haben mich wieder wachgerüttelt."

Sunja war wie erstarrt.

War das wirklich von vorneherein seine Absicht gewesen? Das konnte sie nicht glauben. Das *wollte* sie nicht glauben. Er war doch so gut zu ihr. War das wirklich alles nur eine Lüge? Wie konnte das sein?

„Willst du ihr das wirklich antun?", verlangte Jonas zu wissen.

„Armer, armer Jonas. Hast du wirklich immer noch nichts verstanden? Du kennst mich wirklich schlecht. Du hast mich wohl nie wirklich kennengelernt. Aber ich verstehe es. Du hast dich eben einfach viel zu leicht hinters Licht führen lassen, so naiv, so leichtgläubig."

„So langsam glaube ich das auch." Jonas war angewidert von ihm. Dieses Grinsen. Nie hatte er Hannes so gesehen.

„Ich werde nicht zulassen, dass du Sunja sowas antust. Niemals! Das werde ich nicht zulassen. Unter gar keinen Umständen. Ich-"

„Blablabla. Du redest zu viel und wiederholst dich. Das ist dein Problem, weißt du?"

Jonas wollte bereits etwas darauf erwidern, da spürte er etwas in seinem Bauch. Direkt in ihm. Ein seltsames Gefühl; ein schreckliches Gefühl.

Verwirrt sah er nach unten, da quoll bereits Blut aus seinem Mund. Mit einer Hand griff er an seinen Bauch und spürte etwas Nasses. Klebrig und dick, nicht wie Wasser. Er hielt sich die Hand vor sein Gesicht, sah sie wie sie rot tropfte. Rot, so wie Blut.

Blut.

Sofort kam der Schmerz - den er vorher nur betäubt wahrnahm - durch und seine Verwirrung, sein Schock ließ nach. Er krampfte zusammen und versuchte Hannes von sich runter zu stoßen, doch dieser stach nur erneut auf ihn ein.

Sunja war erst zu schockiert, um zu reagieren, doch da sprang sie bereits auf und stieß Hannes von ihm, so, wie es Jonas kurz zuvorgetan hatte.

Sunja fing zu schreien und zu weinen an. Sie saß auf Hannes, so, dass er in ihr Gesicht sehen konnte, krallte sich in seine Klamotten, als wären sie feuchte Erde. Die Tränen verschwammen ihre Sicht, dennoch entging ihr nicht sein desinteressierter Blick.

Was für eine Gleichgültigkeit, als würde ihn das alles gar nichts angehen, als hätte er nie irgendwelche Gefühle für Jonas empfunden, als hätte er ihn gerade nicht tödlich verletzt.

Laut fing sie zu schreien an. „Sag, dass das nicht wahr ist! Sag es! Sag, dass du nur durch den Schatten geblendet wurdest, dass du ein Stück von ihm in dir trägst! Dass du eigentlich gar nicht so grausam bist."

„Ein Stück Schatten in mir trage? Oh, nein. Da muss ich dich wohl leider enttäuschen. Ich war schon immer so. Meine Liebenswürdigkeit, die war nicht echt."

Da fiel ihr wieder das erste Mal ein, wo sie ihn getroffen hatte. Sie hatte ihm gegenüber damals so ein unwohles Gefühl empfunden, nun wusste sie, warum. Verstand endlich all diese Gefühle, die sie so verwirrt hatten.

Sie sah zu Jonas, der ganze Zeit schmerzliche Geräusche von sich gegeben hatte und eine große Menge Blut verlor -

wie die große Blutlache unter ihm zeigte -, aber seit einer kurzen Weile aufgehört hatten.

Sie sah seine starren Augen, die in die dunkle Nacht sahen. Kein Leuchten, keine Regung; leer und tot. Er regte sich nicht mehr, atmete nicht mehr. Nicht einmal leicht.

„Jonas."

Keine Reaktion.

„Jonas!" Die Tränen wurden stärker. Heiß liefen sie ihre Wange hinunter.

Langsam wurde sie hysterisch. „JONAS!"

„Oh, wie schade. Du hast immer versucht Abstand zu ihm zu wahren, dabei hatte er dich wirklich geliebt. Hat dich sogar mit seinem Leben beschützt. Und jetzt ist er tot. Bereust du es, dich ihm gegenüber so aufgeführt zu haben? Dich ihm verweigert zu haben?"

„Sei still!"

„Soll ich das wirklich?"

„Ja! Du sollst still sei-"

Er packte ihre Hüften und schoss nach oben, so, dass er sie küssen konnte.

War das ein Trick? Spielte er wieder mit ihr?

Sie war so überrascht, dass sie erst nicht reagieren konnte. Sie wusste, was er getan hatte, hatte es mit eigenen Augen gesehen. Hatte gehört, was er getan hatte. Aber dennoch schienen ihre Gefühle für ihn sich einfach nicht losreisen zu können.

Was sollte sie nur tun? Sollte sie sich ihm hingeben?

Nein! Das ging nicht. Unter keinen Umständen. Er hatte etwas Schreckliches getan, wofür er büßen musste.

Kurz hatte sie seinen Kuss erwidert, doch dann stieß sie ihn auch schon wieder von sich. Doch er hielt sie nur umso fester fest. Er hatte einen eisernen Griff.

„Du kannst nicht weg. Ich lasse dich nicht gehen. Niemals.

Du bist zu schön. Eine weiche, weiße Feder, die so leicht durch die Lüfte schwebt, obwohl um sie herum alles untergeht. Nein, du gehst nicht.

Ich liebe dich.

Du gehst nicht. Denn du bist mein. Wir gehören einfach zusammen. Das siehst du doch genauso."

Sie sah es in seinen Augen. Er mochte sie wirklich lieben, vielleicht (Konnte jemand wirklich so viel Liebe nur vorspielen? Konnte jemand wirklich so unfassbar grausam und kaltherzig sein?), doch hatte er dennoch seinen vermeidlich besten Freund getötet. Dafür musste er einfach zahlen. Er war zu grausam, für diese Welt. Er war schlimmer, als die Schatten. Er war zu schrecklich, um am Leben gelassen zu werden.

Sie hob eine Hand vor sein Gesicht. Sie konnte etwas Hartes zwischen ihren Schenkeln spüren.

„Ich will dich fühlen", sagte er voller Erregung. Er schien wie benebelt, doch dies änderte sich schnell, indem sie ein so helles Licht erstrahlen ließ, dass er sie von sich stieß, damit er seine schmerzenden Augen mit seinen Händen bedecken konnte. Er wog dabei hin und her, schreiend, so laut, dass wahrscheinlich alle Tiere im Wald wach wurden.

„Meine Augen! Meine Augen!" Er sah sie finster an, aber er schien an ihr schon beinahe vorbei zusehen. Konnte er etwa nicht mehr sehen? Das konnte sie sich schon gut vorstellen. Aber war das wirklich gut oder wurde sie dadurch auch so grausam, wie er? Aber ja, sie hatte ihn erblindet.

„Ich kann nichts sehen. Ich kann nichts sehen! Was hast du mit mir gemacht?! Du kleine Hure!"

„Mein Licht war zu hell, damit kamen deine Augen nicht klar."

„Was soll das heißen?"

„Dass ich dich erblindet habe. Und wenn du blind bist, dann

kannst du mir auch nichts mehr tun."

„Ach ja? Glaubst du das wirklich?"

Mit einem entsetzlichen Kampfesschrei, sprang er auf sie zu, mit einem Messer in der Hand. Doch was dann geschah, damit hatte er nicht gerechnet.

10

Die Sonne war bereits aufgegangen, als sie endlich damit fertig war, Jonas zu beerdigen. Dass es so schnell gehen würde, hatte sie nicht erwartet, wo sie doch keine Schaufel oder etwas anderes - außer ihren Händen - zum Erde ausheben hatte. Aber selbst das, dauerte Ewigkeiten und dann war Jonas auch noch so schwer. Sie hatte Glück, dass die Erde so weich war und sich deswegen so leicht wegheben ließ. Ihre Hände färbten sich davon; Erde haftete an ihren Händen und Fingern, auch unter ihren Nägeln sah es wie am Boden aus. Durch einfaches Abschütteln ging es nicht mehr ab. Dazu mischte sich die Erde mit dem Blut an ihren Händen. Jonas rollte sie auf sein Fell und zog ihn da drauf runter. Als sie ihn im Grab hatte, schob sie mühevoll die rausgeschaufelte Erde über ihn. Im Anschluss nahm sie zwei Stöcke, band sie zusammen, dass sie ein Kreuz ergaben, und steckte es auf das Grab. Danach packte sie ihre Sachen zusammen und warf sie sich über ihren Rücken.

Es dämmerte bereits. Ein neuer Tag brach ein. Sie ging ein bisschen, bis sie unter dem dichten Blätterdach vorkam. Sie sah die ersten Sonnenstrahlen und nahm es als Zeichen eines Neubeginns.

Ein Neubeginn, der sie alles andere hinter sich lassen sollte.

Nur eins würde nicht ganz neu sein: ihre Einsamkeit.

Sie war wieder einsam. Jonas war tot. Und sie selber hatte Blut an ihren Händen.

Als sie weiter ging, kam sie an einen Fluss, der von der Sonne nur so glitzerte. Am Ufer hockte sie sich hin, wusch sich das Blut und die Erde von ihren Händen und dachte dabei an die vergangene Nacht. Dachte daran, wie Jonas starb und dachte auch daran, wie sie Hannes erblinden ließ, um ihn dann zu töten.

Sie ergriff das Messer, das er in seiner Hand hatte, mit welchem er eigentlich sie angreifen wollte, und stach es ihm in seinen Halt.

Blut schoss aus seinem Hals heraus, quoll aus seinem Mund. Es war so viel, dass er zu spucken begann - da kam nur noch mehr. Seine Augen glänzten, er wurde vom Feuer beschienen. Auch auf ihrer eigenen Haut spiegelte sich das Licht. Und kurz, bevor auch er reglos lag, schien er einen kurzen Augenblick, sein Augenlicht wieder zu bekommen. Es wirkte so, als lege Verrat in ihnen, aber auch die Liebe für sie und deswegen ein noch viel größerer und tiefsitzenderer Schmerz.

Tot.

Ermordet.

Sunja hatte einen Menschen ermordet, wo sie doch niemals so etwas erwartet hatte. Sie hatte ihn geliebt. Sie hatte den Menschen getötet, in den sie sich nach so langer Zeit verliebt hatte. Sie dachte, dass er einer von den Guten war, ihr Beschützer, ihr Rückzugsort - oder eben Rückzugsmensch. Aber jemand, der für sie da war, möge es etwas noch so Schreckliches geben.

Wie sehr sie sich doch geirrt hatte; war er doch das Schrecklichste, was es gab.

Sie sah in das fließende Wasser. Es war so kalt, wie er es

war.

Diese Nacht würde sie wohl nie mehr vergessen können. Was hatte er noch mal dazu gesagt, warum er solch schrecklichen Dinge tat; wie er so etwas nur tun konnte - und dann noch bei den eigenen Freunden - als sie ihm das Messer in den Bauch stach?

„Wie der Vater, so der Sohn."

Genau das waren seine Worte.

Wie sie sich nur so sehr in seinen Worten hatte täuschen können, in seinen Taten und auch in seinen Gefühlen. Sie dachte, er hätte sie wirklich geliebt. Anscheinend tat er das auch, nur auf seine gestörte, kranke Weise.

Sie schüttelte ihren Kopf und stand auf. Versuchte ihn aus ihrem Kopf zu verbannen. Sie würde es wohl kaum schaffen können. Dennoch musste sie, irgendwie, an etwas anderes denken. An etwas Wichtiges, das zu bedeutsam war, um es einfach zu vergessen oder zu verdrängen. Sunja hatte eine Bestimmung zu erfüllen. Sie musste weiter.

●●●

Die Sonne schien schon hell über ihr. Wie viel Zeit war wohl bereits vergangen?

Das war das erste Mal, seit langem, seit sie wieder alleine gehen musste. Dieses Gefühl, dass sie einst so gut kannte, war auf einmal so befremdlich. Ein schreckliches Gefühl. Am liebsten würde sie es wieder loswerden. Sie wusste nämlich, was es bedeutete: Sie war wieder alleine. Einsam und verlassen. Ohne Freunde, ohne Familien; ohne Verbündete. Jonas unter der Erde und Hannes dabei von irgendwelchen Tieren zerfleischt zu werden, bis nur noch seine Knochen übrigblieben. Ihre Reise würde sie von nun an alleine antreten müssen.

Sie drehte dem Fluss, der das Blut, den Dreck und alles andere; die Erinnerung an die vergangene Nacht mit sich nahm, den Rücken zu.

Alles würde sie hinter sich lassen müssen, sonst würde sie noch daran kaputt gehen.

Am besten wäre es wohl für sie, wenn sie einfach gar nichts mehr fühlen würde. Innerlich war sie doch ohnehin völlig von Schmerzen zerfressen. So wäre sie nur noch eine leere Hülle, ohne jegliches Leiden. Wenn es möglich gewesen wäre, sie hätte ihre Emotionen und Gefühle im Fluss von sich gewaschen. Nie wieder Schmerzen, nie wieder Leid. Aber so einfach war es eben nicht. Nur wenn sie sich selbst belogen hätte, hätte sie es schaffen können. Aber selbst das, brachte sie nicht über sich.

Sunja lief einen Weg im Wald lang, einsam und verlassen, so wie sie. Sie nahm den Wald wahr, nahm alles in sich auf. Der Wald half ihr, sich besser zu fühlen.

Aber irgendetwas stimmte nicht mit ihm, auch wenn es scheinbar nichts Schlimmes war.

Der Wald schien sich zu verändern, so wie die Temperatur und alles andere in Sunjas Umgebung. Warum geschah das? Was hatte das zu bedeuten? Es gab noch so viel Neues zu lernen, über die Außenwelt. Wunderschön, aber auch beängstigend. Es ließ sie beinahe ihren Schmerz vergessen.

Sie nahm alles in sich auf, wollte es niemals vergessen. Wenigstens die guten Momente, die wollte sie sich wahren. Irgendwas Schönes, das sie erfüllte.

Sie hatte vorher kaum Zeit, sich richtig mit den neuen Erlebnissen auseinander zu setzen, weil Hannes sie deswegen immerzu aufgezogen hatte und sie sich nicht dessen unterlegen wollte.

Hannes.

Der Gedanke an ihn, schmerzte sie. Aber sie musste ihn

vergessen. Oder sie musste ihn als Warnung ansehen, niemals jemanden je wieder so viel Vertrauen zu schenken und ihn tief in sich zu bewahren.

11

Drei Jahre waren nun vergangen. Drei ganze Jahre. Drei Jahre
der Stille; der Einsamkeit. Und drei lange Jahre, ohne Runa.
So ermüdende, so erschöpfende Jahre. Ohne Runa, war alles
so viel schwerer, so viel schlimmer zu ertragen.

Sie war immer noch bei der Schattenzauberin. Sie war bei
ihr, um die Macht des Schattenzaubers zu lernen. Diese Frau,
sie wollte über alles herrschen, doch dafür brauchte sie Runa.
Aber Runa hatte nie gelernt, mit dem Schattenzauber
umzugehen, ihn zu kontrollieren. Sobald Runa mit ihrer
Ausbildung fertig war, würden sie angegriffen werden. Dass
es so lange dauern würde, hatte niemand erwartet. Darauf
hatten sie sich all die Jahre vorbereitet. Sie hatten gemerkt,
wie ihre Macht stieg. Die Jahreszeiten waren kalt, selbst der
Sommer, schien nicht kommen zu wollen. Es war gerade
warm genug, um nicht noch mehr als Hemd und Umhang
anziehen zu müssen.

Aber auch die Ernte wollte nicht besser werden. Sie hatten
immer mehr Versorgungsschwierigkeiten. Dennoch schafften
sie es irgendwie, sich durchzukämpfen. Die Hexenzauberer
versuchten durch ihre Kraft, die Natur um Hilfe zu bitten.
Selbst die Natur schien geschwächt zu sein, denn sie konnte
ihnen auch nicht mehr, als das Nötigste geben. Sie wurden
sparsamer und achteten immer mehr auf ihre Ressourcen.

Jegliche Form von Verschwendung, wurde nicht geduldet und bei Missachtung, dieses neuen Gesetzes, gab es Strafen. Alle mussten teilen, was sie besaßen.

Eine völlig neue Zeit, die da eingebrochen war. Alles wurde anders. Anspannung und Angst war überall zu spüren.

Sie - Johannes und Ciara - hatten auch ihre Hochzeit nachgeholt, wo nun endlich Antonia zurück war, ohne die er sich nicht vermählen wollte. Nicht ohne seine geliebte Schwester. Sie war - neben Ciara - seine liebste Person. Wie hätte er schon ohne sie einfach heiraten können? Das Gerede der Menschen war ihm egal. Sie waren ihm nicht wichtig, aber seine Schwester schon.

Aber selbst bei dieser Hochzeit, die eigentlich so prunkvoll von statten gehen sollte, hielten sie gemächlich. Sie jagten zwar Wild für die Hochzeit und erlegten auch einige Rehe und Hirsche, so wie Hasen und sogar ein paar Tauben, die sich versuchten, auf dem Markt bei den Ständen zu bedienen. Sorgten aber dafür, dass jeder nur einen gefüllten Teller und einen Becher Wein bekam.

Wein hatten sie, durch den alten König, in Hülle und Fülle. Der ganze Keller war voller Fässer, von Anfang bis Ende. Aber selbst, wenn es so viel gab, wurde die neue Regel nicht missachtet. Immerhin konnte er auch genauso schnell alle werden, wenn man nicht aufpasste.

Auch die Dörfler und Städtler bekamen etwas ab. Ein Königreich, ohne sein Volk, war kein Königreich. Daher mussten sie dafür sorgen, dass besonders zu dieser schlimmen Zeit, möglichst wenige Hunger leiden mussten. Es wurde wenig gewürzt, Brot wurde kaum gebacken und auch die Torte fiel eher gering aus, dass nur das Ehepaar und die nächst liegenden Freunde und Verwandte etwas abbekamen. Für die Untertanen war es aber mehr, als sie jemals auf königlichen Hochzeiten bekamen, wenn man auslieẞe, dass normalerweise eine Hochzeitwanderung gemacht wurde, bei der das frisch getraute Paar, durch das ganze Reich lief - vom Schloss, bis zu den hintersten Landen - und dabei mit Goldmünzen um sich warfen. Eine sehr kostspielige Angelegenheit, die zu dieser schweren Kriegszeit, nicht vollzogen werden konnte.

Sie hatten auch gar nicht die Zeit dazu. Sie mussten Vorkehrungen treffen. Sie mussten auf alles viel mehr achten, nicht nur auf ihre Ressourcen. Sie mussten auch auf ihr Vieh und bessere Bedingungen, so wie Waffen und Zahl der Krieger, so wie die, die sie auszubilden hatten, achten. Rückzugsmöglichkeiten, Wasserspeicher, Lichteinflüsse und so viel mehr.

Genauso achteten sie verstärkt auf Straftäter.

●●●

Der Junge war eines Tages mit Emma und den anderen Unterwegs. Da fanden sie einen älteren Mann, dem alles recht egal zu sein schien. Er wirkte so, als täte er so, als würde ihm das ganze Königreich gehören. Und an ihm war noch etwas. Eine widerwärtige Seite.

Der Junge erkannte diesen Mann sofort.

Ein schrecklicher Gedanke.

Eine schreckliche Erinnerung.

Niemals würde er den Mann vergessen können, der ihn als kleinen Jungen geschändet hatte.

Sein Blut gefror ihm in den Adern, was nicht an dem tosenden Wind lag. Ob dieser Mann auch ihn wiedererkennen würde? Wohl kaum.

Emma bemerkte seinen Stimmungswandel als erstes.

„Was ist los?", wollte sie wissen. Sie klang besorgt und ihre Augenbrauen waren ebenso zusammengezogen.

„Dieser Mann da", er zeigte auf den Kerl, der gerade an eine Mauer pisste, die zu dem großen Eingangstor führte, welches den Schlosshof zum Marktplatz und der Innenstadt trennte. Dazu schrie er rum, dass der König schwach war und ob er es auch im Bette seiner Frau war. „Vielleicht sollte ich dann mal ran und ihr zeigen, was ein richtiger Mann ist! Was!" Er hatte eine schreckliche, alte Männerstimme, die einem sofort zeigte, welch widerlicher Kerl er war. Sein Äußeres spiegelte seine Stimme und sein Inneres wider.

„Was ist mit ihm? Stört dich sein Verhalten? Ich finde ihn auch ziemlich ungezi-"

„Nein, das ist es nicht. Ich kenne ihn. Von früher. Damals war ich noch ein kleiner Junge." Er wirkte verletz, als würde er nicht recht wissen, was er antworten sollte, was er fühlen sollte. Und ganz besonders nicht, wie er sich verhalten sollte.

Emma überlegte kurz, was er meinen könnte, doch da fiel ihr bereits ein, was er ihr einst über seine Herkunft und seine Kindheit erzählt hatte. „Meinst du etwa, er ist der Mann, der dich …?" Sie konnte gar nicht aussprechen, was da in ihrem Kopf umhergeisterte. Emma empfand es als zu schrecklich, grausam.

Er nickte nur, viel zu traumatisiert von seiner Erinnerung, um sprechen zu können.

Für kurze Zeit, kam keine Reaktion, bis er fertig war, sein Revier zu markieren. Evan war der erste, der sich regte. Seine traumatischen Erlebnisse, mit dem Schatten, der ihn übernommen hatte, ließen ihn durchdrehen. Wie ein Zünder.

Er sprang auf den Mann zu, der im ersten Moment völlig verwirrt und überrascht war, dann jedoch auf Evan einschlug, um ihn von seinem Leib weg zu bekommen.

„Willst wohl, dass ich dich mal ordentlich rannehme, was, Junge? Das magst du wohl, Bursche?"

„Ich habe bereits gehört, was so dein Geschmack ist."

„Was?" Er zog ein verwirrtes Gesicht, dass sein zu dicker Hals zu wackeln begann. Das graue Haar ganz fettig und zerzaust und sein halb rasierter Bart sah ebenfalls ungepflegt aus. „Was soll das heißen, Bursche? Soll ich dich vielleicht wirklich mal rannehmen? Dir zeigen, wie man jemanden gehorsam macht?"

Er nahm Evan so stark in einen Würgegriff, dass sich sein Gesicht wie seine Harre färbten.

Emma rannte auf sie zu, übersprang den Abstand zwischen ihnen und rief so laut sie konnte: „Lass ihn in Ruhe!"

Erschrocken sah er zu Emma auf, ließ Evan aber nicht los, der, wie ein Tier in der Falle, versuchte, sich von dem stinkenden Mann zu befreien. Er hätte ihn wahrscheinlich nicht einmal im Würgegriff halten müssen, so stark war sein Gestank; der Gestank hätte schon gereicht, um ihn zu betäuben.

„Ach, nur ein Weibsbild." Er sagte das so abwertend, als wäre sie nicht einmal ein Kupferstück oder seinen letzten Schiss wert.

Er sah wieder zu Evan, der langsam sein Bewusstsein zu verlieren schien. Er versuchte Luft zu bekommen, gleichzeitig versuchte er; wegen des Gestankes; die Luft anzuhalten.

Linhart, der sich gerade noch mit ein paar Kindern - die zusammen an einer kalten Wand gelehnt hatten, nur mit zerfetzten Lumpen und einer genauso zerlumpten und dreckigen Decke als wärmendes Mittel -, beschäftigt war, diese zum Schloss schickte, um sie dort versorgen zu lassen, bemerkte schnell, was vor sich ging. Schockiert, betrachtete er es für ein paar Sekunden, in denen sein Gehirn alles miteinander zu verknüpfen versuchte.

Er rannte dazu, Emma zur Hilfe. „Lass ihn los!", gab auch Linhart nachdrücklich dazu.

„Warum sollte ich? Ihr lausigen Dreckskinder. Euch sollte

man mal ordentlich Manieren beibringen."

„Das triff wohl eher auf dich zu, du alter, ungepflegter und auf viele Weisen ekelhafte Mann. Oder sollte ich lieber Monster sagen?" Emma sah ihn mit so funkelnden Augen an, dass er schon beinahe glaubte, Feuer in ihnen sehen zu können. Mit einem so wütenden Anblick, hatte noch niemand von ihnen, sie je so gesehen.

„Auf Befehl des Königs, lass ihn los!", sagte sie mit mehr Nachdruck.

„Des Königs? Ahhh, ihr seid diese Handlanger von ihm. Daher glaubt ihr wohl auch, dass ihr euch alles erlauben könntet?"

„Das scheinst wohl eher du selber zu glauben. Pisst an die Wände, schreist beschämende Dinge über den König und seine Frau, tust so, als würde dir alles gehören, wo dir doch sicher nicht mal die Kleider am Leibe gehören. Gestohlen hast du diese, ganz bestimmt."

„Ein Weib hat mir nichts zu sagen! Wie ungehorsam, solch schändlichen Dinge zu behaupten. Weibsbilder! Ihr seid dazu bestimmt das Maul zu halten und die Beine breit zu machen, wenn man es euch befielt! Zu mehr seid ihr nicht wichtig oder nütze. Dumm seid ihr; dümmer als eine Gans. Ihr könnt gerade mal einem Mann Befriedigung beschaffen und ihn bedienen. Denke daran, Weib, denn zu mehr taugst du nicht."

Emmas Hände ballten sich zu Fäusten.

Diese Worte gaben dem Jungen eine plötzliche Kraft, eine innere Stärke, die er nicht geglaubt hatte, einem Mann wie ihm, entgegen bringen zu können. Er lief auf ihn zu und schlug ihm ins Gesicht, als er gerade zu Evan runter sah. Der Mann ließ ihn los, durch den plötzlichen Aufschlag, wodurch Evan zu Boden fiel und zwanghaft nach Luft schnappte. Linhart kam zu Evan, schlang seinen Arm um ihn und stützte ihn auf. Der Mann hielt sich nur seine blutende Nase und fluchte, was das Zeug hielt.

„Umbringen werde ich dich, du kleine Rate!"

„Wohl kaum. Ein alter, versüffter Mann bist du, mehr nicht! Und du bist es, der nicht einmal zum Dienen zu gebrauchen ist, so wenig bist du wert. Du bist den Schiss in von den Raten nicht mal wert!"

Der Mann sah ihn an, sobald er wieder seinen Halt gefunden hatte, so benommen war er gewesen. Er sah den Jungen etwas genauer an. „Was bist du denn für ein Halbstarker? Hast du überhaupt Muskeln an dir? Du siehst so dürre aus. Dienst dem König, aber bekommst nicht mal genug zu essen. Was ein König! Und unterwirft sich auch noch diesen Neulingen! Wegen denen darf man doch nicht mehr so viel Fleisch essen. Die Viecher sind doch nicht viel mehr wert, als diese Weiber!"

Der Junge ignorierte die Worte des Mannes, achtete nicht weiter darauf; ließ sich nicht von ihnen beeinflussen. „Ich bin der, der deinem Leben, und deinen Untaten, ein Ende bereiten wird." Er zischte seine Worte eher, zu gebannt von seiner Wut.

„Was glaubst du, was du da sagst, Bürschchen?" Es lag so viel Hohn in seiner Stimme. Erkannte ihn dieser Mann etwa nicht? Nein, wohl kaum. Er merkte sich keine Gesichter, würde nicht mal das Mädchen seiner letzten Nacht wiedererkennen, egal, wie viel Schmerzen er ihr zugefügt hätte.

„Du scheinst dich wohl nicht mehr an mich zu erinnern?" Er lief auf den Mann zu und schlug ihm erneut in sein Gesicht. Der Kerl spuckte einen Zahn und etwas Blut aus.

„Nein, wieso sollte ich? Habe ich dich je gesehen?"

„Ja. Ich sorge dafür, dass du dich erinnern wirst. Ich zeige dir, was ich durchleben musste. All die Schmerzen, all mein

Leiden. Ich werde es dir doppelt zurückzahlen. Nein, zehnfach, für alle anderen, denen du ebenfalls solch ein Leiden angetan hast - auch wenn wohl nicht einmal das genug wäre, um deine Taten zu rächen." Die anderen stuckten bei seinen Worten.

Meinte er das ernst? Würde er diesen Mann vergewaltigen wollen? Konnte er wirklich so grausam sein?

Die anderen kannten ihn gar nicht so. Er war doch sonst immer so anders. Er wollte Gerechtigkeit und half gerne denen, die normalerweise nichts hatten. Vielleicht kam dieser Wandel genau deswegen. Es war sicher nicht einmal ein Wandel, er wollte lediglich für die ganzen Opfer Gerechtigkeit.

Aber so?

Der Junge stieß den Mann zu Boden und drehte ihn auf seinen Bauch. Er griff sich seinen Dolch, den er immer an der Hüfte seines Gürtels befestigt hatte. Er schnitt dem Mann die Kleidung auf und nahm sie ihm Weg. „Nimm", sagte er zu Emma, die sie mit verunsichertem Blick entgegennahm. Er wirkte so verändert. Emma lief etwas Schauriges den Rücken runter. „Für ihn sind das verschwendete Ressourcen. Gib die Sachen ein paar Kindern oder nähe ein paar ordentliche Sachen daraus. Aber wasche sie vorher noch aus, damit dieser Gestank verschwindet - falls er überhaupt je wieder rausgehen sollte."

Sie lief davon, wollte nicht länger diesen nackten Mann sehen - wo er ohnehin schon sehr unansehnlich war -, der den Jungen beschimpfte; beleidigte traf es wohl eher. Emma ging auf direktem Wege zum Schloss. Die Sachen würde sie zu einer Auffangstation bringen, in der die ganzen Waisenkinder versorgt wurden. Währenddessen beschwerte sich der Mann.

„Ihr habt mir meine Kleider geklaut! Dafür bringe ich erst

dich und dann diese kleine Hure um! Und zum Schluss den ganzen restlichen Haufen! Ihr werdet schon sehen, was ihr davon habt, mich so zu behandeln! Das lasset euch gesagt sein!"

„Mit welchem Messer? Was für eine Waffe allgemein? Du bist ein Nichts. Kannst dich nicht einmal selber verteidigen. Versuchst dich damit groß zu fühlen, indem du Schwächere verletzt und misshandelst. Aber *du* wirst jetzt sehen, was du davon hast. Niemand bleibt ohne Strafe, für seine Sünden. Und ich werde jetzt dein Richter sein." Der Junge spürte die Blicke der anderen auf sich und der Mann bedeckte sich mit seinen Händen. „Geht, ich kann das alleine klären. Kümmert euch um die anderen Kinder."

Sie hörten auf ihn und verschwanden. Ein unwohles Gefühl lag in ihren Mägen. Sie wollten nicht, dass er etwas so Schreckliches tat, sie wollten aber auch nichts dagegen sagen. Es war sein Kampf, das wussten sie. Genauso wussten sie, dass sie sich nicht einmischen durften. Gut fanden sie es dennoch nicht.

Sobald sie weg waren, stieß er den Mann erneut zu Boden, drehte ihn um und drückte seinen Kopf auf den Boden. „Erinnerst du dich jetzt an mich? Erkennst du mich wieder? Oder bist du wirklich so arrogant, dass du niemanden, außer dich selbst, wiedererkennen würdest?"

„Runter von mir! Du dreckiger Arsch! Fass mich nicht an! Das wirst du schon noch bereuen!"

„Arsch? Du hast einen ganzschön dreckigen Arsch. Soll ich ihn dir auswaschen?" Er nahm sich erneut seinen Dolch, den er kurz wieder weggesteckt hatte. „Ein wenig ausspülen. Womit würde das wohl am besten gehen, wenn man kein Wasser hat?"

„Runter!"

„Oh, ganz sicher nicht. Es macht doch gerade so viel Spaß.

Und gleich wird es sicher noch viel mehr Spaß machen. Gleich, wenn ich deine Schreie höre."

Er richtete sich den Hintern des Mannes ein wenig weiter hoch und griff dabei an seinen verdreckten Schwanz.

„Ein wenig klein, aber so ist es mir am liebsten. Die kleinen sind mir immer die liebsten."

Der Mann schrie auf, als der Junge ihn weiter hoch und somit weiter in den Mann reindrückte.

„So ein kleines Loch und die Schreie der Kleinen, sind mir immer am liebsten. So ein schöner Klang, wenn man immer weiter in sie eindringt, mit einer so rohen Gewalt, dass es blutet."

Die Augen des Mannes weiteten sich.

„Und dann erst ihre wunderschönen Tränen, wenn die Schmerzen sie übertrumpfen."

Diese Worte hatte er früher immer zu den kleinen Kindern gesagt, die er vergewaltigt hatte. Besonders bei den Jungen.

„Doch. Doch, ich erkenne dich. Du bist der kleine Junge, von damals. Aber ich habe dich doch nicht vergewaltigt! Ich habe für dich gut bezahlt. Das kann man doch keine Vergewaltigung nennen!"

„Und dennoch wollte ich das nicht. Ich wurde gegen meinen Willen zu etwas gezwungen. Du hast mich vergewaltigt. Mich geschändet und misshandelt. Spüre diesen Schmerz, wie ich ihn damals - und viele andere auch - spüren musste."

Er stieß dem Mann seinen Dolch in den Arsch, dass er laut zu schreien anfing.

„Bitte! Bitte aufhören! Aufhören!"

„Nein. Ihr habt damals auch nicht aufgehört. Ich musste bluten, wegen einem Mann wie dir. Ich werde dafür sorgen, dass du auch bluten musst. Sieh dann selber zu, wie du das überlebst, nachdem ich mit dir fertig bin. Aber vorher werde ich dich noch kastrieren - so mickrig es auch sein mag."

Blut kam heraus. Wie lange alles dauerte, konnte er nicht sagen, aber irgendwann, zog er, nach mehreren Malen rein und raus, den Dolch endgültig aus ihm heraus.

Er stand auf und sah den Mann an. Er weinte und schrie. Eine riesige Blutlache hatte sich bereits unter ihm gebildet.

Der Junge spürte Ekel vor sich selber und gleichzeitig auch eine so unendliche Erleichterung. Und vielleicht sogar eine Art Befriedigung, ein Gefühl der Genugtuung, der Rache. Es war so berauschend, befreiend.

Der Mann versuchte etwas gegen die Schmerzen und die Blutung zu tun, machte es allerdings nur noch schlimmer. Er würde sterben, so viel stand fest. Der Junge würde später wieder kommen, allerdings mit den Wölfen, die sich über seinen Leichnam hermachen würden, um ihn zu fressen, bis nichts mehr von ihm übrigbleiben würde. Dieser Mann hatte kein Begräbnis verdient. Nicht er. Er hatte nichts außer Leid, Schmerz und Tod verdient.

Als er mit der Hilfe von den Wölfen die Überreste des Mannes entsorgt hatte, lief er zurück zum Schloss, wo seine Gruppe sicherlich bereits auf ihn wartete. Die andere Gruppe, in der Kilian, Alcinda, Sunja und diese Freundin von Ciara, deren Namen er sich einfach nicht merken konnte, waren, war sicher auch bereits im Schloss. Die Kleineren - Mara, Antonia und Adalwin -, die bereits auch so gut wie erwachsen waren, waren mit der Versorgung der Waisenkinder beschäftigt, zusammen mit Ciara. Diese Ada - oder wie auch immer sie nun hieß - sorgte Unterwegs für die Versorgung der Kinder, die sich kaum oder gar nicht bewegen konnten, die verletzt oder dergleichen waren, die bereits zu schwach waren.

Sobald er im Schloss angekommen war, saßen bereits alle an der Abendtafel. Er setzte sich an seinen Platz und die Wölfe - unter dem auch Runa ihr Seelentier war, da er nicht mit ihr verschwand (sie hatte ihm auch mitgeteilt, dass er ihr nicht folgen sollte) - suchten sich einen Platz unter dem großen Tisch, in der Hoffnung, dass vielleicht auch mal was runterfallen würde. Früher wären die Leute sicher so unachtsam gewesen, allmögliches vom Tisch fallen zu lassen und den Hunden vorzuwerfen, doch sie waren so sparsam, dass sie selber kaum etwas auf ihrem Teller hatten. Die Wölfe bekamen nur die Knochen, von dem Wild, das ab und zu gejagt wurde, um mit der Ernte sparsamer sein zu können. Die Wölfe hofften auf ein wenig Restfleisch, aber auch das war ihnen nicht vergönnt. Sie konnten nur den Geschmack des Fettes noch drankleben schmecken. Oft stritten sie sich um den besten Knochen, auch wenn ihnen richtiges Fleisch lieber gewesen wäre.

Es war Frühling, zwischen Winter und Sommer. Eine schrecklich unsichere Zeit. Man konnte sich nicht sicher sein, ob die Kälte nun vorüber war, und sie mit der neuen Saat beginnen konnte, oder ob sie gefrieren würde, weil der Winter doch noch nicht ganz rum war. Eine sowieso schon unsichere Zeit, die erneut gefährlicher wurde. Dabei war der Frühling eigentlich die Zeit der Hoffnung und wieder Auferstehung; neues Leben. Nur im Somme, da gab es kaum Probleme. Nur schien der Sommer immer am kürzesten zu sein.

Johannes begrüßte ihn und widmete sich dann wieder der gesamten Runde zu. „War heute viel los?"

Emma, Linhart und Evan sahen zur Seite. Der Junge sah nur auf seinen Teller, den eine Magd gebracht hatte.

„Könnte man so sagen ..." Emma nuschelte eher und ihre Augen sagten auch einiges.

„Ach ja? Was denn?" Interessiert hob der König seinen Kopf an. Er war viel mit seinem Königreich beschäftigt, machte sich ständig um alles Gedanken. Gab es eine noch so winzige Kleinigkeit, so wollte er etwas davon wissen.

„Ach, dies und das. Frag unseren Freund am besten mal selber."

Johannes sah den Jungen erwartungsvoll an, so wie alle anderen am Tisch - zumindest die, die zuvor nicht dabei waren. Den Jungen interessierte es allerdings recht wenig. Seine Stimme klang so gleichgültig, als hätte er nur ein Stück Stoff dem ursprünglichen Besitzer zurückgebracht. Er sah nicht auf, starrte mit leeren Augen auf seinen Teller und biss in das kleine Stück Brot, das er bekam. Es war bereits halb vertrocknet, weswegen er es richtig mit seinen Zähnen abreisen musste.

„Ich habe eine alte Rechnung beglichen."

„Wie das?"

„Mit meinem Dolch." Den drei Wissenden lief der Schweiß kalt den Rücken runter.

Johannes schien verwirrt, ging aber nicht weiter darauf ein, stattdessen fragte er Ciara, wie viele Neuankömmlinge – Waisenkinder - an diesem Tag dazukamen. Es wurden täglich immer mehr.

„Es gibt einfach zu viele Waisen. Wahrscheinlich kommen die meisten von Huren, die sich nicht um ihre Verpflegung kümmern wollen. Und zu Krisenzeiten haben die Männer mehr Lust, wodurch eine höhere Kinderrate entsteht. Wenigstens da, wollen sie Befriedigung." Ciara seufzte, bei dem Gedanken daran. „Irgendwas sollte dagegen unternommen werden."

„Dann müssten wir dafür sorgen, dass die Huren aufhören, ihrer Arbeit nachzugehen. Dann würden sie kein Geld mehr verdienen, hätten kein Bett mehr und auch kein Essen mehr.

Wie sollen wir sie also dazu bringen, damit aufzuhören? Und was ist mit den Männern? Sie wollen befriedigt werden und nicht alle haben eine Frau. Und viele dieser Männer, wollen sich auch gar nicht an eine binden und lieber frei ihrem Leben weiter gehen, ohne Verpflichtungen an Weib und Kinder."

„Dann sollten wir die Frauen nach und nach zu einer anderen Arbeit bewegen, wenn die Männer schon ihrer Pflicht nicht nachkommen wollen."

„Und welche wäre das? Sie haben keine andere Möglichkeit zu arbeiten. Was sollen sie schon gelernt haben? Niemand würde ihnen eine Stelle geben, besonders nicht zu solchen Zeiten, wo ohnehin niemand sonst eingestellt wird. Warum dann ausgerechnet eine Hure? Dazu gibt es ja auch Gründe, warum sie diese Arbeit machen. Manche wurden auch einfach an die Hurenhäuser als Kinder verkauft, um die Schulden der Familie so zu tilgen. Wie willst du das machen? Sie haben nicht mehr das Recht über sich selber."

„Wir könnten sie hier im Schloss anstellen. Wir fangen zuerst mit denen an, die Kinder haben. Sie können nähen, Wäsche waschen, in der Küche aushelfen oder etwas anderes. Hier gibt es mehr zu tun, als möglich wäre, mit unseren derzeitigen Angestellten zu meistern. Es wäre besser für die Frauen, für ihre Kinder und uns - und mit uns auch dem gesamten Königreich. Wenn sie nicht das Recht über sich selber haben, dann ist dies Sklaverei. Sklaverei wird verboten. Sie können sich nicht darüber beschweren, sonst werden bei den Betreibern dieser Häuser die Rationen gekürzt."

Johannes ließ sich Ciaras Worte durch den Kopf gehen. „Na schön. Wir heuern ein paar der Huren - mit Kinder - an und sehen dann wie es läuft. Wenn es gut funktioniert, dann machen wir weiter. Und dieses Verbot, da muss ich mal sehen, wie ich das durchsetze. Das braucht Zeit und Entwicklung." Er nahm sich seinen Becher und trank einen Schluck draus, nachdem er sagte: „Wir fangen morgen damit an."

12

Sie hatten bereits die einzelnen Bordelle durchkämt, fanden einige Frauen, die Kinder hatten oder schwanger waren. Es waren schon beinahe zu viele, doch heuerten sie alle an. Dafür mussten sie im Schloss in Gemeindezimmern wohnen, sonst hätten sie wohl nicht alle so schnell unterbringen können.

Die Bordelle waren am Schluss zur Hälfte geleert. Johannes konnte das nur durchbekommen, weil er der König war. Alle Zuhälter wollten sich beschweren, aber sie wussten nur zu gut, dass der König die Bordelle einfach hätte schließen lassen können. Mit Hilfe der Kirche - obwohl auch viele Männer der Kirche heimlich ein paar der Frauen zu sich kommen ließen. In der Öffentlichkeit hätten sie es aber niemals zugeben können, weswegen auch sie sich diesem Willen hätten beugen müssen.

Johannes hätte gerne alle Bordelle geschlossen, doch er wusste, dass viele Frauen nur diese Rückzugsmöglichkeit hatten – so furchtbar es auch war.

„Jetzt müssen wir nur noch das Problem mit den Männern lösen. Es sind zu viele, die ihre Lust stillen wollen. Sie werden sich beschweren."

„Die Männer haben sich nicht zu beschweren. Sollen sie ihre Frauen nicht betrügen, sich Frauen suchen, ihre Hand nehmen oder sich mit dem zufrieden geben, was da ist und auch mal ein paar Tage durchhalten. Die Frauen können sich ja auch unter Kontrolle halten – und jetzt sag mir nichts von deinem Gott, ich habe genug von der Bibel vorgelesen bekommen, um zu wissen, dass sich Männer genauso nicht der *fleischlichen Sünde* und *Lust* hingeben sollen, wie die Frauen. So sollen sie auch nicht ihren Frauen betrügen, wie es viele tun. Wir können ihnen aber auch so viel Arbeit geben, dass sie zu erschöpft sind, um ihren Gelüsten nachzugehen, wenn das wirklich ihre einzige Sorge ist und sie sich wirklich nicht unter Kontrolle halten können – was ja nun sehr viel über diese Männer aussagt, auch wenn es sicher nur ein paar mit sehr lauten Stimmen sind und daher wie viele wirken."

Ciara sah so ernst aus, dass Johannes lachen musste. Sie selber hatten ihre Ehe vollzogen, wusste sie doch wie begierig Männer waren. Und besonders, wenn es um Liebe ging. Nur ging es diesen Männern nicht um Liebe, nur um Befriedigung.

„Hoffentlich werden es nicht noch mehr Kinder."

Sein Lächeln verging ihm, als er Ciaras Worte hörte. Sie mochte schon recht haben, würde er sich dennoch darüber freuen, wenn sie ein Kind bekommen würden. Ciara als Mutter zu sehen, als richtige Mutter, als Leibliche Mutter, nicht nur als Ziehmutter. Nicht als eine Frau, die sich nur um Kinder kümmerte und sie in ihre Obhut nahm. Kinder, die nicht ihre eigenen waren. Aber zu etwas drängen wollte er sie auch nicht. Er wusste, dass sie eine freie und kluge Frau war, er wollte sie nicht in eine Ecke drängen. Vielleicht würde er sie so nur verlieren.

„Sorge nur dafür, dass sich die Frauen auch ordentlich anstellen. Für Unterkunft müssen wir für sie immerhin auch aufkommen. Und wir müssen ihnen auch Essen geben, so wie den Kindern. Unser Schloss ist groß, aber es hat nicht unendlich Platz. Besonders nicht, wenn immer mehr Kinder jeden Tag zu und kommen."

„Das ist mir bewusst, doch müssen wir das alles durchstehen, so langen der Krieg noch nicht vorüber ist. Denke doch nur daran, wie viele noch sterben werden. Dann sollten wir wenigstens die Kinder irgendwie schützen können. Sie sind unsere Zukunft."

Aber nicht meine, meine Geliebte. Du erwartest nicht meine Zukunft, du bist nicht froher Erwartung. Die Zukunft der Menschen, nicht die Zukunft von uns beiden.

„Wir sollten gucken, wie viel Kapazität wir noch haben." Ciara gab ihm einen Kuss und verschwand dann aus seinem Arbeitszimmer.

Johannes streckte sich aus, sobald sie aus dem Zimmer verschwunden war. Er seufzte laut aus.

Wie würde er das nur wieder alles bewältigen? Nun, wo der Krieg doch schon so gut wie vor den Toren der Stadt lag. Die letzte Schlacht, auf die sie schon so lange warteten. Vor drei Jahren hatten sie bereits die Befürchtung, doch kam es damals nicht dazu. Aber auch nur Dank Runa ihrer fehlenden Fähigkeit, den Schattenzauber zu kontrollieren und zu beherrschen. Sie würde sicher bald so weit sein, war sie doch eine recht schnelle Lernerin, wie Mara meinte. Sie hatten bereits zusammen gelernt, da konnte sie es schnell, sowie Sunja mit ihr ein wenig üben konnte und sie schnell alles beherrschen konnte.

Jeden neuen Tag, den sie mehr auf den Krieg warten mussten, war eine Qual und Erleichterung zur selben Zeit. Waren sie doch immer im Unsicheren, nichts wissend und dennoch mehr in Sicherheit. Vielleicht war es besser, es einfach hinter sich zu bringen. Ihnen ging die Nahrung aus, die Ernte wurde von Jahr zu Jahr schlechter, fiel geringfügiger aus und auch das Wild und Vieh nahm stetig ab. Es wurde immer schwieriger zu regieren. Die Angst stieg und somit auch die Straftaten. Alles wurde so unruhig. Das Gleichgewicht brach auseinander.

Vielleicht brauchten die Schattenzauberer ja gar nicht kommen, vielleicht würden sie sich selber gegenseitig vernichten. Besonders da unter den Völkern, die zusammengekommen waren, immer mehr Streitigkeiten entstanden.

Die Blut- und Hexenzauberer, die nun ebenfalls im Königreich lebten, wurden als Ausländer angesehen, Menschen, die sie durchfüttern mussten und die ihnen den Platz nahmen; Menschen, die eigentlich nicht zu ihnen gehörten – egal, ob sie ihnen nun einen Nutzen wert waren oder nicht, gern gesehen waren sie dennoch nicht. Dabei halfen die Blutzauberer so gut, die Kranken und Verletzten zu heilen und die Hexenzauberer dabei, dass die Ernte besser ausfiel – was Besonderes zu dieser Zeit unglaublich wichtig war und daher eigentlich eher geschätzt und nicht verachtet werden sollte.

Aber ihnen gegenüber wurde dennoch Hass entgegengebracht, nur, weil die Menschen Angst vor dem hatten, was auf sie zukommen würde. Sie hatten Angst, vor den Schattenzauberern – sie hatten sie noch nie gesehen, nur Geschichten über sie gehört, was es nur noch schlimmer machten (wozu man kein Gesicht hatte, konnte man sich noch dunkler in der eigenen Fantasie ausmalen) und sahen daher alle Zauberer als etwas Böses an. Wenn diese schon so mächtig waren und es für Gutes einsetzten, wie schlimm mussten dann erst die Schattenzauberer sein, die es für Böses einsetzten und vor denen sich sogar diese Zauberer fürchteten? Sie nahmen die Hilfe zwar gerne entgegen, waren aber dennoch misstrauisch und nicht gewillt, ihnen mehr Freundlichkeit, als dieses einfache Misstrauen, entgegen zu bringen. Wenn der Krieg erstmal vorbei war, würde sich das hoffentlich ändern.

13

Sunja saß in ihrem Zimmer. Draußen war es dunkel, die beste Zeit, um zu schlafen, sich auszuruhen oder um als Schatten oder Schattenzauberer umherzuwandeln.

Sie schlief lieber am Tag und arbeitete bei Nacht. So fühlte sie sich sicherer. So *war* sie sicherer. Und so wusste sie, wenn etwas kam, um sie zu töten.

Sie überwachte in der Nacht die Kinder, hütete sie, beschützte sie, sorgte dafür, dass ihnen nichts geschah, dass sie sich sicher und behütet fühlten. Damit sie in der Nacht ruhig schlafen konnten. Sie - diese unschuldigen, verwaisten Kinder - würden die meiste Hilfe benötigen, wenn sie angegriffen werden würden.

Sie mochte die Kinder. Sie wusste wie es war, alleine zu sein. Diese Kinder waren allein, hatten keine Eltern, niemanden, der ihnen in so schrecklichen Zeiten Fürsorge und Trost; Schutz bieten konnte. Sunja kümmerte sich gerne um sie. Sie beobachtete die Kinder, wie sie schliefen. Wenn eins einen Albtraum hatte, kam sie zu dem Kind, hielt seine Hand, strich ihm über den Kopf und summte eine schöne Melodie. Damit beruhigte sie die Kinder, sorgte dafür, dass sie das Gefühl hatten, als würde jemand für sie da sein. Dass da jemand war, der sie behütete und umsorgte. Dass sie nicht alleine waren.

Sunja wollte ihnen Sicherheit geben, Sicherheit, die sie brauchten. So sehr mochte sie die Kinder, dass sie sich selber für sie aufopfern würde. Die Kinder mochten sie ebenfalls, besonders ihre Lichtspiele fanden sie toll, so faszinierend. Besonders, wenn sie Tiere in Form von Licht erscheinen ließ und diese dann im Gemeinschaftssaal umherwanderten. Allerdings half sie nicht nur so den Kindern. Sie konnte durch ihr Licht, die Träume der Kinder erhellen, wenn sie Albträume hatten. Aber meistens half auch schon Hände halten, Kopf streicheln und Lieder summen. Sie wandte den Lichttrick gegen Albträume nur in den äußersten Umständen an, wenn sonst nichts mehr half.

Sie dachte oft an Runa. Da hatte sie sie endlich gefunden, da verlor sie sie auch schon wieder direkt. Aber ganz verloren hatte sie sie nicht, nur weil sie nicht neben ihr sitzen oder direkt mit ihr reden konnte - obwohl sie sie liebend gern in den Arm genommen hätte, sie einfach halten und nie wieder loslassen, nie wieder gehen lassen wollte.

Sie hoffte dennoch, dass sie bald wieder mit Runa vereint sein könnte. Sie wusste, was sie für Runa empfand. Sie wusste, wie stark ihre Gefühle für sie waren, schon damals, als sie sie nur mit Hilfe ihres Lichtzaubers von weit entfernt beobachten konnte. Und sie glaubte, dass Runa dasselbe für sie empfand. Das konnte Sunja einfach spüren. Es hatte sich allerdings erst über die letzten Jahre entwickelt. Als sie sie im Mondlicht sah, da glaubte sie aber bereits gemerkt zu haben, dass sich etwas in Runa regte, dass sie bereits da die Verbindung zwischen ihnen gespürt hatte. Runa und Sunja waren einfach füreinander bestimmt. Sunja war sich dessen sicher.

Sunja musste ständig an Runa denken. Und Runa ging es nicht anders, denn auch sie konnte nur daran denken, endlich wieder bei Sunja und allen anderen zu sein. Wie sie sich wohl bei dem bevorstehenden Krieg verhalten würde? Hoffentlich würde Runa noch dieselbe sein, wie Sunja sie in Erinnerung hatte.

14

„Mara.“

„…“

„Mara!“

„…“

„MARA!“

„WAS?!“

„Na endlich antwortest du mal, hat ja lange genug gedauert.“

„Ach, Mensch, Antonia, was ist denn los? Du bist ja schon beinahe aufgebracht.“

„Du starrst die ganze Zeit nur aus dem Fenster, ist da irgendwas Besonderes? Du wolltest doch mit mir und Ad Schachspielen. Wir warten schon die ganze Zeit auf dich. Wo bist du nur schon wieder mit deinen Gedanken? Wenn du da rausschaust, wirkt es so, als würdest du alles andere um dich rum vergessen.“

„Ich verliere doch sowieso immer. Dann wird Ad wieder so übermütig, weil er gegen dich einfach nicht gewinnen kann. Da wird er immer so … man könnte schon sagen, dass er da unausstehlich werden kann.“

„Auch nur, weil du immer nie aufpasst! So wie du es jetzt tust. Immerzu bist du nur am Träumen.“

„Ich bin halt etwas unruhig. Die ganze Zeit glaube ich, dass sie vor den Toren stehen könnten, um uns zu töten. Und mit jedem neuen Tag, werde ich einfach unruhiger. Das ist wirklich eine Qual." Mara drehte sich vom Fenster weg.

Antonia ließ die Tür los, die sie geöffnet hatte, um in das Zimmer hineinzukommen, um Mara zu holen. Sie ließ sie die ganze Zeit über nicht los, doch als Mara sich regte, um sich auf das Ende ihres Bettes zu setzen, kam sie dazu und setzte sich neben sie.

„Machst du dir denn keine Gedanken deswegen?", wollte Mara wissen und sah sie mit zusammengezogenen Augenbrauen an.

„Doch, natürlich, aber deswegen muss man doch nicht den ganzen Tag Trübsal blasen. Besonders, weil es doch sowieso schon so lange dauert. Und auch so schon schlimm genug ist."

„Aber genau aus diesem Grund werde ich wegen jedem neuen Tag, noch viel unruhiger. Ich meine, wenn es jetzt nicht kommt und es schon so lange dauert, warum ist es dann nicht so, dass in diesem Augenblick doch etwas ausbrechen könnte? Je länger es dauert, umso weniger Zeit bleibt uns. Du verstehst doch sicher, was ich meine?"

Antonia legte Mara ihren Arm um. „Ja, schon, aber du solltest, gerade deswegen, so viel Spaß, wie noch möglich haben. Und jetzt komm. Ad wartet sicher schon und fragt sich, wo wir bleiben."

Mara nickte, behielt aber ihren betrübten Blick bei.

Zusammen standen sie auf und verließen Maras Zimmer, um in das von Antonia zu gehen, wo ein wunderschönes Schachspiel bereits aufgebaut auf sie wartete.

„Da seid ihr ja endlich!", meinte Adalwin, der bereits ganz ungeduldig aussah, was sich in seiner Stimme widerspiegelte. „Wisst ihr, wie lange ich auf euch gewartet habe? Bis dahin ist   bestimmt   schon-"

„-der Krieg vorbei", beendeten Antonia und Mara gleichzeitig, während sie sich augenverdrehend ihre Köpfe zu hielten und sich dabei ansahen. Ihre Arme waren dabei verschränkt. Beide waren sie synchron, nur spiegelverkehrt. Sie mussten grinsen, Adalwin fand es allerdings nicht so lustig.

„Ja, ja. Macht euch nur schön lustig über mich, so wie immer. Es gibt ja auch nichts Besseres im Leben zu tun, als das."

„Tut uns leid, aber das sagst du nun mal immer. Und damit meine ich auch *immer*. Da brauchen wir nur mal eine Minute zu spät zu dir kommen – wenn nicht sogar nur ein paar Sekunden - und schon sagst du das. Du Hoheit von Superpünktlich, dem Königreich, in dem jeder auf die Sekunde pünktlich ist und nicht wagen würde auch nur eine Millisekunde zu spät zu irgendwas zu kommen, sei es zum Essen oder sich die Nase zu pudern. Wo du doch eigentlich von einem zeitlosen Stamm herkommst, wo Zeit noch nie eine Rolle gespielt hat."

„Stimmt doch gar nicht."

„Doch, da muss ich Antonia schon recht geben. Du bist da mehr als pingelig." Mara wandte sich an Antonia. „Da müssen wir noch aufpassen, dass er nicht zu den Schattenzauberern rennt und ihnen einen Vortrag darüber hält, dass sie zu spät zur letzten Schlacht gekommen sind. Und das geht natürlich überhaupt nicht, denn dann wäre die letzte Schlacht ja bereits vorbei, bevor sie überhaupt angefangen hätte – was, meiner Meinung nach, nicht unbedingt schlimm wäre."

Er wollte bereits etwas erwidern - solch eine Frechheit durfte er sich doch immerhin nicht einfach gefallen lassen, das wäre ja noch schöner! - doch da schlug Antonia bereits ihre Hände zusammen und sagte: 2Na dann, lasst uns Schach spielen. Sonst ist es bereits Abend, bevor wir überhaupt begonnen haben."

Mara fügte neckend hinzu: „Oder der Krieg ist vorbei, bevor wir zu spielen angefangen haben."

Adalwin schüttelte nur seinen Kopf. Die beiden würde er niemals zur Vernunft ziehen können.

Antonia musste grinsen, war sie doch, was den Humor betraf, so wie Mara getroffen. Sie setzte sich auf einen Platz und deutete mit ihrer Hand, dass sich eine von beiden ebenfalls setzen sollte. „Und später gehen wir wieder zu den Kindern. Die wollen vielleicht auch Schach spielen, da können wir es ihnen beibringen."

„Die Kinder haben wahrscheinlich andere Probleme."

„Ach Ad, nur weil sie andere Sorgen haben - so wie alle anderen hier auch - heißt es ja nicht, dass sie nicht ein wenig Ablenkung, und auch mal ein wenig Spaß, gebrauchen könnten. Sollen sie etwa die ganze Zeit Angst haben und sich fragen, ob sie den nächsten Tag noch erleben werden? Und das in ihren jungen Jahren, wo sie sich ohnehin wahrscheinlich nur an diese Zeit ihrer Kindheit erinnern werden und auch teilweise können, weil sie so jung sind? Bist du dieser Meinung?"

„Das behaupte ich ja nicht."

„Doch, tust du", sagten beide Mädchen gleichzeitig (Mara sah sogar von dem Buch auf, in dem sie in diesen Moment rumblätterte, um zu sehen, ob sie es lesen wolle). Mara hatte von Antonia lesen beigebracht bekommen.

Er verdrehte seine Augen und setzte sich vor Antonia. Mara stellte das Buch wieder weg, strich mit ihrem Finger auf den oberen Rändern der anderen Bücher entlang und zog dann ein neues heraus, das, ihrer Meinung nach, interessanter aussah. Dieses hatte ihr Interesse geweckt, weswegen sie sich auf das Ende von Antonias Bett setzte. Wie es immer der

Fall war, wenn Antonia und Adalwin zusammen Schachspielten.

„Weiß beginnt."

„Das *weiß* ich! Du hast mir dieses Spiel schon vor drei Jahren beigebracht."

„Ja, was hätten wir auch sonst spielen sollen? Es war hier so elend langweilig und für Puppen war ich zu dem Zeitpunkt bereits zu alt. Aber sag mal, sollte das mit dem Weiß ein Wortwitz sein? Weil wenn, dann war es ein äußerst schlechter Wortwitz gewesen."

„Du bist zehn geworden und nennst das dann ein Alter, für das du zu alt für Puppen bist? Ich meine, mit deinen zehn Jahren damals, warst du bereits eitel, aber jetzt ... unbeschreiblich. Mal von deiner Unhöflichkeit abgesehen, die du mir mit *deinen* schlechten Witzen immer wieder zeigst."

„Sei mal nicht so gegenüber der Prinzessin. Ritter und Prinzessin wollte sie ja auch nicht spielen, immerhin ist sie das ja bereits."

Er drehte sich zu Mara um, die nicht mal ihren Kopf von ihrem Buch hob, um mit ihm zu sprechen. Er verdrehte wieder seine Augen.

„Du bist niedlich, wenn du das machst." Antonia musste grinsen.

„Was mach?" Verwirrt sah er erst Antonia und dann Mara an, die versuchte ein Grinsen zu unterdrücken, weil sie wusste, was Antonia meinte.

„Na, wenn du so eine Schnute ziehst. Was hätte ich denn sonst meinen können?"

Er wollte bereits sagen, dass er das nicht tun würde, da sagten die beiden Mädchen bereits: „Tust du doch."

„Ich habe doch noch gar nichts gesagt!"

„Wolltest du aber." Sie sagten diese Dinge immer so

synchron, dass man sie zusammen als eine einzige Person hätte durchgehenlassen können. Die beiden Mädchen konnten auch nie zusammen Schach spielen, weil sie sofort wussten, was der Zug der anderen werden würde. Daher wechselten sie sich immer ab. Manchmal versuchten sie es dennoch. Mara spielte daher allerdings dennoch ungern Schach, besonders, da sie gegen Adalwin dann dennoch nicht gewinnen würde. Und er zog sie dann immer damit auf, indem er Dinge sagte wie: „He, Mara, willst du nicht mal wieder mit mir spielen? Ich würde gerne wieder gegen dich gewinnen."

„Du scheinst besser geworden zu sein", meinte Antonia nach einer Weile.

„Ich hatte ja auch die beste Lehrerin."

„Danke." Sie grinste, dann lehnte sie sich nach hinten, um sich zu strecken. „Aber genug gespielt. Lasst uns zu den Kindern gehen. Die Sonne steht bereits am Zenit. Und die Kinder wollen wir natürlich nicht warten lassen - im Gegensatz zu Adalwin."

Bevor Adalwin etwas darauf erwidern konnte, stand sie auf und Mara tat es ihr gleich - das Buch hatte sie bereits zur Hälfte durchgelesen und legte es auf Antonias Nachtschrank. „Später werde ich das zu Ende lesen."

Antonia drehte sich zu ihr um. „Liest du den Kindern die eine Geschichte vor, die sie hören wollten?"

„Ja, dann muss ich es noch schnell holen." Sie lief zurück zu dem Bücherregal und holte das alte Kinderbuch von Antonia heraus, indem es um die Legende der Blutzauberer ging und den Krieg von vor hundert Jahren. Mara mochte das Buch nicht sonderlich, allerdings schienen die Kinder regelrecht fasziniert davon zu sein. So ging es einst auch Antonia, damals, als sie noch glaubte, dass es nur ein altes

Ammenmärchen wäre. Solange, bis sie Runa kennengelernt hatte.

„Hab es, wir können los." Mara schwenkte das Buch hin und her, mit strahlenden Augen und einem Lächeln auf ihrem Gesicht.

Sie liefen den langen Gang entlang, bis sie an einer großen Treppe ankamen, die sie nach unten, zu einem neuen Gang brachte. Gingen von da aus weiter, um zu einem Zimmer auf der rechten Seite zu gelangen. Es war das Krankenzimmer noch vor drei Jahren gewesen. Nun war es ein Zimmer für Waisenkinder. Die Kranken wurden in ein anderes Zimmer verlegt.

Die drei liefen in das Zimmer, in dem überall Kerzen hell erleuchtet waren. Als die Kinder sie sahen, erhellten sich ihre gelangweilten Mienen, zu einem freudigen Lächeln. Es waren etwas über fünfzig Kinder und jeden Tag wurden es immer mehr.

„Ihr seid wieder da!", wurden die drei freudig begrüßt. Die Kinder kamen allesamt auf sie zugelaufen.

„Was macht ihr heute mit uns?"

„Spielen wir heute etwas zusammen?"

„Werden wir bald gemeinsam nach draußen gehen? Ich würde so gerne mal wieder rausgehen und mir den Himmel ansehen."

„Nehmt ihr uns mal mit in den Wald, wenn gejagt wird? Ich würde gerne mal im Wald sein."

„Dürfen wir auch mal mit zum Bogenschießen oder Schwertkampf? Das ist bestimmt richtig aufregend. Dürfen wir dann auch mal schießen oder ein Schwert halten – vielleicht sogar schwingen, wenn es nicht zu schwer in der Hand liegt?"

Lauter Fragen stellten die Kinder, ihre Augen am glänzen

und ihre Gesichter am Strahlen. Sie waren voller Aufregung und Begeisterung.

„Beruhigt euch erstmal. Ihr überfordert uns ja richtig. So viel auf einmal, das können wir doch gar nicht alles beantworten", meinte Antonia mit erhobenen Händen, wie sie auch die anderen beiden erhoben hatten. Sie sah völlig überrascht zu den Kindern, musste innerlich aber grinsen. Sie mochten die Kinder, hatten sie richtig ins Herz geschlossen. Ein Lächeln schlich sich auf ihre Lippen, wie bei einer älteren Schwester oder Mutter. „Mara hat heute das Buch mit. Wollt ihr ihr heute beim Vorlesen zuhören?"

Die Kinder überlegten kurz und riefen dann alle zusammen: „Ja!" Allerdings wollten die Kinder es als Gutenachtgeschichte hören, und da es noch nicht Abend war, wollten sie etwas spielen. Spiele spielten die Kinder besonders gerne, denn vorher mussten sie viel arbeiten oder hatten nicht die Kraft dazu, weil sie zu große Magenschmerzen vor Hunger hatten. Nun nutzten sie ihre Zeit dazu, so gut sie nur konnten und genossen genauso ihr Leben, denn sie wussten, wie schnell es wieder vorbei sein konnte.

Mara beugte sich zu den Kindern nach unten. „Und was wollt ihr spielen?", fragte sie mit einem warmen Lächeln im Gesicht.

Die Kinder sahen einander verwundert an, doch dann fingen alle breit zu grinsen an. Alle drehten sie sich zu den dreien um und schrien laut grinsend: „Verstecken!" Die Kinder mochten dieses Spiel. Abgesehen davon war es ein gutes Training, wenn die Letzteschlacht begann, wie Antonia, Mara und Adalwin fanden. Nur war die Frage, ob sie nicht doch zu leicht von den Schatten gefunden werden konnten, wenn sich die Kinder immer nur dachten, dass sie im Schatten nicht gefunden werden konnten, weil sie da niemand sehen konnte. Niemand, außer die Schattenzauberer. Den Kindern machte es Spaß, ohne, dass sie es bemerkten, wie sie sich auf etwas vorbereiteten, das sie vielleicht gar nicht überleben würden. Aber Spaß blieb Spaß und diesen wollten sie den Kindern lassen - etwas anderes hatten sie ja nicht. Und was war toller, als in so einem großen Schloss Verstecken zu spielen? Sie spielten dieses Spiel ständig, doch nie gingen den Kindern ihre Verstecke aus.

Die drei sahen sich an. Sie schienen sich sagen zu wollen: *War ja klar.*

Die Kinder versteckten sich und die drei zählten bis zu einer Minute, bis sie zu suchen anfingen.

Die ersten Kinder fanden sie recht schnell, da sie sich nicht im Versteck halten konnten, ohne loszulachen, irgendwo vorzulunsen oder schnell ein neues Versteck zu suchen, das sie als sicherer empfanden, weil Mara, Antonia und Adalwin bereits dort waren.

Wer gefunden wurde, suchte ebenfalls.

●●●

Fast zwei Stunden waren sie am Suchen. Mara fand, dass sie Fortschritte im Suchen machten.

Wir sind besser geworden, sonst brauchen wir immer etwas länger.

Aber auch die anderen beiden hatten solche Gedanken.

Sie hatten so gut wie alle gefunden, nur zwei fehlten noch. Doch kurz vor der Abenddämmerung fanden sie auch die beiden, nur leider nicht so, wie sie es gerne hätten ... Wie es irgendjemand aus dem Reich gerne hätte, ob sie die Kinder nun kannten oder nicht ...

Als sie sie entdeckt hatten, waren sie zutiefst schockiert.

Mara kamen die Tränen, beide Hände hielt sie sich vor ihren Mund. Adalwin ballte seine Hände zu Fäusten. Und Antonia ... nun, sie wusste einfach nicht, wie sie reagieren sollte. Die Kinder, die ebenfalls nach unten in das Verließ kamen, fingen laut zu schreien und zu weinen an.

Zwei Kinder lagen tot in einer Zelle, ohne jegliche Verletzungen, oder Anzeichen eines Angriffes, nur mit weitaufgerissenen Augen.

Tote Augen, Totenaugen, die Augen zweier Toter, die dennoch Angst zu haben schienen. Eine enorme Angst, als würden sie noch leben. Nur taten sie das nicht mehr. Und so würde es auch bleiben.

15

Runa saß wie immer, wenn sie Zeit für sich selber hatte, an dem See in der Höhle. Es war dunkel. Völlig dunkel, so wie immer. Nie kam auch nur ein Lichtfunken in die Höhle - zumindest normalerweise.

Dunkelheit, stockdunkel. Blinde, schwere Dunkelheit.

Aber da sie so lange bereits in der Hölle lebte, hatte sie sich in den drei Jahren recht gut an die Dunkelheit gewöhnen können, so gut, dass sie alles so erkennen konnte, wie wenn sie draußen zur Dämmerung unterwegs war.

Sie hatte alles über den Schattenzauber gelernt, was nur zu lernen ging. Wahrscheinlich war sie mittlerweile sogar noch viel mächtiger als die Schattenkönigin. Aber wenn sie das laut sagen würde, dann würde es sicherlich nicht gut enden - weder für sie, noch für sonst wen in ihrer Umgebung. Da war sie sich ganz sicher. Denn egal wie gut sie auch sein mochte, so grausam wie diese Frau, würde sie niemals sein.

Drei Jahre waren es nun also schon. Drei lange Jahre. Drei Jahre ohne ihre Freunde, ihre Verbündeten, ihre Familie. Sie konnte gar nicht so recht glauben, dass es bereits so lange war, seit sie entführt wurde und vor die Wahl gestellt wurde, ob sie umgebracht wurde oder ihre Freunde - oder am besten gesagt: sie mit ihren Freunden.

Aber was hätte sie sonst tun sollen, außer zuzustimmen?

Sterben – und dadurch ihre Freunde sterben lassen? Ihre Freunde sterben lassen - einfach so? Dabei vielleicht sogar noch zusehen? Ihre Freunde zusehen lassen, wie sie von dieser Frau umgebracht wurde – und dann sie umgebracht wurden?

Nein. Nein, das sicher nicht. So, wie es geschah, war der beste Spielzug gewesen; nein, nicht Spielzug, es war der beste Kriegszug, den sie machen konnte.

Sie freute sich auch darüber, endlich auch diesen Zauber, und somit alle Bestehenden, beherrschen zu können. Die Art und Weise, wie es dazu kam, gefiel ihr zwar nicht, aber besser so, als nie. Auch wenn die Zwillinge - wobei nun nur noch eine von ihnen - ihr den Zauber beigebracht hätten. Wobei es sicher etwas anders war, von einer vollständigen Schattenzauberin, den Zauber beigebracht zu bekommen - und dann noch von einer so mächtigen Schattenzauberin, die sogar als die Schattenkönigin bezeichnet wurde. Dennoch gefiel ihr nicht, von dieser Frau lernen zu müssen, auch nicht den Grund, warum sie ihn von der Schattenkönigin gelehrt bekam.

Sie sollte gegen ihre Freunde in einen Krieg ziehen, bei dem es viele Tote geben würde, auf beiden Seiten und bei der sicher war, welche Seite gewinnen würde.

Runa hörte dem Tropfen des Wassers zu. Das Geräusch beruhigte sie und war ihr definitiv lieber, als das nervige Gelache von diesem blöden Waldgeist.

Sie mochte dieses Wesen nicht. Ganze Zeit nervte es und kam auch nur zu ihr. Beleidigte sie, zog an ihren Haaren, provozierte sie, machte, was es wollte, gehorchte nicht und kannte nicht einmal den Begriff Anstand.

Ein schreckliches, kleines Ding, das auf nichts und niemanden achtete und lebte, als würde ihm alles gehören. Ein kleines Schoßtier von der Schattenkönigen.

Die Schattenzauberin hasste alle, die nicht reine Schattenzauberer waren und so machte es der Waldgeist nach. Aber auf eine noch viel nervigere Art und Weise, die kaum zu ertragen war. Manch einer hatte sich sicherlich schon selbst das Leben genommen, weil es dieses Wesen nicht ertragen konnte. Also war es wohl eher überhaupt nicht zu ertragen.

Ein Waldgeist.

Sie hatte sich solche Wesen, bei diesem Namen, ganz anders vorgestellt. Daher empfand sie Waldgeist nicht als sonderlich tolle Bezeichnung, erachtete es eher so, dass Waldgeist eine schöne und liebe Kreatur war, die den Wald schützte. Aber so waren die Waldgeister nicht, es waren schrecklich grausame Wesen und hatten eigentlich bereits eine besser passende Bezeichnung für sie: Seelenräuber, da dieses Wesen ohnehin eher ein Seelenräuber war. Immerhin zogen sie das Leben aus einem.

Beschützer. Von wegen! Nur weil sie den Schattenzauberern nichts antaten, hieß es nicht, dass sie sie beschützen (auch wenn es ihrer Meinung nach wohl genau das hieß), und einen eigenen Nutzen zogen sich diese Wesen ja auch daraus. Sie waren gezwungen die Beschützer der Schattenzauber zu sein, so wurde es vor hundert Jahren entschieden. Wenn da nicht dieser Zwang wäre, dann würden sie sich auch Schattenzauberer vornehmen. Das Ganze war also eher eine Zweckgemeinschaft.

Ganz recht, diese Wesen sind schrecklich, nervig und furchtbar, besonders dieses kleine Biest von der Schattenkönigin. Wie sehr ich dieses kleine Wesen doch hasse.

Könnte es nicht einfach verschwinden und nie wieder zurückkommen?

Ob es sich wohl selber aufsaugen könnte? Und wenn es

möglich wäre, würde es dann völlig verschwinden?
Ach wie schön das doch wäre.
Wie sehr ich es doch hasse, es um mich zu haben. Auch nur zu spüren, dass es in meiner Nähe ist, gibt mir schon ein schreckliches Unbehagen.
Wie froh ich doch sein werde, endlich hier wegzukommen.
Wie lange es wohl noch dauern mag?
Welch schreckliches Gefühl so lange warten zu müssen.
Ob es den anderen auch so ergehen mag?
Sicherlich. Sie sind ja auf der Seite der anderen, der Nichtzauberer, derer, die in großer Gefahr sind.
Die Schattenzauberer sind viel mächtiger. Ich habe solche Angst um meine Schützlinge.
Wie groß sie jetzt sein müssen! Ich habe so viel wichtige Zeit verpasst!
Wie sehr ich das alles doch hasse!
Wenn dieses Weib doch nur niemals geboren wäre! Dann wäre das alles nie passiert ...
Aber dann hätte ich sicher niemals jemanden von ihnen kennengelernt.
Aber würde es einen Krieg rechtfertigen? Vielleicht hätte ich sie auf andere Weise kennengelernt und die Großmeisterin wäre nie so streng gewesen, wäre sogar auf die Suche mit mir gegangen.
Selbst, wenn ich sie niemals kennengelernt hätte, diesen Krieg sollte es nicht geben.
Es ist furchtbar und grausam und ich hasse alles hier.
Runa mochte es nicht. Diese Höhle, diese Menschen, diese Wesen. Immer hatte sie diese Sorgen um Mara und Antonia. Und dann immer diese Sprüche und das Verhalten dieser Wesen und Menschen. Sie waren schrecklich.
Und überall herrschte diese Unterdrückung.
Sie konnte ganze Zeit nur daran denken, wie schrecklich sie

145

alles fand.

Doch ehe sie weiter darüber nachdenken konnte, kam dieses kleine, listige Vieh zu ihr gewandert.

Runa sah es genervt an. Der einzige Ort, zudem das blöde Vieh niemals kam und dann störte es sie plötzlich doch in ihrer Ruhe. Hätte es nicht woanders hingehen und jemand anderen nerven können, damit sie selber ihre Ruhe haben konnte? Es nervte sie doch ohnehin jeden Tag und dann auch noch den ganzen Tag. Es ließ sie nicht in Ruhe schlafen, essen oder sonst was. Und dann fand sie mal diese ruhige Ecke und hatte sie nur für so eine kurze Zeit für sich. Dabei hatte sie schon so oft mitbekommen, dass dieses Wesen diesen Ort mied. War das vielleicht so etwas wie ein Trick?

„Was machst du denn hier? Ich dachte, du magst es hier hinten nicht?"

Hast du nicht Angst vor Wasser oder sowas in der Art? So wirkt es zumindest immer auf mich.

„Stimmt auch. Überall dieses ekelhafte Wasser. Scheußliches Zeug, wie das nur gemocht werden kann. Ihr Menschen seid wahrlich wunderlich, aber auch sehr köstlich. Aber ich bin wegen etwas anderem hier. Ich werde also gezwungen, her zu kommen. Ich würde das ganz bestimmt nicht freiwillig tun, bei so einem widerwertigen Zeug in meiner Nähe."

Also habe ich recht. Wenn die im Wald leben, was machen sie dann während Regen und Sturm? Leben sie vielleicht deswegen im Wald, weil sie da besser vor solchen Wetterlagen geschützt sind?

„Wegen was denn?" Runa verdrehte ihre Augen. Dieses Wesen war wirklich zu … sie fand für dieses Wesen einfach keine Worte mehr. Es sollte lieber …

Einfach ein schrecklich nerviges Vieh, etwas anderes als jegliche Form der Negativität fiel ihr bei diesem Wesen nicht ein.

Aber bei den Folgenden Worten, wurden ihre Augen ganz groß und ihr Herz schien stehen zu bleiben, so wie das Blut in ihren Adern, das zu gefrieren schien.

„Ich soll dir ausrichten, dass es begonnen hat."

16

Ciara war gerade dabei, zu überprüfen, wie viele Zimmer - und damit, wie viel Kapazität - sie noch übrighatten, und wie es mit ihrer Lebensmittelversorgung aussah. Sie mussten noch mehr rationieren, so viel stand fest. Es kamen mehr Kinder ins Schloss dazu, als Nahrung reinkam.

Irgendwas musste sich dringend ändern, damit nicht alles plötzlich in einem Chaos ausbrechen würde. Da musste noch viel ausgerechnet werden, wie viel sie noch rationieren mussten.

Dieses Jahr musste wohl das schwierigste werden, dachte sie bei sich.

Sie war schon bei dem letzten Gang.

Fünf Zimmer, die man so aufteilen konnte, dass pro Zimmer etwa Platz für sechzig Menschen war, wenn es um kleine Menschen ging, die in aufgestockten Betten schliefen. Manche würden auch zusammen in einem Bett schlafen müssen, um noch etwas mehr Platz zu schaffen.

In den Verließen würden sie wohl auch noch welche unterbekommen müssen. Aber das war ja groß genug. An Platz würde es also nicht mangeln, nur an Lebensmitteln würde es wohl scheitern.

Sie lief in einen der dunklen Räume. Irgendwas stimmte

nicht.

Wie spät es wohl war? Es schien bereits dunkel zu werden, wie der Einfall des Lichtes es im Gang zeigte.

Gerne würde sie sich wieder mit Sunja und Alcinda unterhalten. In den drei Jahren hatte sie sich gut mit den beiden angefreundet. Besonders, da sie eine Verbindung hatten und diese war die Schattenzauberin. Sie alle hatten bereits etwas mit ihr zu tun gehabt. Sich miteinander austauschen zu können, das tat ihnen allen gut. Manche Nächte verbrachten sie zusammen, unterhielten sich, tauschten sich aus. Es war ein wunderbares Gefühl, so entlastend, ja, befreiend. Diese Gemeinsamkeit tat ihnen unglaublich gut.

Ciara verließ das Zimmer wieder und lief einen langen Gang entlang, die großen Fenster ließen das letzte Tageslicht hereinfallen. Ein schöner Glanz, der wirkte, als würde er eine Art Tragik mit sich bringen wollen. Wunderschön melancholisch. So schöne Farben, wie die Ruhe vor dem Sturm.

Kurz sah sie hinaus, betrachtete traurig das schöne Farbenspiel.

Sie ging weiter den Gang entlang. Neben ihr fiel ein langer Schatten, völlig betrübend und dunkel. Er lag so lang; er zeigte, dass bald die Nacht einbrechen würde.

Ciara spürte, dass irgendetwas an dieser Abenddämmerung anders war, als es sonst der Fall war.

Sie lief in Richtung der Verließe, doch ganz kam sie nicht hin.

Ein großer, dunkler Schatten flog durch den Gang und verschwand im geworfenen Schein des Fensters. Die Abenddämmerung hatte begonnen. Es wurde bald Nacht. Und ein Schatten war hier? Ciara bekam sofort den Verdacht zu wissen, wo ihr unwohles Gefühl herkam, diese Art von einer Vorahnung. Sie musste Johannes finden, so schnell wie möglich. Und da ertönte bereits ein lauter Schrei.

17

Alcinda und Kilian lagen zusammen in ihrem Bett und wollten sich zur Ruhe Betten. Beide hatten sich gut miteinander zusammen getan, hatten eine Verbindung zueinander aufgebaut. Eine besonders enge, denn sie konnten ihren Schmerz einander gut verstehen, denn sie trugen den selben mit sich. Beide hatten sie auf grausame Art ihre Schwester verloren. Niemand konnte diesen Schmerz nachempfinden. Ja, Sunja hatte auch ihre Schwester verloren und dann hatte sie noch einmal ihre neue Schwester verloren. Aber Alcinda hatte bereits gemerkt, dass irgendwas in Sunja vorging. Sie war anders. Ja, sie machten immer noch viel miteinander, aber dennoch war es anders, als mit Kilian. Da war diese besondere Verbindung zwischen ihnen. Nicht einmal Sunja hatte solch eine zu Alcinda. Denn Alcinda und Sunja waren Schwestern, aber Kilian und Alcinda, waren besonders gute Freunde. Schon beinahe Seelenverwandte. Sie waren füreinander da. Verstanden sich wortlos, mussten sich nur ansehen, in ihre Augen, und die Abgründe ihrer Seelen offenbarten sich einander.

Sie schliefen beieinander, denn sie waren einander der Halt. Da waren sie gerne zusammen. Sie gaben einander Sicherheit.

Kilian hatte daran denken müssen, wie begeistert seine

Schwester von diesem Schloss war und wie er sagte, dass sie sich nicht länger damit beschäftigen konnten. Und nun lebte er selber in diesem Schloss, seit drei Jahren.

Wie Nia das wohl gefunden hätte? Ob es ihr gefallen hätte? Ganz bestimmt. Es anzusehen hatte sie ja bereits unglaublich begeistert gehabt. Wie erfreut wäre sie da erst gewesen, wenn sie ein eigenes Zimmer in ihm gehabt hätte, um dort zu wohnen?

Aber es ging nicht mehr um Kilian und Nia. Nun ging es um Kilian und Alcinda. Zwei völlig verschiedene Beziehungen und Personen zu einem einzigen jungen Mann.

In den letzten drei Jahren waren sie eng zusammengewachsen, so eng, dass sie Freunde wurden und irgendwann sogar sehr gute Freunde. Sie hatten starke Empfindungen füreinander. Kilian ärgerte sie zwar immer noch, aber es war eher eine Neckerei. Eine Neckerei, durch die er sogar seine anderen Gefühle für sie versuchte zu offenbaren. Ob sie es verstand war fraglich, aber es war gut möglich, dass sie ihn einfach nicht so nah an sich ranlassen wollte.

Der Tod ihrer Schwester ging ihr noch zu nah. Einen neuen Verlust, der Person, die ihr am wichtigsten war, hätte sie wahrscheinlich nicht überstanden. Und zu dieser Zeit, war er ihr nun mal am wichtigsten.

Wenn er ihr noch wichtiger werden würde, dann würde sie es mit sehr hoher Wahrscheinlichkeit selber nicht überleben. Und wer wusste schon, ob er zu dieser Zeit wirklich überleben würde?

Da es immer mehr Menschen im Schloss wurden, hatten die beiden sich bereit erklärt, sich ein Zimmer - und damit auch ein Bett - zu teilen, um mehr Platz zu schaffen. Es störte sie nicht, sie empfanden es sogar als recht angenehm. Sie waren nicht mehr alleine; fühlten sich sicherer. Seit dem hatte Alcinda auch weniger Albträume, die sie seit dem Tod ihrer Schwester ständig hatte.

Immer wieder wiederholte sich dieses Ereignis in ihren Träumen, aber auch wenn sie wach und alleine war. Ein Trauma, von dem sie sich nicht zu erholen schien.

Seit sie aber ständig mit Kilian zusammen war, hatte sich das geändert. Sie wurde viel ruhiger, war nicht mehr so nervös. Aber auch ihre Panikausbrüche, die sie seitdem ständig hatte, wurden weniger. Und wenn sie doch mal eine hatte, dann war da Kilian, der für sie da war und sie beruhigte.

Nun wollten sie sich also wieder zusammen in ihr Bett legen, doch da hörten sie laute Schreie.

Schreie waren immer ein Warnsignal. Besonders solche Schreie. Die Kinder spielten viel miteinander und schrien zwar auch viel, aber das war ein anderes Schreien. Das Schreien, was sie hörten, war bedrohlich. Ein verzweifelter Schrei, ein verängstigter Schrei.

Verwundert und besorgt sahen sie sich an und entschieden sich schnell aus der Tür zu sehen.

Antonia kam mit ein paar Kindern durch den Gang gerannt. Kilian und Alcinda wollten bereits wieder die Tür schließen, um sich hinzulegen, da sie dachten, es wäre nur wieder irgendeins dieser ganzen Spiele, die sie miteinander spielten, doch da sahen sie den Ausdruck in ihren Gesichtern. Verstörte, verängstigte, traumatisierte Gesichter, die kaum etwas um sich herum wahrzunehmen schienen.

Schnell liefen sie auf Antonia zu, die Kinder sahen völlig verängstigt aus, mit ihren starren und schockgeweideten Augen.

„Antonia!", rief Alcinda. „Antonia, warte mal! Was ist denn los? Was ist passiert?"

Antonia drehte sich um, völlig überrascht, die beiden als

erste gefunden zu haben. Tränen standen in Antonias Gesicht.

Sie wollte bereits anfangen zu erklären, doch da brach bereits alles in ihr zusammen, in der einen Sekunde, in der sie mal kurz verschnaufen konnte. Tränen flossen über ihr Gesicht und das Sprechen fiel ihr schwer. Immer wenn sie einen neuen Satz anfangen wollte, brach sie bereits in ein neues Schluchzen ein. Es war fürchterlich. Sie konnte sich überhaupt nicht mehr beruhigen und ließ sich auch nicht mehr beruhigen.

„Beruhige dich jetzt erstmal und sag dann, was passiert ist." Alcinda legte behutsam ihre Hand auf Antonias Schulter, wollte ihr eine Art Schutz und Geborgenheit geben.

„Wo ist mein Bruder?", brachte sie gerade so unter den ganzen Heulkrämpfen und Schluchzern hervor. Es fiel ihr äußerst schwer.

Ratlos sahen sich Kilian und Alcinda an. Sie hätten gerne eins der Kinder gefragt, was los war, doch diese waren entweder in derselben Lage, wie es Antonia war, oder sie waren so verstört, dass sie nicht einmal ihre Umgebung mehr ordentlich einordnen, wahrnehmen, verstehen konnten; wirkten so, als würden sie in sich gefangen sein.

„Sollen wir dich zu ihm bringen?", versuchte es Alcinda erneut.

Antonia nickte nur krampfhaft.

Antonia wurde von Alcinda gestützt, damit sie einen besseren Halt bekam. Sie kamen nur langsam voran, auch wenn Antonia am liebsten schneller bei ihm wäre, doch dafür zitterten ihre Beine zu sehr. Es war so langsam, dass es beinahe wirkte, als würden sie überhaupt nicht vorankommen.

Irgendwann kam er ihr endlich entgegengelaufen. Es hätte bald ihr Abendmahl gegeben, daher war er wohl auf dem Weg in die große Halle.

Alcinda und Kilian hatten sich nicht nach Essen gefühlt, aber die anderen.

Als Johannes seine Schwester sah, lächelte er erst und wollte sie schon mit zur Tafel nehmen, doch schnell fiel ihm auf, dass etwas nicht stimmte. Sein Lächeln verschwand und wechselte zu Besorgnis. Ihre Freunde - Mara und Adalwin - waren nicht da, anstelle dessen waren es Alcinda und Kilian - was ihm erst danach auffiel. Und je näher sie kam, umso trauriger wirkte sie. Außerdem musste Alcinda sie halten, da Antonia scheinbar zu schwach auf ihren Beinen war. Und dann noch die ganzen Kinder hinter ihnen, die schreckhaft, verängstigt und verstört wirkten.

Schnell übersprang Johannes die letzten Meter zu seiner Schwester. Er dankte Alcinda mit einem Nicken zu ihr und übernahm dann die Führsorge für seine Schwester. Da er größer war, als Alcinda, musste er sich ein wenig nach unten beugen, um seine Schwester besser stützen zu können, ohne, dass sie Mühen bekam, auf Zehenspitzen stehen zu müssen.

„Was ist denn los? Warum weinst du so? Und was ist mit den Kindern? Ihr seht ja völlig verstört aus."

Langsam versuchte Antonia wieder zu Atem zu kommen. Die Kinder klammerten sich aneinander, um sich gegenseitig Schutz und Sicherheit, so wie Trost zu spenden. Sie waren gefüllt von Angst und Verzweiflung. Was hätten sie also anderes tun können?

Schritte kamen auf sie zu, als es gleichzeitig von Antonia - die gerade genug Atem zum Sprechen hatte - und von Ciara - von der die Schritte ausgingen - gleichzeitig rausgebrochen kam: „Es hat begonnen."

18

Sie hatten die Glocken ertönen lassen, das Zeichen, dass es zu einem Angriff kam. Der Moment; der Tag; die Nacht, auf die sich alle vorbereitet hatten. Dieser Klang hatte sich bei jedem ins Gedächtnis gebrannt.

Eine regelrechte Panik brach aus. Menschen nahmen, was sie zwischen ihre Finger bekamen und flüchteten zum Schloss, dem sichersten Ort, im ganzen Königreich.

Lichter wurden angemacht, überall wo es ging. Die Kinder wurden in das Verließ gebracht, so wie die Schwachen, Kranken und Alten. Das Verließ war hell ausgeleuchtet, damit auch möglichst nirgendwo ein Schatten geworfen werden konnte. Sie brachten ihre Nahrung hinunter und versuchten alles Weitere, Lebensnotwendige, in Sicherheit zu bringen. Alles musste geschehen, noch bevor der letzte Lichtstrahl hinter den Wäldern, auf den Hügeln und Bergen, verschwand.

Alle, die Kampffähig waren, mussten sich bereit machen. Selbst die Frauen, was für die Nichtzauberer einen großen Schock - ja einen Skandal! - hervorrief. Wo es für die Blut- und Hexenzauberinnen so normal war, empfanden sie es eher als schockierend, dass die Frauen im Krieg nicht mitkämpften.

Johannes lief umher und gab Befehle. Eine dicke Ader war

auf seiner Stirn erschienen. Stress, Angst, Hass, Übelkeit. Er war geplagt von allmöglichen, negativen Gefühlen.

Der Krieg hatte begonnen und er konnte nicht sagen, ob sie überleben würden. Ob überhaupt jemand überleben würde.

Drei Jahre hatten sie nun auf diesen Tag - oder wohl eher diese Nacht - gewartet. Und plötzlich brach alles unter und über ihnen zusammen.

Er hatte so lange darauf gewartet, wollte diese enorme Last endlich von sich legen. Doch es war nicht so, wie er erwartet hatte. Es wurde noch schlimmer. Viel schlimmer. Nichts fiel von ihm, es erdrückte ihn nur eher. Als würde er in die Erde gequetscht werden; lebendig begraben. Es war so furchtbar. So viel Verantwortung, so eine große Last, so viele Leben in seiner Obhut, seiner Hand. Er fühlte sich beinahe so, als würde er beinahe keine Luft mehr bekommen.

Was würde noch kommen? Wie viele waren es? Konnten sie diese Menschen sonst noch auf irgendeine Art aufhalten? Hatten sie wirklich eine Chance? Hatten sie überhaupt eine Chance?

Eines war klar: Diese Nacht würde die Schlimmste aller Zeiten werden.

Sie hätten fünf der Auserwählten bei sich benötigt, doch stattdessen hatten sie nur drei bei sich - Emma, Antonia und Sunja. Auf der dunklen Seite waren es zwei - die Schattenkönigin und Runa.

Und Runa hatte dazu noch die Macht von allen der Zauber - Schattenzauber, Lichtzauber, Hexenzauber und ihren Grundzauber, den Blutzauber. Runa, die als die wichtigste Person in diesem ganzen Krieg galt, von der es angeblich sogar Prophezeiungen gegeben hatte. So wichtig war sie.

Und Antonia, sie war eine von ihnen und hatte nicht mal einen Zauber. Sie war eine Nichtzauberin.

Sie hatten zwar noch andere Hexen- und Blutzauberer bei

sich, doch ob diese auch wirklich etwas ausrichten konnten, dessen war er sich nicht sicher.

Sie würden große Schwierigkeiten haben, gegen diese dunkle Macht anzukommen. Falls sie dagegen ankamen.

Und dann war es so weit, der letzte Lichtstrahl verschwand. Gespannt sahen alle dabei zu. Auf dem Schlosshof und im Schloss. Im Schloss die Menschen, sahen von den Fenstern aus, wie die Sonne verschwand und die Menschen auf dem Hof, hatten ihre Köpfe auf den Himmel gerichtet, dass sie ihre Hälse ganz weit Strecken mussten. Alle waren sie angespannt.

Die Menschen, die nur Waffen hatten, zündeten sie mit einem Feuer an, dass sie hell erleuchteten.

Sofort spürten sie, wie es kälter wurde, egal, ob draußen oder drin. Wie ein dunkler Schauer, der sich über sie zog. An den Scheiben der Fenster bildeten sich Eiskristalle, die sich über die gesamte Fläche ausbreiteten, bis es sich auch auf den Wänden, in denen die Fenster waren, ausbreitete. Draußen fing der Boden zu gefrieren an. Und das Wasser am Fluss, stoppte. Die Oberfläche war ebenfalls voller Eis. Die Menschen konnten ihren eigenen Atem sehen, so eisig wurde es.

Frühling.

Es war Frühling, sah es doch aber aus, als wäre es der tiefste Winter. Wie alle Pflanzen so schnell einfroren, wie die Blätter an den Bäumen festfroren oder in der Kälte sofort abfielen.

Mara war kurz zuvor bei ihrem Vater, nachdem sie den Schock überstanden hatte. In den letzten drei Jahren konnte sie endlich eine Beziehung zu ihm aufbauen, ihn kennenlerne, herausfinden wer und wie er war. Auch wenn der Anfang schwer war. Doch mittlerweile, liebte sie ihn, wie sie ihre Mutter geliebt hatte - auch wenn ihre Mutter immer die Nummer eins für sie sein würde. Aber sie musste wieder weg. Ihr Vater kämpfte in der vordersten Front, während sie im Schloss Stellung hielt. Sie hatte Kinder, um die sie sich kümmern musste. Besonders, nachdem sie die beiden toten Kinder gefunden hatten.

Antonia sollte Alarm schlagen, während Mara und Adalwin versuchten, die anderen Kinder zu beruhigen, die sich nicht bewegen konnten, so schockiert von dem Anblick waren sie gewesen. Und dann mussten sie sich darum kümmern, die Kinder in Sicherheit zu bringen. Diese Augen der toten Kinder, ihr Anblick, es war viel angsteinflößender, als es ein Blutüberströmtes, verwundetes Kind jemals hätte sein können.

Sie hatte ewig auf diesen Krieg gewartet, hatte sich ständig Gedanken drum gemacht. Für sie war es mit am schlimmsten. Ihre Ziehmutter würde auf der falschen Seite kämpfen. Sie würde gegen sie kämpfen. Sie hatte sie so geliebt. Gott würde ihr doch hoffentlich beistehen. Aber Mara konnte sich nicht weiter Gedanken um Runa machen, sie hatte sich um ihre eigenen Kinder zu kümmern. Dazu musste sie Antonia unterstützen.

Adalwin hätte beinahe mit als erster kämpfen müssen, konnte seinen Vater aber davon überzeugen, mit zu Antonia und Mara zu gehen.

Sunja war ebenfalls bei ihnen, so wie Emma und der Freund. Sie sollten als Trumpfkarte dienen.

Alcinda und Kilian kämpften am Tor. Sie würden niemanden durchlassen. Sie durften niemanden durchlassen.

Linhart war im Schloss, bei ein paar Blutzauberern, die sich um Verletzte kümmern sollten - wenn es zu welchen kommen sollte, falls sie die Menschen nicht schon direkt umbringen würden.

Adalwins Mutter war unterwegs. Sie lief im Schloss umher, um zu sehen, ob irgendwo, irgendwas benötigt wurde oder übermittelte Nachrichten.

Sie kamen wie eine Flut über das Schloss. Nebel, tief schwarz.

„Da kommen sie!", schrie Johannes, der mit Ciara auf der Dachfläche des Schlosses stand. Er drehte sich zu einem Mann mit Horn um, der sofort hineinblies und ein lautes Signal ertönte. Sofort wussten es alle, bis tief in das Verließ, das der Angriff starten würde.

Sie kamen näher und näher und ließen alles in so einer Finsternis um sie erstrahlen, dass nicht einmal das Licht des Mondes oder der Sterne hindurch kamen, sie ließen dieses Licht einfach verschwinden.

Die Menschen gingen in Stellung, doch dann, als sie nicht mehr nur Schatten, sondern auch die Schattenzauberer sahen, die wie dunkle Engel über sie einbrachen, erschauderten sie. Sie konnten einfach nicht glauben, was sie da sahen.

Selbst Kinder schickten diese Wesen in den Krieg. Anscheinend war jede einzelne Person aus diesem Stamm in den Krieg gezogen.

Am Himmel flogen welche mit dunklen Schattenflügeln, auf dem Boden ritten sie auf Pferden aus Schatten oder flogen in dem Strahl aus Schatten mit. Und an ihrer Spitze, mit Gift leuchtenden grünen Augen und finsterem Grinsen im Gesicht, war die Schattenkönigin. So grausam und finster, wie es nur sie sein konnte.

Sie wurde von den Schatten der anderen mitgerissen, aber eher so, als würde sie auf einem Tron sitzen. So wie es zu ihr passte, denn sie regierte über alle von ihnen. Und wenn sie gewann, dann würden sie sogar über alles andere herrschen.

Ein furchtbar schrecklicher Gedanke, bei dem niemand wollte, dass er sich in die Wahrheit umwandelte.

Aber was noch schlimmer war, als der Anblick der Schattenkönigin, war Runa.

Direkt neben der Schattenkönigin war Runa, mit Augen, die so schwarz waren und wirkten, als wären in ihnen ebenfalls ein Nebelsturm aus Schatten. Und dann noch ihr Gesicht. Es war so ernst. Viel zu ernst.

Das konnte unmöglich Runa sein. Sie würde das doch niemals freiwillig machen! Das konnten sie einfach nicht glauben. Ihre Freunde würden es niemals glauben können, sie kannten sie dafür viel zu gut. Wahrhaben wollen würden sie es erst recht nicht.

Aber die anderen Menschen, die Runa nicht kannten, schürten einen regelrechten Hass gegen sie. Eine Verachtung. Den Wunsch ihres Untergangs.

Es war so weit, der Krieg hatte begonnen. Die toten Kinder waren nur ein Zeichen dafür, eine Warnung, für das, was kommen würde, für das, was auf *sie* zukommen würde; was mit ihnen passieren würde.

19

Runa hatte einst der Schattenkönig die Frage gestellt, wie es sein konnte, dass sie so einen Hass gegen alle hatte, die nicht reine Schattenzauberer waren. Wie es sein konnte, so grausam und verachtend zu sein, gegenüber allen, die nicht ihren Idealen entsprachen. Sie bekam eine Antwort, ob diese ihr nun gefiel oder nicht. Doch dann meinte Runa nur, dass sie doch selber nicht eine reine Schattenzauberin sein konnte.

„Wie kommst du denn auf diese idiotische Idee?" Die Schattenkönigin sah Runa entsetzt an, und kurz darauf mit so stark blitzenden Augen, die so stark grün leuchteten, als würden sie dafür sorgen, dass Runa auf der Stelle pulverisiert werden würde. Wie konnte sie es wagen, so etwas zu sagen? Solch eine Behauptung zu tätigen? Dass sie es überhaupt in ihre Gedanken, ihren Sinn ließ? Und dann auch noch laut aussprach!?

Dieses kleine, unbedeutende Wesen. Ich könnte dich zerquetschen. Umbringen! Wenn ich dich nicht für meinen Sieg benötigen würde, dann hätte ich dich schon längst umgebracht.

„Deine Augen sind grün, ein giftiges, sehr intensives, schon beinahe leuchtendes. Doch die Schattenzauberer haben ein tiefes Schwarz. So dunkel und schwarz, wie ihre Schatten.

Deine Augen sehen eher aus wie die von Hexenzauberern. Hexenzauberer haben auch grüne Augen. In seltenen Fällen auch blaue, aber eigentlich haben sie solche reinen, grünen Augen." Runa sah sich genau an, wie ihre Miene finsterer wurde, das belustigte Lächeln - das sie immer hatte und jemanden unterworfen fühlen ließ – war vollends verschwunden.

„Die Schattenzauberer wurden schon immer von allen missachten, nicht nur von den Nichtzauberern, denn wir waren schon immer am mächtigsten. Ihr wurdet nur von den Nichtzauberern vertrieben, doch wir wurden von allen vertrieben. Ermordet. Abgeschlachtet. Ich hasse alle, die nur im Geringsten etwas mit diesem Abschaum zu tun haben. Diesen Kreaturen, die kein recht haben, überhaupt noch zu atmen. Ich bin eine reine Schattenzauberin. Meine Augen zeigen nur, wie mächtig ich bin. Also behaupte nie wieder etwas anderes, sonst wirst du es gewiss bereuen." Und da fingen ihre Augen an, in einem kräftigen gelb-Gold zu leuchten, dass es Runa schauderte. Sollte das eine Drohung sein? Es sah sehr so aus. Besonders nach dem, was ihre Augen zeigten, was passierte, wenn sie so leuchteten.

Ein riesiger Schatten tauchte hinter der Schattenkönigin auf, mit riesigem Maul und Krallen größer als sein Kopf. Runa musste ihren Kopf nach oben heben, um seine ganze Größe erkennen zu können.

Sie ging vorsichtig ein paar Schritte zurück. Wenn diese Frau sauer war, dann war sie unberechenbar. Da konnte sie sich, allen Anschein nach, nicht kontrollieren.

Der Schatten ließ einen entsetzlichen Brüller von sich, dass Runa noch etwas zurückwich, dabei aber über einen Stein auf ihren Hintern fiel. Sie zuckte erschrocken zusammen und sah dann mit zusammengezogenem und leicht offenstehendem Mund zu der Schattenkönigin hinauf.

„Mach mich ja nie wieder wütend", sagte die Schattenkönigin und ließ den Schatten verpuffen. Ihre Augen hörten zu leuchten auf. „Nie wieder." Damit wendete sie Runa den Rücken zu und Runa stellte ihr nie wieder derartige Fragen. Sie passte viel mehr darauf auf, was sie bei dieser Frau fragte oder sagte.

●●●

Runa musste darauf Acht geben, nun, wo der Krieg begonnen hatte, sie nicht sauer zu machen. Dann würde es zu noch einer viel größeren Zerstörung kommen, als es ohnehin schon der Fall war.

Runa würde gegen ihre eigenen Freunde kämpfen müssen. Drei Jahre wurde sie darauf vorbereitet. Drei ganze Jahre. Sie wollte es nicht. Drei Jahre hatte sie beim Feind gelebt, wurde von ihm trainiert, aber brechen konnte er sie nicht. Nur würde sie nun wohl mit beim Feind, gegen den Freund, kämpfen müssen.

Wie würde die Schattenzauberin wohl reagieren, wenn Runa plötzlich die Seiten tauschen würde? Zu welch einer großen Zerstörung würde ihre Wut dann erst führen?

Runa gefiel das ganze ganz und gar nicht. Sie wollte an der Seite von Sunja kämpfen.

Sunja, wo sie wohl war? Ob sie in Sicherheit war? Hoffentlich würde sie überleben. Runa hatte ihr so viel zu sagen. Sie musste sie finden. So schnell wie möglich. Wie sehr sie sich nach ihr sehnte.

Der letzte Sonnenstrahl war vergangen, da waren sie bereits am Schloss angekommen.

Sie schickten Schatten und ließen sie in Menschen fahren, ließen sie sich gegenseitig umbringen.

Die ersten bekannten Gesichter, die Runa sah, waren

Alcinda und Kilian. Beide kämpften gerade gegen ein paar Schattenzauberer.

Schattenzauberer, die ebenfalls nicht an diesem Krieg interessiert waren. Doch sie mussten es tun, denn sie wussten, was passieren würde, wenn sie es nicht taten. Alles war besser, als diese Frau, diese ach so grausame Frau, als Feindin zu haben. Schlimmeres als sie, konnte es niemals geben.

Die Schattenkönigin schrie Befehle und lachte dabei höhnisch. Es war ein Anblick, der sie mit purer Freude tränkte. Sie hatte wirklich einen barbarischen Hass, gegen jene, die von denen abstammten, die Hass zu schüren begannen.

Irgendetwas stimmte nicht mit ihr. Egal, wie sehr auch versucht wurde, diese Frau zur Vernunft zu bewegen, es wurde nur noch schlimmer.

Runa konnte es einfach nicht nachvollziehen. Konnte nicht nachvollziehen, warum die Schattenkönigin so war. Konnte sich nicht vorstellen, dass irgendetwas ihr Verhalten rechtfertigen würde oder könnte.

Auf Hass folgt wirklich nur noch mehr Hass. Das kann nicht ... Es ist einfach nicht recht! Niemand sollte so grausam sein. Niemand sollte jemand anderem so schreckliche Dinge antun. Das alles soll einfach aufhören! Für immer und ewig! Der Frieden und Frühling sollen wieder einkehren, etwas, was diese Frau bestens zu verhindern weiß, denn sie macht sich jeden Untertan.

Es soll aufhören!

„Tötet sie! Tötet sie alle!", schrie die Schattenkönigin wie im Wahn.

Es fielen Schattenzauberer, es fielen Nichtzauberer und es fielen auch die Hexenzauberer, doch die Blutzauberer, sie nicht. Sie schafften es immer gerade so, sich und die in ihrer

Umgebung zu heilen. Nur wenn die Schattenkönigin Schatten in sie fahren ließ, dann war keine Heilung mehr möglich. Dafür schafften sie es aber auch von Schattenbesessenen, die Schatten hinaus zu verbannen, doch hatten die, die besessen waren, psychische Probleme bekommen, die wohl nie wieder richtig heilen würden. Das alles war aber immer nur je nach dem möglich, wie gut der Schattenzauberer war und wie lange die Schatten einen bereits besessen hatten.

Runa sah dieses ganze Spektakel. Es war schrecklich. Es war grausam.

Runa rannte zu Alcinda, sie musste wissen, wo Sunja war. Egal, wer versuchen würde Runa zu töten, Runa würde es dieser Person nicht gleichtun. Wollte sie doch niemanden töten oder verletzen.

Die Schattenkönigin achtete nicht weiter auf Runa, zu sehr war sie in ihrem Wahn gefangen. Doch Runa musste dennoch bei vielen anderen vorbeikommen, die sich gegenseitig versuchten, zu töten.

So durfte das doch nicht ewig weiter gehen. Sie waren doch alle eigentlich ein einziges Volk. Warum taten sie das? Sie sollten damit aufhören!

Runa kam gerade bei Alcinda an, als Alcinda jemanden einen Schatten in den Körper fahren ließ. Was diese Leute konnten, konnte sie ebenfalls, auch wenn es bei Schattenzauberern schwieriger war, sie von einem Schatten zu besetzen. Sie machte sich ihre eigenen Marionetten, direkt aus Schattenzauberern. Schattenzauberer, die für sie neue Marionetten machten. Alcinda wusste, wenn die Schattenkönigin erst einmal tot war, dann würde der ganze Krieg beendet sein. Daher ließ sie ihre Marionetten auf diese zusteuern, doch natürlich hatte sie es längst durchschaut. Und statt, dass sie sich die Mühe machte, die Besessenen, von den Schatten zu befreien, tötete sie sie einfach mit einem Handwink, bei dem ihre Schatten diesen die Hälse umdrehten. Ihre Augen leuchteten dabei so unglaublich, dass sie schon beinahe Angst davor bekamen.

Wie leichtfertig sie ihr eigenes Volk töten konnte; ihre Verbündeten. Die Schattenkönigin schien wirklich zu glauben, dass sie unbesiegbar war.

Runa ergriff Alcinda am Arm, da Runa unschön gestolpert war, weil sie vor zwei Leuten ausweichen musste, die dabei waren, sich gegenseitig umzubringen.

Erschrocken wich Alcinda zurück, besonders, als sie sah, wer sie da berührte. Mit finsterem Gesicht sah sie Runa an.

Kilian, der gerade wen erlegt hatte, drehte sich zu den beiden um, da er bemerkt hatte, dass irgendwer zu nahe an Alcinda rankam. Natürlich hatte er sich Sorgen um sie gemacht. Aber als Kilian sah, wer da Alcinda ergriffen hatte, wusste er nicht, ob er glücklich oder genauso wütend, wie sie sein sollte.

Runa war von ihrem Anblick verwirrt, müssten die beide doch genau wissen, dass Runa es nicht freiwillig tat. Was in all der Zeit geschehen war, dass sie ihre Ziehtochter nicht hatte erwachsen werden sehen, von ihrem Seelentier und ihnen allen getrennt war, sie Sunja so schnell verlor, keine Verbündeten bei sich hatte, mit denen sie hätte reden können, dass sie gerade von der falschen Seite kam, dass sie auf der falschen Seite, mit den falschen Leuten stand. Nichts davon wollte sie.

„Du", zischte Alcinda.

„Hallo, lange nicht gesehen. Aber damit sollten wir uns nicht länger aufhalten. Ich muss dringend zu Sunja." Sie hielt es für angebracht, nicht lange um den heißen Brei rumzureden, auch wenn es dadurch so wirkte, als wären sie nie voneinander getrennt gewesen oder so, als würde sie etwas Böses planen. Aber sie wollte auch keine unnötige Zeit verschwenden, sie musste einfach zu Sunja. Und wenn sie ihr wirklich jemals vertraut hatten, warum zeigten sie ihr das nicht einfach in diesem Moment? Sicher hatten sie auch Fragen (Warum bist du nicht einfach geflohen? Du hättest sie doch einfach während sie schlief töten können ... Wo es doch so offensichtlich war, wie das niemals so einfach der Fall gewesen sein konnte.), aber dafür hatte sie nun wirklich keine Zeit. Das musste einfach warten, bis nach der Schlacht – wenn es ein Danach geben sollte.

„Was? Warum? Etwa um sie umzubringen?" So viel zum Vertrauen. Aber Alcinda war ja schon immer so, die Schattenkönigin hatte sie dazu werden lassen. Runa verstand es nur allzu gut. Aber sie musste doch bemerkt haben, dass Runa niemals jemanden etwas antun wollte. Warum sah sie sie dann so feindselig an?

„Was? Nein! Ich könnte ihr niemals etwas antun! Es ist wichtig. Ich muss ihr helfen und sie mir."

„Ach und das soll ich dir jetzt glauben? Kein bisschen!" Die nicht vorhandene Zeit musste sie dann wohl doch noch opfern. Warum konnte Alcinda nicht einmal machen, was ihr gesagt wurde?

„Warum bist du denn so zu mir?" Runa wich ein bisschen zurück. Ihr war dieses Verhalten schleierhaft, hatten sie doch genug miteinander durchgemacht. Und dann auch dieser Moment. Hätte sie ihr wirklich schaden wollen, dann hätte sie es schon längst. Und dann auch noch das zwischen Runa und Sunja, wenn sie heimlich ... Aber davon wusste ja niemand, außer den beiden. „Habe ich dir je irgendetwas getan?"

„Und ob! Du bist bei ihr geblieben und bist jetzt auf deren Seite!" Alcinda sah sie so hasserfüllt an.

„Auf deren Seite? Ich war nie auf deren Seite!" Langsam wurde Runa verzweifelt. Sie hatte weder Freund noch

Verbündete, nur Feinde, so kam es ihr vor – wäre da nicht Sunja und natürlich ihr Seelentier.

„Also warst du die letzten drei Jahre nicht bei ihnen? Also hast du die letzten drei Jahre nicht bei ihnen gegessen, geschlafen und wurdest von ihnen trainiert? Also bist du gerade nicht mit ihnen hierhergekommen, in einen Krieg, den sie wollten, um alle zu töten, die nicht ihren Erwartungen entsprechen? Und bei dem dazu noch unzählige Menschen - Männer, Frauen, *Kinder!* - ihr Leben verlieren werden? Ist das etwa alles nicht wahr? Habe ich mir drei Jahre lang nur etwas eingebildet? Haben wir uns alle drei Jahre lang nur etwas eingebildet?"

Runa wusste nicht so genau, wie sie darauf antworten sollte. Und Kilian wusste auch nicht so recht, was er davon halten sollte.

Er kannte Runa schon, bevor er Alcinda kannte. Aber wer wusste schon, wie sehr sich Runa in diesen drei Jahren verändert haben konnte? Und es war auch gut möglich, dass sie ihnen nur etwas vorspielte? Vielleicht wollte sie schnell ihr Vertrauen erlangen, um sie dann zu töten, ohne, dass sie es merkten.

Kilian wisch einen Schritt zurück. „Alcinda, komm hier her. Sie muss für ihren Blutzauber niemanden berühren, um ihn bei jemanden anwenden zu können." Kilian packte Alcinda an ihrem Handgelenk und zog sie zu sich.

Runa sah verwirrt aus, dann verletzt. Seine Worte fühlten sich wie ein Schlag in ihr Herz an. War er doch ihr bester Freund gewesen und nun sowas.

Meint er das wirklich erst? Hatte er so schnell, so stark, sein Vertrauen mir gegenüber verloren? Dabei standen wir uns einst doch so nah. Er war die Person, der ich am meisten vertraut habe. Wie kann er mir das jetzt nur antun? Wo er doch wissen müsste, dass ich ihnen schon längst etwas hätte antun können, wenn ich es wirklich gewollt hätte. Und dabei hätte ich nicht einmal ihre Aufmerksamkeit auf mich ziehen oder ihnen nahekommen müssen.

„Was soll das heißen? Kilian, du kennst mich doch. Ich würde euch niemals etwas antun!" Tränen stiegen ihr in die Augen. Sie konnte es einfach nicht fassen.

„Tut mir leid, Runa, aber ich weiß wirklich nicht mehr, was ich noch von alldem halten soll. Ich sehe nur, dass du auf der falschen Seite kämpfst."

„Ich bin immer noch auf eurer Seite. Und hast du mich gerade wirklich kämpfen sehen, denn wenn ja, dann hast du dir etwas eingebildet. Und nur weil ich von ihrer Seite kam, heißt es noch lange nicht, dass ich auch auf ihrer Seite kämpfe, denn denke mal an dich, als du von dem Schatten besessen warst. Wer hat dich da sofort wieder in die Arme genommen, dich wieder aufgenommen?"

„Das war doch etwas völlig anderes."

„Ach, war es das wirklich?" Ihre Stimme klang hohl, eine Träne lief ihre gerötete, kalte Wange hinab. Runa war kurz davor, zu verzweifeln. Warum glaubten sie ihr nicht? Sie wollte ihnen doch nur helfen. „Ich hatte doch keine andere Möglichkeit."

Alcinda trat etwas weiter vor, Kilian hielt aber schützend seinen Arm vor sie, dass sie sich nur ein wenig drüber beugen konnte. „Ach wirklich? Hast du jemals versucht, diese Frau zu verlassen?" Da kamen sie, all die Fragen, die sie so gerne in Ruhe mit ihnen allen geklärt hätte – nach dem Krieg und nicht während der Schlacht, wo ihre Gefühle und alles sowieso auf Hochtouren lief.

„Nein."

„Hast du jemals versucht, sie zu töten oder jemand anderes von ihnen zu töten?"

„Nein." Runa sah betreten zur Seite, bei jeder neuen Frage,

fühlte sie sich schlechter. Sie wollte etwas erwidern. Doch was hätte sie schon erwidern sollen?

Alcinda funkelte sie finster an. Ihre Stimme klang wie Gift in Runas Ohren. „Also sage mir: Bist du wirklich auf unserer Seite?"

„Natürlich! Wie hätte ich sie denn töten sollen? Wie hätte ich denn vor ihr fliehen sollen? So hielt ich es für die beste Idee. Sie zeigt mir, was sie kann und ich kann es gegen sie nutzen."

„Wirklich?" Alcinda wirkte nicht sehr begeistert, wirkte nicht so, als würde sie ihr wirklich glauben. Glauben tat sie es wohl nicht, aber nahm es dennoch so an.

Runa nickte dennoch bestätigend. Den Kommentar, dass Alcinda die Schattenkönigin damals auch nicht getötet hatte, verkniff sie sich. Sie wollte nicht noch mehr böse Luft zwischen ihnen verbreiten.

„Dann sei froh, dass du es einst auf jeden Fall warst, sonst hätte ich dich schon längst getötet. Aber jetzt komm erstmal mit. Sunja soll sich ihr eigenes Urteil über dich bilden." Alcinda musterte sie nochmal von oben bis unten und drehte sich um, da stieß ihr jemand etwas in den Bauch. Ein langes Schwert, geführt von einem Menschen, aus ihren eigenen Reihen. Seine Augen waren vernebelt.

Ein Besessener.

Runas und Kilians Augen weiteten sich, sie konnten kaum realisieren, was da geschehen war.

Alcinda spuckte Blut, griff nach dem Besessenen und schaffte es gerade so, den Schatten aus dem Menschen zu verbannen. Doch als er wieder normal war und sah, was er getan hatte, zog er sein Schwert aus ihr, fing zu schreien und dann zu rennen an. Weg war er, doch weit kam er nicht, da wurde er bereits von einer gewaltigen Schattenflut übermannt und in Blitzgeschwindigkeit gegen die

Schlossmauer gedrückt. Zerschlagen klebte er an der Wand, aber nicht mehr im Ganzen. Überall war sein Blut verteilt. Er sah nun eher wie eine Fliege aus, die zerquetscht wurde. Kilian fing die zu schwach gewordene Alcinda auf, gerade wieder seine Wahrnehmung zurückerlangt. Tränen stiegen in seine Augen.

Wie sie hatte er einst eine Schwester verloren, die seine einzige noch lebende Familie war. Und nun würde er die Frau verlieren, die er liebte? Das würde er nicht zulassen. Er hatte es bereits bei seiner Schwester nicht schaffen können, doch hier hatte er sie in seinen Armen.

Er legte seine Hände auf die Wunde und versuchte, sie zu heilen. Doch immer, wenn er es versuchte, riss die Wunde wieder auf. Es bereitete Alcinda unsagbare Schmerzen. Entsetzt schrie sie bei jedem neuen Versuch auf.

Runa kniete sich neben sie und Kilian war kurz vor der Verzweiflung.

„Es hilft nicht. Wieso hilft es nicht?!" Tränen liefen seine Wangen hinunter. Seine Sicht war bereits völlig verschwommen.

Da meinte Runa: „Das ist Schattenzauber. Ein Schatten hat sich dazwischengedrängt. Das kann nur eine gewesen sein. Nur eine ist so stark, so etwas zu Stande zu bringe: Die Schattenkönigin." Runa suchte nach ihr. Sie hörte ein leises Kichern, konzentrierte sich nur darauf.

Es war die Schattenkönigin.

Sie sagte etwas, nur leise, dass Runa es kaum verstand, doch sie hörte es. „Dafür, dass du und deine kleine, verlogene Schwester eines Schlammigen Paares, es gewagt habt, vor mir zu fliehen, bevor ich euch töten konnte."

Sie hatte das von Anfang an geplant. Diese dreckige ...! Doch da fiel Runa noch etwas ein.

„Lass mich mal", sagte sie und schob Kilian weg.

172

Runa beherrschte den Schattenzauber und den Blutzauber. Sie würde sie retten können.

Schnell legte sie ihre Hände auf Alcindas Wunde.

Ein Schatten lag in ihr, den Runa mit ihrem Zauber versuchte zu verbannen. Aber Schattenzauber half nicht. Dann musste sie es eben anders versuchen. Sie nutze ihren Lichtzauber. Da half es.

Sie verbannte den Schatten, nein, sie zerstörte ihn und heilte dann Alcinda. Die Wunde schloss sich und es gab nichts mehr zu erkennen, von der zuvor vorhandenen Verletzung, die sie zu töten drohte. Hätte es nur ein wenig länger gebraucht, um sie zu heilen, dann wäre Alcinda gestorben.

Ihr Herz raste und ihr Atem ging schnell. Mit großen Augen, sah sie Runa an. Alcinda sah aus, als könnte sie gar nicht so recht glauben, was da geschehen war.

Da sah Runa ihr in die Augen und fragte: „Glaubst du mir jetzt?"

20

Sunja hielt sich am Fenster auf, sah zu, wie einer nach dem anderen umgebracht oder besessen wurde. Sie sah die Schattenkönigin. Sah ihr Grinsen. Sah, wie es ihr gefiel, diese ganzen Menschen leiden und sterben zu sehen.

Zu gerne stünde sie da unten, um die Schatten mit ihrem Licht zu vernichten. Um diese Frau zu vernichten. Allerdings wurde ihr dies verboten, da sie zu wichtig war. Sie sollte nur im äußersten Notfall in den Kampf.

Wenn sie doch nur wenigstens von dieser Entfernung aus ihr Licht nach unten schießen könnte, aber auch das sollte sie nicht. Dafür war bei den anderen die Angst zu groß, dass die Schattenzauberer dann auf sie aufmerksam werden würden. Dann wären vielleicht alle von ihnen - jeder einzelne Schattenzauberer - hinter ihr her gewesen, wären direkt auf sie zu.

Sie sah den Himmelhinauf. Mit jedem neuen erloschenen Zauber; jeden neuen gefallenen Zauberern und Zauberinnen, flogen immer mehr Lichter am Himmel vorbei. Grüne Lichter, schwarze Lichter und mittlerweile auch rote Lichter. Der Himmel war so dunkel gewesen, nur wenige Sterne waren am Himmel zu erkennen und der Mond war von Wolken bedeckt. Aber da war er plötzlich hell erleuchtet. Eigentlich hätte es wunderschön ausgesehen, doch Sunja kannte den Grund dafür, daher war sie mehr als bedrückt über diesen Anblick. Ihr Herz fühlte sich beinahe so an, als würde es zusammengedrückt werden oder als würde ein riesiges Gewicht auf ihrer Brust liegen. So schwer, so verletzend. So tragisch.

Mara und Antonia hatten ihre Hände umklammert. Adalwin war mit bei ihnen. Emma stand bei dem Freund. Sie unterhielten sich. Was genau, das interessierte Sunja nicht, es ging sie auch nichts an. Es sah nicht so aus, als wäre es für andere Ohren bestimmt. Und dann waren da die Kinder. Manchmal kamen ein paar zu ihnen, um zu sehen, was die Situation ergab. Wie lange es noch dauern würde, ob ein Sieg oder eine Niederlage bereits in Sicht waren. Niemand merkte, wie die Zeit verging, außer den Kindern.

Zwei Stunden waren bereits vergangen, gefüllt von Morden, Schmerzen und Unheil. Die Kinder waren voller Angst und konnten einfach nicht stillsitzen. Mit jeder neuen Minute, wurden sie unruhiger. Immer wieder musste ihnen gesagt werden, dass sie in ihrem Versteck bleiben sollten. Und als sie dann auch mal aus den Fenstern sahen, da blieben sie dann auch endlich in ihren Verstecken. So große Angst bereitete ihn dieser Anblick.

Sunja hielt Ausschau nach dem Mädchen, das sie so unglaublich liebte. Und dann sah sie sie. Sah diesen wilden Feuerkopf, wie wunderschön es zum Feuer der Fackeln passte. Welch eine wunderschöne Farbe.

Und Sunja sah auch, wie sie nicht einen Menschen tötete, nur einen heilte. Eine Person, die Sunja unglaublich wichtig war: ihre Schwester. Ihre letzte Schwester.

Und als sie geheilt wurde, kamen sie zum Schloss. Sie ging näher an das Fenster, um mehr zu sehen, doch weiter als sich fast an die Scheibe zu pressen, ließ sie nur ein klein wenig mehr erkennen.

Als sie durch die Türen verschwanden, löste sie sich von der Scheibe. Sobald Sunja niemanden von ihnen mehr sehen konnte, hörte sie eine Stimme - eine Stimme, die sie schon viele Jahre zuvor einst gehört hatte - und sah, wie das Feuer der Fackeln sich zu winden begann. Leuchtend hell. Wie bei starkem Wind, nur, dass nirgendwo Wind herkam.

Du musst sie vereinen. (Du musst sie vereinen.)
Du musst sie vereinen. (Du musst sie vereinen.)

„Wen muss ich vereinen?", wollte Sunja wissen und kam der Flamme etwas näher. Ihre Augen reflektierten das Licht der Flamme. Sie sah beinahe besessen aus.

Es kam keine Antwort, da fragte sie es erneut nur lauter: „Wen muss ich vereinen?!"

Sie merkte nicht, wie seltsam sie angesehen wurde, hörte auch nicht, dass sie als Verrückte bezeichnet wurde. Auch wenn sie es bemerkt hätte, interessiert hätte es sie nicht.

Wie aus weiter Ferne hörte sie dann endlich: *Die Auserwählten.*

Sunjas Augen wurden größer. Wie meinte die Stimme das? Eine der Auserwählten war die Person, die für diesen Krieg verantwortlich war. Wie sollte sie es denn schaffen, dieses Weib dazu zu bringen, ihr beizustehen? Wie sollte sie es schaffen, diese Frau mit den anderen zu vereinen?

Was soll das? Wie soll das gehen? Diese Frau ist besessen auf Macht. Wenn es so einfach wäre, dann hätten wir es doch

schon längst getan. Dann hätten wir schon längst Frieden!
Sunja hörte Schritte und dann ein ausgebrochenes Gejubel. Sie sah Mara, wie sie voller Freunde auf Runa zustürmte und ihr um den Hals sprang. Sie hatte Mara in den letzten drei Jahren nie so entspannt gesehen, wie sie es in diesem Moment war. Und dann noch während dieser schrecklichen Zeit; mitten während eines Krieges, eines Kampfes.

Was Linhart und Evan wohl dazu sagen würden? Wo waren sie überhaupt? Sunja hatte es überhaupt nicht mitbekommen. Sie waren bestimmt zusammen, so nahe, wie sie sich standen. Linhart müsste mit Evan bei der Versorgung der Verletzten sein.

Sunja lief langsam auf sie zu. Sie war wie betäubt. Niemand hatte es gewagt, sich zu regen, außer ihr und Mara.

Runa verspürte eine solche Freude und Erleichterung. Ihrer Tochter ging es gut. So lange hatte sie sie nicht mehr gesehen und in ihren Armen gespürt.

Als die beiden sich voneinander lösten, lächelten sich die beiden an.

„Du bist groß geworden", sagte Runa und musterte ihre Tochter von oben bis unten. Sie hatte so viel Zeit verloren, sie aufwachsen zu sehen. Sie war nun kein Kind mehr. Sie war erwachsen geworden. Was sie wohl sonst noch alles verpasst hatte?

„Ich habe dich so vermiss! Ständig habe ich aus dem Fenster gesehen und darauf gewartet, dass du wiederkommst."

Tränen standen in den Augen der beiden. Runa zog sie erneut an sich. Sie wollte sie nicht verlieren. Unter keinen Umständen. Nicht nochmal.

Ihr Seelentier kam sie ebenfalls sofort freudig begrüßen.

Freudig hechelte sie und wedelte mit ihrem Schwanz. Runa freute sich genauso unendlich, ihr Seelentier zu sehen, hatte sie sie doch leider zurücklassen müssen. Mit beiden Händen umgriff sie ihren Kopf und kraulte sie voller Aufregung. Dabei beugte sie sich etwas nach unten. Und als sie aufhörte, nahm sie Mara wieder in ihren Arm, dabei hob sie ihren Kopf. Runa bemerkte erst da, dass Sunja ebenfalls da war.

Sie sah ihre wunderschönen Augen, die glänzenden Haare, sah ihre zierliche Figur, in einem Kleid, das sie sich umfunktioniert hatte.

Langsam ließ Runa ihre Tochter wieder los. Mara verstand es. Sie hatte oft mit Sunja über sie gesprochen. Die beiden standen sich auf eine ganz besondere Art nahe, die nicht einmal Mara zu verstehen schien. Jedenfalls noch nicht.

„Sunja …" Runa wollte ihr so viel sagen, doch schien ihre Kehle plötzlich wie zugeschnürt zu sein.

Sunja sagte nichts sie übersprang einfach nur die letzten Meter zwischen ihnen und warf sich um Runa ihren Hals.

Runa schlang ihre Arme um Sunja. Sie nahm sie auf, ihren Duft, ihren Anblick, alles an ihr. Sie liebte sie so sehr. Wie sie sie vermisst hatte. Sie zu spüren war nun mal etwas anderes, als mit ihr über weite Ferne zu kommunizieren.

Sie sagten nichts, nicht mal, dass sie sich vermisst hatten.

Antonia lief als Nächste zu Runa. Sie umarmten sich nur kurz. Aber Runa strich über ihre Wange, wie damals, als sie sie verlassen musste. Damals, als Antonia noch ein kleines Mädchen war.

Ein leichtes Lächeln zierte Runas Gesicht. „Du bist auch groß geworden."

Runa sah sich um. „Wo sind Evan und Linhart?", wollte sie wissen.

„Die sind draußen. Sie kämpfen als erste, wobei Linhart nicht kämpft, nur ein wenig, er hilft bei der Versorgung, der Verletzten." Kilian, hatte Linhart zwar nie leiden können, doch nach einiger Zeit, während der drei Jahre, hatte sich eine Freundschaft zwischen den beiden entwickelt.

Kilian war einer der ersten, in der Gruppe, er wusste, wie Runa für beide empfand. Wie hätte er nur glauben könne, dass Runa nicht auf ihrer Seite stand? Er fühlte sich so schäbig.

Ob sie mir das wohl je verzeihen kann?

Aber Runa verstand die Sorge, die sie hatten. Verstand, was sie meinten. Daher dachte sie auch nicht daran, ihnen nicht zu vergeben. Sie war nur verletzt.

Ihre Begrüßungsrunde musste zu schnell wieder beendet werden.

Nachdem der Rest sich noch dazu gefunden hatte und Runa wieder in ihren Kreis aufgenommen hatten, mussten sie sich wieder in dem Ernst der Lage einfinden.

Sunja sah sie an. „Wie es auch immer ist. Das ist jetzt egal. Wir haben etwas wichtigeres zu tun."

Runa erwiderte den Blick. Ja, sie hatten einen Krieg zu führen, doch schien es nicht das zu sein, was Sunja meinte, das konnte sie spüren, denn sie kannten einander einfach am besten und sie war die Einzige, die es spüren konnte, daher fragte sie: „Und das wäre?"

„Wir müssen die Schattenkönigin in unseren Kreis aufnehmen."

21

Linhart lief umher und versorgte die Verwundeten, drückte ihnen Stoff auf die Wunden, nähte sie, brannte sie aus, oder gab ihnen Medizin. Andere brachten die Verwundeten in das Schloss. Verwundete, die es nicht zu einem Blutzauberer schafften.

Die Schattenzauberer waren am Anfang deutlich in der Unterzahl, doch ihre Macht machte sich die Menschen, die nicht auf ihrer Seite waren, mit ihren Schatten zu nutze. Linhart hatte so etwas bis dahin nur bei Evan gesehen. Diese Erfahrung, dieses Erlebnis war bereits das Schrecklichste, was er je gesehen hatte. Aber da geschah es in Massen. Ein Massaker, das nicht so schnell den Frieden finden würde, wenn nicht plötzlich ein Wunder geschah. Daher war er auch besonders darauf bedacht, Evan in seinem Auge zu behalten - so wie es Evan mit Linhart tat.

Die beiden hatte aus ihrer Gruppe die engste Bindung gehabt. Sie waren sich näher, als es Brüder oder beste Freunde je hätten sein können. Ähnlich wie es mit Runa und Sunja war - auch wenn die beiden Frauen definitiv eine noch viel stärkere Bindung zueinander hatten, alleine schon wegen ihrer Bestimmung Auserwählte zu sein. Aber selbst, wenn sie nicht diese Bestimmung hätten, dann wäre dennoch diese unglaublich starke Bindung da. Und wahrscheinlich würde niemand von ihnen - außer Evan und Linhart - diese Bindung, dieses Gefühl zu und nach einander, verstehen.

Evan versuchte immer möglichst in der Nähe von Linhart zu kämpfen. Es war weniger ein Kämpfen, als eher ein Beschützen.

Schatten flogen umher, Menschen starben. Von den Schattenzauberern starben zu wenige. Sie kamen ja kaum an sie heran.

Ein Schatten kam ihnen näher, Linhart sah dieses pure Schwarz, wie es auf sie zukam. Es wollte ihn einnehmen. Natürlich, er half immerhin den Verwundeten.

„Linhart!", schrie Evan. Er hatte sofort mitbekommen, was diese Frau geplant hatte.

Bevor Linhart auch nur reagieren konnte, war Evan bereits bei ihm. Nur war Evan sein Plan gewesen, Linhart zu beschützen. Doch stattdessen wurde er erneut besessen, mit dem Auftrag, ihn zu töten.

Evan drehte sich zu ihm um, seine Augen schwarz und vernebelt.

„Evan?", fragte Linhart unsicher. Sein Seelenverwandter, wenn es das bei den Menschen so auch gab, dachte sich Linhart, dann war es dieser junge Mann.

Evan reagierte nicht, er lief nur auf Linhart zu.

„Evan!" Es war eher ein Flehen. Und Linhart, er war wie angewurzelt.

Nicht schon wieder. Das darf einfach nicht wieder passiert sein. Das würde ihn umbringen, wenn er wieder zu sich kommen würde. Falls er es tut. Wenn ihn diese Form von Stress nicht direkt umbringt.

Er musste dafür sorgen, dass er den Schatten verlor. Ein

Blutzauberer musste her. Der konnte ihm bestimmt helfen.

Linhart konnte sich endlich wieder regen. Schnell rannte er davon.

Wo waren sie? Im Schloss musste es welche geben.

Er rannte durch das Tor, durch die Tür. Es sollte eigentlich geschlossen sein, doch die Schatten hatten es geöffnet.

Evan folgte ihm dicht und verlor keine seiner Kräfte.

Und als er es endlich schaffte, in das Schloss zu kommen, da ...

22

„Wie meinst du das? Wie soll man das denn schaffen? Weißt du eigentlich, was du da sagst?" Runa konnte nicht glauben, was sie da gehört hatte. Sie hatte doch nicht wirklich vor, mit dieser Frau einen auf gut Freund zu machen, oder wie sollte sie das Gesagte verstehen?

Wie erwartet sie denn, dass das funktionieren soll? Einfach zu ihr hingehen und fragen, ob sie aufhören kann? So funktioniert das nicht! Bei all der Liebe, die ich für Sunja empfinde, aber jetzt muss ich einfach mal sagen, dass sie einfach eindeutig verrückt geworden ist. Wie kommt sie nur auf so verrückte Ideen? Ist sie wirklich schon so verzweifelt? Diese Frau wird damit nicht einfach aufhören!

„Ich weiß es nicht."

„Und wie kommst du auf so eine bescheuerte Idee?"

„Die Flammen haben es mir gesagt."

„Die Flammen?" Runa wusste nicht, ob sie lachen oder ihr ein Grab schaufeln sollte.

Was soll das denn jetzt schon wieder heißen? Wir haben so viel miteinander kommuniziert, als ich weg war, aber nie hat sie etwas von sprechenden Flammen erzählt. Wurde sie von einem Schatten besessen? Nein, da ist irgendwas anderes, das spüre ich.

Mara sah zu Sunja. „Hat etwa Gott mit dir gesprochen? Einst hatte er das auch mit mir, kurz bevor ..." Mara verstummte. Sie alle, die damals anwesend war, wussten, was sie meinte. Die Wunde, auf so schreckliche Art den Bruder zu verlieren, bei einem so jungen Mädchen ... es war kaum zu ertragen. Dieser Krieg war voller Verluste, von Anfang an und sollte es noch bis zum Ende bleiben. Die anderen jedoch, die nicht wussten, wovon sie sprach, sahen sich nur verwirrt an.

Sunja wandte sich an Mara. „Ich weiß es nicht. Da war eben eine Stimme. Mehr nicht. Es ist-"

Ein lauter Schrei ertönte. Sunja, Emma, Antonia und Runa, sie waren die Auserwählten. War jemand wegen ihnen gekommen? Nein, es war anders.

„Bleibt ihr hier", sagte Runa zu Adalwin, Mara und Antonia. Nur einem Blick musste sie Emma zuwerfen, damit diese verstand, was Runa sagen wollte: *Bitte pass auf sie auf.*

„Komm, mein Freund, bleib mit mir und den Kindern hier." Auch er verstand. Nur die drei wollten nicht verstehen.

„Wieso sollen wir hierbleiben?", wollten sie wissen.

„Bitte tut einfach, was wir euch sagen. Wir brauchen jemanden hier, der die Stellung hält."

Sie wollten etwas erwidern, doch sie merkten schnell, dass es sinnlos und auch die Lage nicht für Streitereien gedacht war.

Antonias Seelentier blieb mit dem von Emma bei ihnen, die von Sunja und Runa folgten ihnen.

Runa überlegte erst, ob sie ihr Seelenwolf darum bitten sollte, bei Mara und den anderen zu bleiben, um sie zu beschützen, entschied sich allerdings dann doch dagegen.

Die drei blieben mit Emma und dem Jungen da und Runa ging mit dem Rest schnell nach unten. Doch der Anblick, der sie dort erwarten sollte, schockierte sie zutiefst.

Da waren Evan und Linhart.

Runa freute sich im ersten Moment; ein breites, freudiges Lächeln lag auf ihren Lippen. Die zwei letzten Freunde, die sie noch nicht begrüßt hatte; mit denen sie sich noch nicht wiedervereinigt hatte. Wie sehr sie auch die beiden vermisst hatte. Am liebsten wäre sie den beiden direkt um den Hals gefallen. Doch dazu würde sie wohl nie mehr kommen.

Evan hatte Linhart an seinem Herzen berührt.

Linharts Augen waren weit aufgerissen und Tränen liefen sein Gesicht hinab. Ein leises Krächzen kam noch von ihm, ehe er tot zu Boden fiel.

Alle sahen Evan schockiert an. Was war denn da in ihn gefahren? Warum hatte er das getan?

Runa liefen Tränen über die Wangen, entsetzt hielt sie sich eine Hand vor ihren offenstehenden Mund. Kilian ging es genauso. Sie waren mit den beiden und Nia, Kilians Schwester, sowie Mara, die ersten in ihrer Gruppe. Runa hatte Linhart sogar als erstes kennengelernt, er hatte sie aufgenommen, beschützen wollen, retten wollen, hat ihr ihren Namen gegeben – etwas so Wichtiges. Und nun sollte er einfach so tot sein?

Sie wollte schreien, aber nichts kam raus. Da drehte sich Evan plötzlich um und sie sahen alle, was mit ihm war.

Es war also wieder geschehen. Sie hätten ihn besser nicht in den Krieg geschickt, nicht nach allem, was geschehen war. Er war sowieso bereits traumatisiert gewesen, auch wenn sein Heilungsprozess in den drei Jahren einiges erreicht hatte. Aber es war wohl nicht ausreichend genug.

Sie gingen ein paar Schritte zurück, als er auf sie zukam.

„Runa, kannst du ihn davon befreien?", fragte Kilian. Seine Stimme war gebrochen, beinahe verzweifelt. Seine Kehle war wie ausgetrocknet, beinahe hätte er die Frage nicht über seine Lippe bekommen.

Runa nickte leicht, es war eher verunsichert. Aber sie musste es versuchen. Wenn nicht …

Sie sah zu Sunja, ihre Augenbrauen zusammengezogen. Sunja hielt ihr ihre Hand hin, die Runa dankbar in ihre eigene Hand nahm.

Evan rannte auf sie zu, doch beide wichen ihm aus, sprangen ihm hinter den Rücken, legten ihre Hände auf ihn und setzten ihren Lichtzauber ein. Ein dämonischer Schrei ertönte, doch dann war er weg. Der Schatten hatte sich aufgelöst und Evan brach unter der Anstrengung, die sein Körper dabei ertragen musste, zusammen.

„Ich bringe ihn zu den Verletzten, macht ihr, was ihr geplant habt. Sorgt dafür, dass der Krieg schnell endet." Kilian hob Evan auf seinen Rücken, nickte den Mädchen nochmal zu und verschwand dann.

Auf dem Weg fing er schrecklich verzweifelt zu weinen an. Er wollte nicht, dass jemand ihn so sah, also blieb er an einer stillen Ecke allein und ließ seinem Schmerz freien Lauf.

Er hatte einen Freund verloren und auf diesen Verlust würde ein weiterer folgen. Kilian war klar, dass es mit diesem Todesstoß auch ein Todesstoß für Evan sein würde. Denn er wusste ganz genau, wie nah sich die beiden Jungs gestanden hatten. Das würde das Ende für Evan sein, wenn er wieder aufwachen und erfahren würde, dass er Linhart umgebracht hatte.

Er hatte einst Maras Bruder bereits umgebracht, aber nun auch noch Linhart … Er würde nicht damit zurechtkommen.

„Also sind es nun wir drei?"

Sunja sah sich um.

„Jetzt fehlt eigentlich nur …"

Die anderen beiden sahen betreten zur Seite.

„Dann sorgen wir dafür, dass ihr Tod nicht umsonst war."

Runas Hände ballten sich zu Fäusten. Sie drückte so fest zu, dass das Weiß ihrer Knöchel durchschien. Sie sah vom Boden nach oben, in die Richtung nach draußen, durch die Tür, wo sie die Schattenkönigin vermutete. Ihr Blick war finster und ihre Augen funkelten.

Alcinda und Sunja stellten sich neben sie und sahen ebenfalls in die Richtung. Diese Frau würde für das bezahlen, was sie getan hatte.

„Sorgen wir dafür, dass dieses Miststück zu uns kommt."

23

Ciara und Johannes beobachteten alles von oben aus, über dem Schloss. Alles war hell erleuchtet. Wenn irgendwas geschehen sollte, war er da, um einzuschreiten. Dann hätten beide sich neuformiert, neue Pläne schnell geschmiedet. Sie hatten von da aus einen guten Blick über alles. Und daher konnten sie besonders gut sehen, wie grausam alles war. Ein entsetzliches Gemetzel. Johannes konnte das alles kaum glauben. Niemand konnte das so recht glauben. Es war alles so schrecklich. Aber dann konnten sie noch etwas sehen.

Linhart und Evan und kurz darauf die Schattenkönigin. Was hatte das alles zu bedeuten?

24

Der Junge war wieder dabei mit Emma zu sprechen. Vorher hatten sie bereits darüber gesprochen, was er mit dem Mann getan hatte, der ihn als Jungen misshandelt hatte.

Emma war davon nicht begeistert. Sie wusste, dass auf Rache nur noch mehr Rache folgte. Das wusste sie nur allzu gut.

Sie hatte den König vergiftet. Sie hatte es niemandem verraten und es würde auch niemals jemand erfahren, doch sie wusste, was geschehen wäre, wenn es rausgekommen wäre.

Ihr Verlobter wurde getötet, daraufhin hatte sie den König getötet, aber wenn es rausgekommen wäre, dann hätte sie auch dran glauben müssen.

Dieser Mann hatte hoffentlich keine Familie gehabt, die den Jungen dafür tot sehen wollte - falls sie denn überhaupt noch am Leben waren. Aber solch ein widerlicher Mann, so jemand würde sicher keine Familie mehr haben. Selbst wenn, dann wäre er sicher verstoßen worden und damit würde es auf dasselbe hinauslaufen.

„Fühlst du dich zumindest besser?", wollte Emma wissen.

Er soll wenigstens etwas daraus ziehen können. Irgendwas. Sei es nur eine Befriedigung, dass es mit diesem Mann vorbei ist.

Er schien zu überlegen, was er darauf antworten sollte. „Wie soll ich sagen …? Es ist … Ich fühle mich leichter, erleichtert, dass es anderen nicht widerfahren wird, was mit mir geschehen ist. Zumindest nicht durch seine Hand. Er hatte es verdient, definitiv. Leute wie er, sie haben den Tod verdient. Also bitte trauere nicht um Menschen, die es nicht wert sind, um sie zu trauern. Tust du das für mich?"

Sie ergriff seine Hand. Schmerz lag in seinen Augen. Sie nickte ein paar Mal leicht. „Versprochen. Ich hoffe, dass du irgendwann glücklich sein kannst", sagte sie und sah ihm dabei so mitfühlend in seine Augen, dass er nicht anders konnte, als sie zu küssen. Eigentlich hätte er es nicht getan, hätte sich zurückgehalten, doch es war einfach ein so starkes Gefühl, das ihn einfach übermannt hatte.

Emma war überrascht, doch wisch nicht zurück. Sie ließ es einfach geschehen. Und als er sich von ihr löste, sah sie wie fein seine Züge wurden.

„Ich werde glücklich werden. Das werde ich, mit dir zusammen."

Sie wusste nicht, was sie darauf erwidern sollte. War das etwa ein Heiratsantrag?

Meint er das ernst? Will er mich vielleicht heiraten? Ist es das, was er mir damit sagen will? Er hat mich geküsst und ich weiß, dass da etwas zwischen uns ist …

Liebt er mich etwa? Liebe ich ihn? Warum kommt er jetzt damit? Das ist so verwirrend!

Bevor sie weiter darüber nachdenken konnte, hörten sie, wie Alcinda nach Antonia und ihr rief.

Emma drehte sich um, sah noch mal kurz zu dem Jungen, ließ ihn dann los und lief schnell zu Alcinda.

Antonia hatte sich mit Adalwin und Mara unterhalten. Die drei liefen schnell ebenfalls zu ihnen.

„Kommt, es ist so weit."

Sie nickten und liefen die Treppe hinunter.

Da sahen sie Linhart tot auf dem kalten Stein liegen. Schockiert zogen sie die Luft ein, doch sie hatten nicht die Zeit für Trauer.

„Antonia, Emma, kommt her", sagten Sunja und Runa und winkten sie zu sich heran.

Adalwin und Mara stellten sich mit Alcinda schützend um die vier, die einen Kreis bildeten. Es kamen Schatten hereingeströmt. Alcinda schoss Lichtstrahlen auf sie und sofort verschwanden sie. Adalwin sah hinaus, versuchte seinen Vater ausfindig zu machen und fand ihn. Maras Vater stand mit ihm Rücken an Rücken. Sie riefen die Natur dazu auf, ihnen zu helfen und ihnen Feuer zu schicken, das auf die Schatten flog. Erleichterung zeigte sich in ihm.

Doch dann sah er, wie ein Schatten zu ihnen hereinkam, den Alcinda nicht kommen sah. Er hatte es auf Antonia abgesehen. Er schrie nach seinem Vater und warf sich vor sie. Sein Vater hörte den Schrei und deutete Maras Vater ihm zu folgen. Sie rannten hinein und wollten den Schatten vertreiben, doch zu spät.

Adalwin wurde gegen die Wand gequetscht, wie eine Fliege. Mara schrie erschrocken auf, Antonina wollte es ebenfalls tun, doch Runa schüttelte nur ihren Kopf. Sie musste sich nun auf etwas anderes konzentrieren. Tränen flossen ihre Wangen hinab, doch sie tat, wie ihr verhießen.

Adalwin fiel zu Boden, als Alcinda den Schatten verschwinden ließ. Blut floss aus seinem Mund. Sollte er nun etwa sterben? Runa sollte ihn gefälligst retten. Aber sie war zu beschäftigt. Sie wollten die Schattenkönigin zu sich rufen. Also übernahm sein Vater diese Bürde. Sein Vater, der sofort zu ihm gestürmt kam, als er bemerkt hatte, was mit seinem Sohn geschah. Maras Vater kam zur Unterstützung hinterher. Er bittete die Natur, die Schmerzen seines Sohnes, und auch all das dazugehörige Leid, von ihm zu nehmen und auf sich selber zu übertragen. Und genau das geschah auch.

Adalwin sah schockiert zu, wie sein Vater anfing Blut zu spucken und merkte, wie er selber keine Schmerzen mehr zu verspüren schien.

„Vater ..." Der starke, große Mann, den er nie zuvor schwach gesehen hatte, fiel verwundet um. Von seinem Freund und Verbündeten - Maras Vater - wurde er aufgefangen.

„Vater!" Aber eine Reaktion kam nicht. Maras Vater schüttelte nur seinen Kopf.

Mara kam zu ihm gerannt und legte ihm mitfühlend ihre Hand auf den Rücken. „Shhh", machte sie und wog den weinenden Jungen in ihren Armen.

Antonia hasste es. Sie hasste das alles. Und am meisten hasste sie diese Frau.

Antonia liefen Tränen über ihre Wangen. Es zerriss ihr beinahe das Herz, dass sie nicht bei ihm sein konnte. Wie gerne sie ihn in ihren Arm nehmen würde, aber es ging einfach nicht. Sie wollte ihren besten Freund nicht so verletzt wissen. Und dann konnte sie ihm nicht mal helfen, etwas dagegen zu unternehmen.

Runa benutzte sie stattdessen. Sie nutzte die Kraft ihrer Verbündeten. Und ihre Seelentiere standen ihnen beiseite. Sie hatten sich zusammengesucht und kamen dann zu den vier Frauen.

Runa war so unsagbar glücklich. Sie hatte ihn so lange nicht mehr gesehen, so wie alle anderen. Sie hatte dem Wolf gesagt, dass sie bleiben sollte, wo sie war. Mara hatte sich fürsorglich in der Zeit um den Wolf ihrer Mutter gekümmert. Ihr Vater mochte es nicht, wenn sie Runa als ihre Mutter bezeichnete, doch er konnte nichts dagegen tun, da er wusste, wie sie sonst reagieren würde. Und nun war sie da, wieder vereint und noch stärker, als zuvor.

Runa rief zu der Schattenkönigin. Sie ließ einen Schatten entstehen, der zu dieser Frau geschickt wurde, um ihr folgendes zu übermitteln: *Komm her, wenn du dich traust.* So etwas ließ sich eine so mächtige Frau, wie sie es war, nicht ohne weiteres sagen. Solch eine Provokation konnte sie sich nicht bieten lassen. Wie würde sie sonst aussehen? Solche Dinge versetzten sie in Rage. Runa wusste das nur zu gut. Das war ihr während der Zeit, in der sie in der Höhle lebte, sehr oft aufgefallen.

Runa öffnete ihre Augen und sagte: „Sie kommt."

Und da war sie auch bereits. So elegant in ihrem Kleid, als würde nur ein leichter Windhauch und kein ganzer Krieg an ihr vorbeiziehen. Ihr Kleid sah wie ein dünner Schleier aus verbrennenden Tüchern aus. Ein leichtes keckes Lächeln lag auf ihren Lippen. Wenn ihr jemand zu nahegekommen wäre, hätte sie nur eine kurze Handbewegung machen müssen, wodurch sie einen Schatten hätte entstehen lassen, der sich um das Ungeziefer gekümmert hätte.

„Runa, du kleines Miststück. Ich dachte mir schon, dass du sowas vorhättest, nur dass du es dich auch wirklich trauen würdest ... Wie kannst du es wagen, mich einfach zu hintergehen?" Ihre Augen fingen zu leuchten an, da schrie

Sunja: „Jetzt!"

Sie übersprangen den letzten Abstand zu ihr und legten alle vier ihre rechte Hand auf die von der Schattenkönigin. Alle von ihnen hatten in diesen Moment ihren Zauber aktiviert. Mara und Adalwin, so wie Alcinda und Maras Vater sahen dem ganzen fasziniert zu.

Alle hörten zu kämpfen auf, um zu sehen, was da geschah - selbst die, die von Schatten besessen waren.

Ein heller Schein durchflutete alles und die Besessenen waren wieder frei. Kilian und der Freund kamen dazu, sahen, was geschehen war. Es war ein unglaublicher Anblick. Von ihnen allen leuchteten die Augen, sogar Antonia ihre Augen fingen zu leuchten an, so wie die ihrer Seelentiere. Ciara und Johannes kamen dazu. Sie hatten die Schattenkönigin die ganze Zeit über beobachtet. Und dann sahen sie, wo sie hinging. Sie hatten größeres Unheil verhindern wollen, doch dann trafen sie dieses Spektakel an.

Alles wurde von Licht geflutet, die Schattenzauberer waren in diesem Moment machtlos. Und dann kam etwas, das sie nur als eine göttliche Macht bezeichnen konnten.

Gott sprach in einer ruhigen Frauen Stimme zu ihnen. Die Verletzten, so wie die verängstigten Kinder in dem Verließ, sahen auf. Auch auf dem Schloss konnten Ciara und Johannes es sehen und die Stimme hören – wenn sie nicht bereits nach unten gekommen wären. Und auch draußen, in der ewig wirkenden Dunkelheit, war es ein wenig zu sehen. Aber so gut, dass alle Schatten in sich zerfielen.

Kilian sah zu Evan (der wach wurde und sofort wissen wollte, was geschehen war), den er wieder mit hochgebracht hatte, da er sehen wollte, was mit Linhart ... Wie er aussah, was aus ihm geworden war.

„Wo ist Linhart?", hatte er wissen wollen.

„Das willst du nicht wissen. Das musst du jetzt auch nicht. Ruh dich erstmal aus. Das brauchst du jetzt dringender."

„Ich will wissen, wo er ist. Ich weiß noch, dass da dieser Schatten war. Lass mich zu ihm."

Kilian sah ihn mit zusammengezogenen Augenbrauen an.

„Bitte. Du bist mein bester Freund. Du weißt, wie sehr ich das jetzt brauche."

Evan hatte ihn zwar noch nicht gesehen, aber er dachte sich bereits, was mit Linhart war. Was er ihm angetan hatte. Was seine Schuld war. Wie grausam er war. Was er wieder getan hatte. Er war unkontrollierbar gewesen. Aber in diesem Moment, konnte er nicht an Linhart denken, er war zu sehr von diesem Anblick geblendet. Alles war so hell und strahlend, dass er sich für diesen Moment völlig leicht und geborgen fühlte. Und die Stimme von Gott, sie war das komplette Gegenteil von dem, was er erwartet hatte.

„Ich lebe nicht im Himmel. Ihr wollt nur etwas zum aufschauen haben.

Der Teufel lebt nicht in der Hölle, unter eurem Boden. Ihr wollt nur etwas zum hinabsehen haben.

Wir leben beide unter euch und wir richten auch zusammen. Ich bin kein Mann. Ich bin Satans Frau, denn es muss immer zwei von uns verschieden geben, um etwas Neues zu schaffen.

Ich sagte euch, nur Mann und Frau zusammen sind ein ganzer Mensch und dennoch sehe ich keine Gleichberechtigung.

Ich sagte euch, hütet die Tiere und jetzt herrscht ihr über sie.

Wir sagten, liebe deinen Nächsten und doch sehe ich so viel

Hass unter den Menschen. Ihr tötet in meinem Namen, obwohl ich euch verbot zu töten.

Und dann hasst ihr eure Götter. Ich stamme von einem Gott, der weit länger zurück zu führen ist.

Ihr hasst meinen Vater, weil ihr mich verehrt.

Ich sage euch, hört mit dem auf, was ihr gerade tut. Ihr schafft euch euer eigenes Paradies. Aber es scheint mir so, als würdet ihr keines wollen.

Ich gab euch diese Mächte, damit ihr alle eine Hilfe habt. Doch ihr missbraucht diese Macht für einen Krieg, den ich verboten habe.

Ich sehe nichts von dem, was ich euch sagte. Ihr habt euch meinem Willen widersetzt."

Die Schattenkönigin sah Gott mit großen Augen an. So viel ging ihr durch den Kopf. Sie hatte etwas Falsches getan? Sie wollte sich und ihr Volk doch nur selber schützen. Das war alles nie so geplant. Sie sah beschämt zur Seite. Was war daran falsch, sich zur Wehr zu setzen? Aber sie verstand.

Ich habe mich vor nichts gewehrt. Ich habe mich nur gerächt. Dabei habe ich sogar mein eigenes Volk getötet, ohne Skrupel.

Runa war wirklich eine große Rolle in diesem ganzen gewesen und sie verstand später auch, wieso es so war.

„Sagt mir, wie wollt ihr wieder gut machen, was ihr so verunstaltet habt?"

Alle sahen sich an. Ein unwohles Gefühl machte sich in ihnen breit. All die Menschen von draußen, kamen zu dem Schloss und wollten sehen, was sich in ihm abspielte. Selbst in dem Kerker war das Licht zu sehen und Gottes Stimme zu hören.

Ada hielt ihr Kind im Arm, um sich herum und an sie gelehnt, all die Kinder, auf die sie die letzten Jahre aufgepasst hatte. Wollte sogar Gott etwas wie Rache? Eine Vergeltung für all die Opfer? Nein, es sollte nur eine Wiedergutmachung geleistet werden. Schlechte Taten blieben eben nicht ungestraft. Und eine Strafe mussten sie eben da bekommen. Eine Strafe, die sie sich selber aussuchen konnten.

Runa war die erste, die sich faste. Mit einer festen Stimme sagte sie: „Wir werden jemanden zu dir schicken."

„Und wen?"

Die Schattenkönigin bekam ganz große Augen. Sie wollte noch nicht sterben, doch wusste sie ganz genau, was sie verursacht hatte, also wusste sie auch, was sie dafür geben musste.

Es gab einen Grund, weswegen ich das getan habe. Ja, ich habe dabei viele Opfer verlangt, auch in meinen eigenen Reihen. Aber ich musste meine Ziele doch irgendwie erreichen. Wie hätte ich es sonst anstellen sollen? Ich will noch nicht sterben. Aber es ist meine Schuld. Ich muss für das grade stehen, was ich falsch gemacht habe.

Sie trat vor. Doch Runa schob sie zurück.

„Ich. Ich werde es sein."

Sunja wollte Widerspruch geben. Sie hatte Runa endlich wiederbekommen. Sie würde sie nicht wegen einer Person verlieren, die für so viel Leiden verantwortlich war.

Antonia und Mara, sie versuchten bereits ihre Tränen zurückzuhalten, doch es lief ihnen bereits heiß über die geröteten Wangen. Auch sie wollten Widerspruch einlegen, sowie Kilian und alle anderen, die Runa so nahestanden. Doch Runa ließ sie nicht zu Wort kommen. Niemanden von ihnen.

Runa wusste, was in Sunja vorging - ihr selber ging es ja genauso -, doch sie musste das tun.

„Ich vereinige alle. Ich bin die, die das wieder richtet."

„Dann soll es so sein. Aber noch etwas: Alle, die einen Zauber besessen haben, werden ihn wieder verlieren. Es war falsch, Menschen eine so große Macht zu übertragen. Nimm die Kraft aller in dich auf und dann komm mit mir."

Runa drehte sich noch einmal um. Und dann leuchteten ihre Augen in allen Farben. Lichter strömten von überall her: Grün, Weiß, Schwarz und Rot. Alle kamen bei Runa an, die sie in sich aufnahm.

„Darf ich mich noch verabschieden?", wollte Runa noch wissen.

Gott nickte.

Sofort sprang sie um die Hälse ihrer Freunde. Mara und Antonia gab sie einen Kuss auf die Stirn. Sie verabschiedete sich bei allen.

Kilian kam zu ihr, hob sie hoch und drehte sie in seinen Armen. „Ich werde dich vermissen." Und ob er es würde. Sie war ihm wichtig. Sie hatten eine so lange, gemeinsame Reise hinter sich gebracht. Wie würde er sie da vergessen können?

Alcinda umarmte sie. „Grüß meine Schwester von mir."

„Das werde ich."

Evan sah ihr mit Tränen in den Augen hinterher. Sie drehte sich kurz zu ihm um und lächelte ihn an. Sie verstanden sich auch ohne Worte.

Und dann war Sunja an der Reihe. Tränen standen in ihren Augen und ihre Stimme war gebrochen. Sie beide flüsterten nur, zu mehr waren sie nicht in der Lage. Zu viel Schmerz plagte sie. Dieser Abschied war zu schwer.

„Warum hast du das getan?"

„Du weißt ganz genau, warum."

Sunja schüttelte ihren Kopf. „Bitte tu das nicht. Du weißt doch, dass ich dich liebe. Tu mir das bitte nicht an. Das könnte ich nicht verkraften."

„Ich weiß, das hast du mir ja während unserer heimlichen Lichtunterhaltungen ja nicht oft genug zeigen können."

„War es so offensichtlich?"

Runa nickte. Sie weinte nun ebenfalls.

Beide warfen sich einander in die Arme und dann küssten sie sich ausgiebig.

„Bitte, verlass mich nicht. Ich habe dich gerade erst wieder bekommen."

„Es geht nicht anders."

„Doch, es geht anders. Lass die gehen, die dafür verantwortlich ist."

„Das ist aber nicht ihre Bestimmung, es ist meine. So wie es deine war, mich zu finden."

„Nur um dich wieder zu verlieren? Das ist nicht gerecht!"

„Was ist denn bitte schon gerecht?"

Sunja lief eine weitere Träne über ihr Gesicht. Was hätte sie nun wieder darauf antworten sollen. „Bitte, Runa ..." Ihre Stimme klang heißer. Sie flehte sie an, doch es half nicht. Sie würde Runa verlieren. Sie würde das Mädchen verlieren, das sie über alles liebte. Die beiden küssten sich erneut. Dann ließ Runa von ihr ab und verabschiedete sich noch einmal von allen.

Sie sah zu Linharts Leiche, sah seinen Geist, wie er sich endlich aus seinem schützenden Körper traute, nun, wo keine Schatten mehr da waren, die auch seine Seele zerstören konnten. Sie nahm ihn bei der Hand.

„Kannst du sie in meinem Namen auch verabschieden und

Evan sagen, dass es nicht seine Schuld war?"

Runa nickte und teilte ihnen mit, was Linhart zu sagen hatte.

Evan verbarg sein Gesicht, damit niemand seine Tränen sehen konnte. Mara und Antonia hatten sich bereits wieder versucht zu kontrollieren; ihr Tränenfluss hatte gestoppt.

Runa wandte ihnen den Rücken zu, aber nicht ohne vorher noch zu sagen: „Auf wiedersehen, denn wir werden uns bestimmt irgendwann wiedersehen. Irgendwann. Ich werde solange auf euch warten."

Sunja brach zusammen, fiel auf die Knie und weinte entsetzlich. Mara und Kilian konnten sich ebenfalls nicht mehr lange halten und Evan weinte sowieso schon die ganze Zeit. Antonia versuchte sich es, so gut wie möglich, zu verkneifen. Sie wollte stark sein, doch hielt sie es nicht durch. Kurz darauf brach auch sie in ein entsetzliches Geschluchzte aus.

Runa kamen die Tränen in die Augen, aber nicht nur, weil sie ihre Freunde - ihre Familie - verlassen musste, sondern auch, weil sie ein paar neue Gestalten in dem Licht sehen konnte. „Mutter? Vater? Großmeisterin! Seid ihr es wirklich? Und Alienor ..." Sie hauchte es so leise, dass niemand außer ihr und Linhart, so wie die genannten Personen es hören konnte. Ja, es waren sie. Sie erinnerte sich, an ihre Mutter, die sie immer Feuerlöckchen nannte. Und auch, wenn sie sich an ihren Vater nicht mehr erinnern konnte, wusste sie auf Anhieb, dass er es war, der da mit einem breiten Grinsen vor ihr stand. Und dann sah sie noch etwas, oder besser, noch jemanden.

Nia, da stand sie mit einem großen Lächeln, so wunderschön, wie an dem Tag, an dem sie sie verloren hatte.

Eine Träne lief ihr Gesicht hinab. Endlich würden sie wieder vereint sein, nach so langer Zeit, nach so viel. Nach alldem, was geschehen war.

Runa war bereit dafür. Nun sah sie nur noch nach vorne und nicht mehr zurück.

Es würde das letzte Mal sein, dass sie Runa sehen würden.

Runa nahm Linhart bei der Hand, mit in das Licht. Er war genauso glücklich, seine ermordete und verstorbene Familie wieder zu sehen.

Und dann verschwand das Licht, mit Gott, Linharts Seel und Runa. Das Licht verschwand, bis nur noch ein leichter Schein um Runa lag. Und als auch dieser verschwand, fiel Runa um.

Tot.

Sie würde nie wieder kommen.

25

Der nächste Tag brach ein, die ersten Lichtstrahlen kamen hervor und sie hatten endlich Zeit, das Chaos vom Vortag, oder eher von der Nacht, zu entfernen und die Leichen zu begraben.

So viele waren gestorben. Hass entstand, besonders gegenüber der ehemaligen Schattenzauberer. Sie wurden dafür verantwortlich gemacht. Die Tatsache, dass sie selber dazu gezwungen wurden, beachtete niemand. Die Menschen sahen nur, was sie sehen wollten.

Die Gruppe war zusammen am Friedhof, um Linhart, Runa und Adalwins Vater zu beerdigen.

Als seine Mutter davon erfuhr, brach sie zusammen und verfiel in eine schwere Depression, ähnlich, wie es Evan nach seiner Besessenheit tat, als er so viele Menschen seines eigenen Stammes umgebracht hatte.

Dass sie später noch ein Grab hinzufügen mussten, wusste niemand von ihnen zu diesem Zeitpunkt.

„Wieso? Wieso sie?" Sunja stellte sich diese Frage die ganze Zeit über. Der Wiederaufbau des Reiches würde lange dauern, aber nicht für immer. Aber diese Frage, diese Frage würde für immer einen Weg in ihre Gedanken finden.

Die ehemalige Schattenkönigin saß auf einem Felsen und sah der Beisetzung betrübt zu.

Kilian hatte das Grab ausgehoben und Runa eigenhändig hochgehoben, zum Grab gebracht und hineingelegt.

Antonia und Mara lagen sich weinend in ihren Armen. Sie hatten ihre Ziehmutter verloren. Die Frau, die so viel für sie getan hatte. Sie war einfach tot.

Sunja blieb am längsten am Grab, mit Evan, Kilian und den beiden Mädchen. Bis irgendwann nur noch Sunja da war. Irgendwann ging sie auch, doch nicht, ohne diese Frau zu bemerken. Sie lief auf sie zu.

„Was willst du hier? Willst du uns verhöhnen? Du lebst und sie ist tot!"

„Nein. Ich wollte trauern. Darum bin ich hier. Ich habe einen so großen Fehler begangen. Und nun ist die falsche Person tot."

„Und ob!"

„Ich fühle mich so schrecklich. Das habe ich so alles nicht gewollt."

„Hör gefälligst damit auf!" Sunja schrie so laut und verkrampft, man konnte den Schmerz hören. Und man konnte ihn auch in ihren Augen sehen.

„Womit?" Sie sah zu Sunja auf, hob ihren Kopf.

„Na in Selbstmitleid zu versinken! Glaubst du wirklich, dass du ein Recht darauf hättest, nach all dem? Nach allem, was du getan hast? Nach alledem, was wegen dir geschehen ist? Was alle durchmachen mussten!"

„Nein. Ich glaube nicht. Ich weiß, dass ich nichts davon … Dass ich nichts davon als Anrecht habe, weder Selbstmittleid, noch Vergebung, noch sonst etwas. Ich weiß das. Ich weiß es ganz genau."

„Dann mach es auch nicht! Und denk nicht mal daran, jemals Vergebung zu bekommen, denn davon habe ich nicht einmal etwas gesagt oder daran gedacht! Und bei anderen wirst du das auch nicht finden!" Sunja stemmte wütend ihre Fäuste in ihre Hüfte. Ihre Wut ließ ein wenig Farbe in ihr Gesicht steigen und die helle, blasse Haut verschwinden. Eine leichte Röte war nun an dessen Stelle.

Wie konnte es dieses Weib nur wagen? Sie wusste ja gar nicht, was diese Frau ihr angetan hatte.

Sie konnte den Schmerz in Sunjas Augen sehen. „Du hast sie geliebt."

„Sie war die Liebe meines Lebens. Wir waren füreinander bestimmt."

„Ich verstehe. Es ergeht sicher nicht nur dir so. Viele werden diese Menschen verloren haben. Und sie werden uns – die Ehemaligen mimt der Macht des Schattenzaubers - hassen."

„Kannst du es ihnen denn verübeln?" Sunja sah sie mit funkelnden Augen an.

„Kannst du es denn mir verübeln?" Mit zusammengezogenen Augenbrauen sah sie Sunja an. Ihre sonst so vor Giftsprühenden Augen, sahen plötzlich ganz verletzlich aus.

Sunja wusste, was die grünäugige Frau meinte. Als sie vereint waren, durch Runa. Sie hatten alle die Vergangenheit voneinander gesehen, konnten in das tiefste Innere voneinander sehen, jede von ihnen.

Sunja setzte sich neben sie. „Nein, wohl nicht." Sie stemmte ihre Hände nach hinten und sah in den hell erleuchteten Himmel hinauf. Sie konnte nur daran denken, dass sie wohl

selber nach Rache und ein besseres Leben getrachtet hätte.
„Nein. Das kann ich wirklich nicht."

26

Ein kleines Mädchen, mit wilden Locken und leuchtend, giftigen Augen, saß im Schnee und formte einen Schneemann. In dem hellen Weiß, stach sie stark hervor, mit ihrer dunklen, schwarzen Haut und dem dazu passendem Haar. Sie zählte geradeso fünf Lenze. Ein kleines Mädchen, welches im Winter geboren wurde - in einem der kältesten, die es jemals gab. Ihre Mutter hatten Angst, dass sie es nicht überleben würde, doch sie tat es. Und nun spielte sie am Rande des Waldes. Sie war alleine, so wie meistens.

Hinter ihr erschienen ein blonder Junge, mit grünen Augen. Sie mochte das, doch er nicht. Seine waren außerdem eher hell, ihre waren sehr intensiv. Er war ein Hexenzauberer. Er mochte keine Schattenzauberer. Er hatte Angst vor ihren Schatten. Etwas, was er von seinem Vater beigebracht bekommen hatte. Seine Worte waren ihm in den Kopf gebrannt und immer, wenn er einen von ihnen sah, musste er daran denken.

Vertraue niemals diesen abscheulichen Wesen, mit ihrer Kohlschwarzen Haut und diesen bestialischen Augen. Sie sind Ungeheuer, denen man nicht einmal Beachtung schenken sollte.

Sie waren eigentlich nette Leute, die niemandem etwas

zuleide tun wollten. Sie sahen nur anders aus. Ihre Haut war anders, als die der anderen. Und sie hatten die Macht über die Dunkelheit. Und wie so viele fürchtete sie die Dunkelheit, fürchteten sich vor dem, was sich in ihr verbergen konnte; mit den Dämonen, die sich in ihr verstecken konnten. Sie waren aber sonst ganz normale Menschen. Doch in den Augen der anderen, der *normalen* Menschen, waren es nur böse Dämonen.

„Da ist die Dämonenkönigin!", schrien die Kinder und taten so, als wäre ein Schatten in ihrer Nähe, der versuchte sie umzubringen.

„Hilfe! Hilfe! Sie versucht uns zu töten!" Sie umgriffen ihre eigenen Hälse und drückten zu. Dann warfen sie sich zu Boden und wälzten sich hin und her, bis sie wieder aufstanden und zu lachen anfingen.

Das Mädchen war überfordert, sah schockiert und verängstigt dabei zu.

Was sollte das auf sich haben? Warum taten sie so etwas? Sie war doch ein liebes Kind? Warum waren diese Jungen so gemein zu ihr? Sie verstand diesen Hass nicht, den die Menschen ihr entgegenbrachten. Sie hatte doch nichts Falsches getan. Ging immer brav beten, feierte die Feste, hielt sich an Regeln und Gebote. Hatte nie Hass nur Vergebung empfunden. Also, warum?

Ihre Mutter litt auch sehr unter diesem Hass. Sie sah immer gestresst aus. Sie schaute finster und sah immer aus dem Fenster. Sah den Menschen beim Arbeiten zu. Nicht mal ihre eigene Tochter war davor sicher, oder vor dem, was sie tat, wenn der Stress sie überkam. Denn dieser Hass straffte auch ihr Gemüt, aber auf eine ganz schreckliche Art und Weise.

Immer wenn das Mädchen wieder nach Hause kam, und sie

ihre Mutter wie immer starr aus dem Fenster schauen sah, kam sie mit breitem Lächeln zu ihr. Nur ihre Mutter kam ihr nicht mit so einer Freude entgegen, stattdessen warf sie Gegenstände nach ihrer Tochter oder schrie sie an. Manchmal wurde sie sogar von ihrer Mutter geschlagen oder getreten. Wenn ihre Haut nicht so dunkel wäre und stattdessen helle, bleiche Haut hätte, dann hätte man sicher bunte Muster auf ihr wiederfinden können. Einen Vater hatte sie nicht mehr, er wurde durch diesen Hass in den Selbstmord getrieben. Zumindest war es das, was ihre Mutter ihr erzählte. Sie fragte sich ständig, ob ihre Mutter es ihm irgendwann wohl nachmachen würde. Ihre Mutter war keine sonderlich starke Person. Sie würde sicher nicht mehr lange durchhalten.

Dennoch, trotz all des Hasses und der Grausamkeit, die sie erlebte, versuchte sie ständig ein Lächeln zu behalten und positiv durch die Welt zu gehen.

Sie hatte zwei Freunde: ein Mädchen mit wunderschönem, langem schwarzem Haar und einer genauso wunderschön schwarzen Haut (allerdings etwas heller, als die des Mädchens - niemand hatte eine so dunkle Pechschwarze Haut, wie sie das Mädchen hatte) mit tief dunklen Augen. Der Junge hatte eine noch etwas hellere Haut und seine Augen sahen eher Hasselnussartig aus, sein Kopf war voller schwarzer Locken. Von dem Stamm der Schattenzauberer, wie sie selber. Es waren ihresgleichen, denn andere Kinder wollten oder durften sich nicht mit ihnen anfreunden.

Wie jeden Winter, spielten sie auch dieses Jahr zusammen. Der Winter war ihre liebste Jahreszeit, auch wenn es auch die schwerste Zeit war. Aber es war ihre Zeit.

Die Menschen verabscheuten den Winter und empfanden

es als schlechtes Omen, wenn die Kinder den Winter ohne weiteres überlebten, während ihnen die eigenen Kinder ganz leicht wegstarben. Sie empfanden es so, dass es nur ein Grund mehr war, sie als Dämonen zu bezeichnen. Kinder des Teufels. Aber sie spielten eben gerne im Schnee. Da konnten sie viel bauen, alles am Winter war faszinierend. Wie das Wasser gefror, wie die Landschaft so hell erstrahlte. Sie fanden es einfach wunderschön.

Als die beiden sahen, wie das Mädchen geärgert wurde, kamen sie ihr sofort zur Unterstützung an die Seite. Sie warfen den Kindern Schneebälle in den Nacken, dass ihnen der zerplatzte Schneeball in die Hemden fiel.

Erschrocken schrien sie auf und versuchten fluchend den Schnee aus ihren Hemden heraus zu bekommen. Nass lief ihnen der geschmolzene Schnee die Haut entlang.

Laut fing der blonde zu schreien an: „Ihre dreckigen Ratten! Geht zurück zu eurem blöden Schattenland, da, wo ihr herkommt! Gott verfluche, dass er euch diese Macht gegeben hat! Ihr dreckiges Ungeziefer! Wobei es sicher eher der Teufel war!"

„Was? Die Macht unsere Hände zu benutzen, um damit Schneebälle zu formen und nach euch zu werfen?", kam die Gegenfrage von der Freundin des Mädchens. „Aber diese Macht hat er euch doch auch geschenkt."

Die drei Schattenzauberinnen lachten und die anderen Kinder rannten wütend davon, schrien aber bei ihrem Abgang noch, dass es den dreien noch leidtun würde sich mit ihnen angelegt zu haben.

Sie spielten noch eine Weile, bis in die Nacht.

Jeden Tag, über Wochen hinweg, bis zu einem ganz bestimmten Punkt, bei dem der Winter extrem stark geworden war, kalt und eisig, dass es viele gab, die beinahe oder bereits an der Kälte verstarben.

Und immer, wenn es solche Probleme gab oder Dinge, die Menschen störten, dann suchten sie sich einen Sündenbock. In diesem Fall waren es die Schattentauberer.

„Eure Kräfte sind im Winter stärker. Ihr seid bestimmt sogar für den Winter verantwortlich. Ihr macht das doch bestimmt mit Absicht! Und das bestimmt nur, weil ihr uns hasst! Das ist doch bereits daran zu erkennen, wie sehr ihr den Winter - die schlimmste Zeit aller - liebt und ehrt!" Derartige Vorwürfe wurden ihnen gemacht, dabei konnten sie gar nichts für den Winter, waren nicht für ihn verantwortlich. Im Gegensatz zu den Hexenzauberern, konnten sie das Wetter, die Natur nicht beherrschen oder darum bitten, sich zu verändern (was ihnen ein paar Jahre später ebenfalls auffallen sollte und für ein neues Chaos, eine neue Unruhe, sorgen würde). Sie waren unschuldig. Aber wer einmal rotsah; wer einmal seine Meinung gebildet hatten, dessen Meinung ließ sich nicht mehr ändern.

„Ihr seid der Grund allen Bösen! Ihr seid der Grund für den ganzen Schmerz! Wie kann jemand nur so böse wie ihr sein? So grausam und falsch?"

Mit jedem neuen Toten, wuchs der Hass gegen die Schattenzauberer immer mehr, bis es eines Tages - an einem Winter ein paar Jahre später, als das Mädchen etwa zehn Lenze alt war - zu einem Aufstand kam, bei dem die Menschen die Schattenzauberer angriffen.

Die Menschen ließen all ihren Hass an ihnen aus. Angst konnte viel in Menschen auslösen. Diese Angst, die ausgelöst wurde, sorgte für einen Kampf zwischen den Menschen - unter denen die Hexen-, Blut- und Lichtzauberer waren - und den Schattenzauberern. An oberster Stelle die Nichtzauberer, die verabscheuten, wer höher als sie selbst stand.

Die Schattenzauberer versuchten die Menschen mit Worten zu beruhigen, ihnen zu sagen - zu zeigen -, dass sie dafür nicht verantwortlich sein konnten. Im Winter bekamen sie nur eine Verstärkung ihrer Kraft, aber sie kontrollierten nicht das Wetter. Ihr Zauber funktionierte ganz anders.

Aber all ihre Versuche waren nutzlos. Sie wurden dennoch verurteilt.

Die Menschen sammelten die Schattenzauberer zusammen, die versuchten, sich zu befreien.

Der blonde Junge, er fand es belustigend, diese ernste Situation. Er lachte darüber, freute sich, seine Rache bekommen zu können.

Es war ernst, die Schattenzauberer wollten niemanden verletzen, sie wehrten die Angriffe nur ab. Alle wurden sie auf den Marktplatz gebracht, wo ihnen der Prozess gemacht werden sollte. Doch egal, wie sie die Leute versuchten abzuwehren, kam es zu Verletzten. Und dann kam es zu Toden auf der Seite der Schattenzauberer.

Sie entschieden sich dazu, dass sie fliehen mussten. Doch die Menschen sahen das ein wenig anders.

Die Schattenzauberer rannten, so schnell sie konnten, davon; möglichst weit aus dem Dorf, der Stadt raus.

Als die Schattenzauberer davonrannten, bekam der blonde Junge seine Rache. Er nahm sich einen Bogen und schoss der Freundin des Mädchens in ihren Rücken.

Sie sah schockiert dabei zu, wie das Mädchen, das sie seit ihrer Kindheit kannte, einfach von einem Pfeil durchbohrt wurde, wie sie Blut spuckte und mit geweiteten Augen zu Boden fiel. Doch sie konnte nicht stoppen und sie mitnehmen, denn nun wurden alle von ihnen beschossen. Ihre Kräfte kamen noch nicht, daher konnte das Mädchen sich nicht schützen. Die anderen waren bereits zu weit weg und ihre Mutter, sie interessierte einfach nichts. Sie ließ sich einfach nur von ihrer Tochter hinter sich herziehen, wie sie es bereits die ganze Zeit übertat.

Sie versuchte ihre Mutter zu schützen, zu retten. Sie wollte sie nicht verlieren. Doch irgendwann hatte sie nicht mal mehr dafür Kraft.

„Mutter, bitte, komm, mach auch etwas."

„Wozu? Es bringt doch eh nichts. Wir sterben sowieso irgendwann alle. Umso früher, umso besser. Dann muss ich wenigstens nicht dieses ganze Leid ertragen; muss mich nicht länger als nötig selbst quälen."

„Mutter, wovon redest du?" Verzweiflung und Verwunderung standen in ihrem Gesicht.

„Diese Menschen, gut, dass wir sie los sind. Noch länger hätte ich es sicher nicht mehr mit ihnen ausgehalten. Sie sind schrecklich. Grausam. Sie sind die wahren Dämonen. Sie sollten an unserer Stelle sein."

„Was meinst du?"

Ihre Mutter stoppte.

Von dem Mädchen die Augen wurden größer. „Mutter! Was tust du da? Komm schnell mit! Sie werden dich erschießen, wenn du einfach so stehenbleibst."

Ihre Mutter schüttelte ihren Kopf. „Hast du dich jemals gefragt, warum du grüne Augen hast?"

„Wie kommst du denn jetzt darauf? Wir müssen schnell hier weg! Komm schon. Wir haben keine Zeit dafür. Was auch immer du mir sagen willst, kannst du mir sagen, wenn wir wieder in Sicherheit sind!" Das Mädchen sprach schnell und hektisch. Sie hatte Angst, dass sie und ihre Mutter erschossen werden könnten.

Und dann fing ihre Mutter an, zu erzählen.

Das Mädchen konnte nicht glauben, was sie da hörte. Sie *wollte* es nicht glauben.

Und dann, als ihre Mutter ihr alles erzählt hatte, durchbohrte auch sie ein Pfeil. Und der Mann, der sie getroffen hatte, war der Vater, des blonden Jungen, der Mann, der ihrer Mutter vor fast elf Jahren bereits etwas Schreckliches, etwas Unaussprechliches, angetan hatte. Etwas, was niemand ertragen, erleiden sollte.

Aber ihre Mutter sagte nur (was das Mädchen schrecklich zum Weinen brachte, wie sie ihre Mutter zu sich zog und festhielt, während sie in den Armen des Mädchens ihren letzten Atemzug tat): „Es ist wie damals, nur, dass es diesmal eine Erlösung ist … und keine Qual."

Sie schwor sich Rache an denen zu nehmen, die ihr so schreckliche Dinge angetan hatten. An allen. An ihnen und ihren Nachkommen. Sie wollte dafür sorgen, dass diese Menschen – nein, keine Menschen, es waren Monster – an ihrer Stelle stehen würden. Sie würde die Plätze tauschen, wie es ihre Mutter wollte. Und sie würde alle nach und nach auslöschen, damit nie wieder einer von dem Stamm der Schattenzauberer, etwas Derartiges erleiden musste. Nie wieder sollte einer von ihnen so leiden.

27

Sunja sah sie an. Sie hatte ihre Vergangenheit sehen können, aber nur kurz. Das alles verwirrte sie unglaublich. Sie hatte Fragen. Sie musste die Einzelteile der Erinnerung daran irgendwie zusammengefügt bekommen. Diese Frau war schon so alt. Über hundert Jahre. Da kamen viele Erinnerungen zusammen, da konnte schon leicht etwas Verwirrung aufkommen. Und an alles konnte sie sich auf die Schnelle auch nicht erinnern. Es kam so viel auf einmal.

Bei den anderen drei Mädchen kamen auch alle Erinnerungen und Gedanken in ihren Kopf. Eine klare Trennung gab es da nicht wirklich.

Sie musste alles ins Reine bekommen und da konnte die Trägerin der Erinnerungen ihr wohl am besten Antworten auf ihre Fragen geben.

„Was war es denn? Was hatte dich denn dazu gebracht?"

Die Schattenkönigin sah sie an. Sie sah ernst aus, doch der Schmerz und der Hass waren klar in ihren Augen zu erkennen. „Die Menschen haben uns verjagt. Und auch unter den Schattenzauberern, da kam es zu Problemen. Probleme auf Probleme und kein Ende in Sicht."

„Diese Freundin von dir, was ist da passiert? Was war mit ihr?"

Sie erzählte Sunja alles, sagte ihr, was alles geschehen war und wie es dazu kam.

„Und dieser Junge, dein anderer Freund, was ist mit ihm? Und was hatte dir deine Mutter erzählt?"

Die erste Frage vergas sie sofort, sobald sie die nächste – über ihre Mutter, ihren Schwachpunkt – hörte. In ihrem Innern konnte sie ein unbeschreibliches Gefühl spüren, sobald sie darüber zu sprechen begann. „Sie wurde vergewaltigt, geschändet, misshandelt. Er hatte sie wie irgendein Vieh behandelt, das es nicht wert war, zu leben. Sie wollte mich nie. Am Anfang vielleicht, als ich geboren war. Da hatte sie sich Sorgen gemacht, dass ich vielleicht sterben könnte. Doch ich überlebte und meine Augen ... Sie sah mich und wurde an diesen Mann erinnert. Ich habe diese Sachen erlebt. Ich bin keine reine Schattenzauberin, ich habe es mir die ganze Zeit nur eingeredet, weil, ... Wegen dem, was passiert ist.

Mein Halbbruder hat meine beste Freundin umgebracht und meine Mutter ... sie wurde von meinem Vater getötet. Wie sollte man so etwas verkraften können?"

„Das heißt, dass deine grünen Augen ... du hast sie, weil dein Vater ..."

„Ja, er war ein Hexenzauberer."

Mit großen Augen sah Sunja sie an. Sie konnte es nicht glauben. Sie verstand, warum sie war, wie sie war. Eigentlich wollte Sunja sie hassen, für alles, was sie ihr angetan hatte. Aber wenn sich alles nun so lichtete? Wo das Verständnis durchkam? Ihre eigenen Gefühle, die Rache wollten. Die diese Frau nach allem tot hatte sehen wollen. Sie verstand endlich Runas Entscheidung. Es ging darum, diesen ewigen Kreislauf zu brechen. Und Runa glaubte an eine zweite

Chance.

Emma hatte recht, mit Hass entstand nur noch mehr Hass.

Runa und Emma, beide verstehen, was uns allen noch im Verborgenen liegt. Wo uns Trauer und Hass noch die Augen verblenden.

Wir alle sollten uns ein Vorbild an den beiden nehmen. Dann würde die Welt zu einem besseren Ort werden.

Sie würde ihr wohl niemals verzeihen können, was sie mit ihrer Schwester getan hatte, mit ihrer Adoptivschwester, was sie mit ihr und ihrer letzten Schwester tun wollte, aber sie würde es in Zukunft besser machen.

Sie beide würden es in Zukunft besser machen.

„Ich glaube, deine Mutter hatte dich schon irgendwie geliebt, auf ihre Weise. Aber sie konnte sich einfach nicht beherrschen. Vielleicht dachte sie ja, dass sie nicht gut genug für dich wäre. Machte sich vorwürfe, wegen allem." Sie lächelte ihr leicht zu. Sofort kam eine Erwiderung. „Ja, vielleicht. Aber das werde ich jetzt wohl niemals herausfinden."

Sunja war neugierig geworden. Die Vergangenheit dieser Frau, interessierte sie. „Erzähl mir mehr. Sag mir mehr. Was ist danach passiert? Was ist aus deinem Freund, diesem Jungen geworden – das hast du mir noch nicht erzählt? Ich würde es gerne wissen. Alles davon." Sunja sah ihr in die intensiven Augen. So ein kräftiges Grün.

Die ehemalige Schattenzauberin musste erstmal kurz einen Moment darüber nachdenken, ihre Gedanken sortieren, nickte dann jedoch und strich sich ihre dunklen Haare zurück. Sie dachte nicht gerne zurück an ihre Vergangenheit. Es war immer wie ein Messerstich in ihr Herz, als würde diesmal sie ein Pfeil durchbohren. Aber vielleicht half es ja, darüber zu sprechen. Und das vollständig.

28

Sie musste ihre Mutter und ihre beste Freundin zurücklassen. Sie schwor Rache, aber erstmal musste sie ihren besten Freund finden.

Dieses ganze Durcheinander. Alle waren traumatisiert.

Sie hatten sich in eine Höhle zurückgezogen. Weit weg von den Mauern der Burgen.

Dann fand sie ihn endlich, versteckt in einer Ecke, seine Hände schützend um sich gelegt. Verstört. Verängstigt. Traumatisiert. Er hatte sich so klein wie möglich gemacht. Sein Zittern war nicht zu übersehen.

„Hey, alles in Ordnung mit dir?", fragte sie ihn und hockte sich zu ihm runter. Auch sie blieb nicht verschont. Ihr Blick war leer, ein taubes Gefühl lag in ihr. Nur wollte sie sich nichts davon anmerken lassen. Vielleicht hätte sie die Situation für ihn dann nur noch schlimmer gemacht, das wollte sie nicht riskieren. Lieber wollte sie der Fels in der Brandung für ihn sein, die letzte Hoffnung, in dieser ewigen Verdammnis.

Fürsorglich legte sie ihm eine Hand auf den Rücken, was ihn schreckhaft zusammenzucken ließ.

„Ach, du bist es nur." Seine Stimme war leise, kläglich und

heiser.

Sie setzte sich neben ihn.

Die darauffolgende Zeit sollte nicht leichter werden. Sie hatten Probleme Nahrung zu finden, besonders, da sie in der Höhle lebten und sich nicht mehr raustrauten. Zu tief saß die Angst, dass sie von diesen Monstern verfolgt werden könnten. Dass sie ihnen folgten, um sie dann zu ermorden – oder schlimmeres.

Den Kindern wurde die Geschichte erzählt, dass, wenn sie rausgehen wollten und die Sonne sie traf, dann würden sie sterben – und das grausam und qualvoll. Eine Lüge, um sie zu schützen, doch diese Lüge würde noch ein ganzes Jahrhundert durchkommen. Eine Lüge, die solange bestand, bis sogar die Schattentauberer, die wussten, dass es eine Lüge war, vergaßen, dass es nicht der Wahrheit entsprach. Die irgendwann selber glaubten, dass diese Lüge der Wahrheit entsprach.

Am Anfang war es besonders schwer. Viele starben. Der Hass gegen die weißen Menschen wuchs immer mehr, besonders in dem Mädchen. Sie war sogar so weit, dass sie den anderen Schattenzauberern die Schuld an dem Tod ihrer Freundin gab.

Niemand hatte versucht sie zu beschützen, sie hatten sie einfach sterben lassen und nicht einmal ihren Leichnam mitgenommen. Sie hatten dieses wunderschöne Mädchen, mit der dunklen Haut, einfach da liegen lassen. Die Krähen und Wölfe würden ihren dünnen Körper zerreißen, bis nichts mehr übrigbleiben würde.

Sie konnte kaum richtig trauern, so schlimm war es.

Sie hatte niemanden mehr, außer ihres besten Freundes, der mehr als traumatisiert von alledem war. Er war nicht einmal in der Lage zu sprechen. Sie musste sich damit beschäftigen, sich um sein Wohlergehen zu bemühen, doch die Nahrungsknappheit sorgte für Schwierigkeiten.

Bis es eines Tages kein Essen mehr kam.

Die Waldgeister, die Gott ihnen geschickt hatte, um sie zu beschützen, fanden kaum etwas; der Winter war auch für die Schattenzauberer eine problematische Zeit. Die Zauber basierten immerhin auf gegenseitige Unterstützung. Doch so?
Und besonders zu dieser Zeit, ohne Felder, die ihnen Ernte gab, ohne Vorräte - die sie zurücklassen mussten -, konnten sie nicht überleben.
Sie hatte nicht nur Sorge, um seine Psyche, sondern auch um seine physische Gesundheit. Er magerte immer und immer mehr ab.

Und eines Tages, als es eine besonders kalte Nacht war, kuschelten sie sich eng aneinander.
„Danke, dass du immer so für mich da bist. Ich weiß, dass du selber genug Probleme hast. Und dann bürdest du dir noch so eine große Last auf. Du bürdest mich dir auf. Tut mir leid, dass ich es die so schwer mache. Es tut mir so leid. Ich weiß, dass ich ein Problem bin, mit dem du dich lieber nicht auch noch beschäftigen würdest."
„Nein, bitte sag sowas nicht. Du bist mein bester - und

mittlerweile auch einziger - Freund, der hier ist, bei mir. Ich mache alles, um dich nicht auch noch zu verlieren. Du bist mir unglaublich wichtig. Wenn du auch nicht mehr wärst, ich glaube nicht, dass ich es dann noch aushalten würde. Gar nichts mehr."

„Wirklich?"

„Ja, natürlich! Warum sollte es nicht so sein? Ich würde das doch sonst niemals tun. Oder was meinst du?"

„Schön zu hören."

Sie sahen sich fest in ihre Augen. Obwohl es so unglaublich dunkel war, konnten sie ein Schimmern in den Augen des jeweils anderen sehen.

„Weißt du", fing er an, stoppte dann jedoch, weil er nicht wusste, wie er es am besten formulieren sollte.

„Ja?", versuchte sie ihn zum Weiterreden zu bringen. Sie erkannte an seiner Stimme, dass er ihr etwas Wichtiges sagen wollte, was ihn scheinbar bereits länger belastete. Wahrscheinlich sogar länger, als sie vermutete.

„Habe ich dir jemals gesagt, wie schön und toll du bist? Was für ein nettes Mädchen, welch gute Freundin du bist? Dass du der tollste Mensch bist, dem ich je begegnet bin."

„Sicher, sonst wären wir ja keine Freunde, wenn du mich nicht mögen würdest." Sie musste bei seinen Worten lächeln. Eine so innige Freundschaft, so unzertrennlich, außer durch den Tod. Es war ihr doch schon immer klar gewesen, wie wichtig sie einander waren.

„Ja, aber so meinte ich es nicht. Verstehst du, was ich meine?"

„Nein, ich weiß es nicht. Wie meinst du es denn dann?" Nun keimte in ihr doch Verwunderung auf. Sie verstand es nicht recht.

Wieder wusste er nicht, wie er es sagen sollte, also animierte sie ihn wieder zum Weiterreden. Versuchte ihm Mut zu machen, weil sie merkte, wie schwer es ihm fiel, es ihr mitzuteilen.

„Ich mag dich, wirklich sehr. Und ich meine damit, dass ich dich mehr, als nur als einfache Freundin mag. Wir kennen uns schon so lange. Und jetzt das. Du bist die einzige Familie, die ich noch habe. Ich wäre aber gerne eine richtige Familie mit dir, eine richtig feste. Nicht nur Verbündete, nicht nur Freunde. Sondern eine Familie.

Ich liebe dich, wie ein Junge ein Mädchen nur lieben kann.

Verstehst du jetzt, was ich meine? Was ich dir versuche, zu sagen?"

Sie wusste nicht, was sie darauf antworten sollte.

Meinte er das wirklich ernst? Konnte das wirklich echt sein? Hatte er auch keine Wahnvorstellungen, wegen Mangel an Nahrung?

Ein leichtes Lächeln schlich sich auf ihre Lippen. Das war das erste Mal seit langem, seit sie sich glücklich fühlte, erfüllt, voller Freude.

Sie dachte, dass es endlich besser werden würde.

Doch selbst da, musste sich für sie ein harter Schicksalsschlag ereignen.

Warum ist das Schicksal so gegen mich? Warum tut es mir das an? Warum muss immer mir so etwas passieren? Ich versteh das einfach nicht!

Ist denn wirklich niemand auf meiner Seite?

Allmögliche Fragen stellte sie sich, doch das war egal. Nützen tat es ihr ohnehin nichts. Es würde niemals etwas ändern. Was geschehen war, war geschehen und sie konnte nur bittere Tränen vergießen. Aber konnte sie wirklich verzeihen, was da geschah?

29

Der Schlag traf sie am nächsten Morgen. Sie hatte einen wunderbaren Traum, von sich und ihm. Er handelte von der Nacht zuvor.

Sie hatten sich geküsst, lang und leidenschaftlich. Hatten sich geliebt, ihre Zuneigung zueinander offenbart. Seit langer Zeit, waren sie zum ersten Mal wieder glücklich.

Davon auch noch träumen zu können, füllte sie mit einer wohligen Wärme. Ein wunderbares Gefühl, welches sich schnell wieder auflösen sollte; verschwunden, als wäre es niemals da gewesen.

Sie wurde langsam wieder wach, wollte sich enger an ihren Liebsten kuscheln, der ihr so ein wunderbares Gefühl gab. Doch irgendwas war seltsam. Irgendetwas fühlte sich anders als vorher an.

Warum war da keine Wärme? Warum war dieses wunderbare Gefühl verschwunden? Warum fühlte es sich plötzlich so an, als wäre das alles wirklich nur ein Traum gewesen und geblieben? Was sie da umarmte, fühlte sich auch nicht wie ein Körper an. Es wirkte ihrer Meinung eher wie … Sie wusste es nicht. Am ehesten war es wohl mit einem Stein zu vergleichen. Ein Stein, aber dennoch anders. Es fühlte sich so seltsam und starr an.

Sie öffnete ihre Augen, konnte sich nicht länger auf ihr Gefühl verlassen.

War er vielleicht weggegangen? Aber wieso sollte er, so kurz nachdem sie sich ihre Liebe gestanden hatten? Und was war dann das, was da war?

Hatte er sie etwa nur reingelegt? Liebte er sie eigentlich gar nicht? Aber wieso sollte er? Sie waren immerhin die besten Freunde gewesen, seit sie klein waren und nun waren sie die einzigen Personen, die einander wichtig war. Da konnte es doch gar nicht sein, dass er sie so einfach reinlegte, besonders nicht nach alldem, was sie für ihn getan hatte. Er war doch gar kein undankbarer Mensch. Oder hatte diese schreckliche Erfahrung ihn so sehr verändert? War er nun wirklich an dem Punkt angekommen, seine engsten Vertrauten zu hintergehen?

Doch es war noch viel schlimmer, als sie erwartet hatte.

Er war es, aber er fühlte sich nicht menschlich an. Er war so starr, als wäre er ...

Ihr Herz begann zu rasen, ihr Puls beschleunigte sich. Ein übles Gefühl machte sich in ihrem Inneren breit, welches ihr schlecht werden ließ.

Sie schüttelte ihn, sagte seinen Namen, sagte ihm, dass er wach werden solle, doch nichts half.

Tränen flossen ihr Gesicht hinunter. Sie wollte und konnte es nicht glauben.

Was sollte das? Warum war das Schicksal so gegen sie? Das fragte sie sich auch nur noch.

Was soll das? Warum passiert mir das? Was will das Schicksal mir noch alles nehmen, bevor es genug ist, bis ich nichts mehr und noch weniger habe? Bis mein Leben kein Leben mehr ist, sondern nur ein ewiges vor sich hin leiden.

Nein, das ist es ja bereits, jetzt, wo mir auch das Letzte genommen wurde, was ich liebe.

Er war einfach verhungert. Um seinen Tod scherte sich kaum jemand.

Sie dachte bereits, es konnte nicht mehr schlimmer kommen, doch sie sollte sich irren.

Immer mehr schotteten die anderen sie ab. Der Hass gegen die anderen Menschen und Zauberer wuchs enorm an. Und besonders böse wurden sie daher auf die unter ihnen, die Eltern wie diese hatten - und alle wussten, dass das Mädchen einen Hexenzauberer als Vater hatte. Ihre Augen verrieten sie. Solch eine intensive Farbe. Und sie wussten alle auch um ihre Mutter Bescheid. Aber das Leid, dass das Mädchen darunter ergangen war, das interessierte niemanden. Alle sahen nur, was sie war, nicht, wer sie war.

Die Schattenzauberer - ihr eigener Stamm - hassten sie. Und das aus tiefstem Herzen. Das zeigten sie ihr auch sehr deutlich. Sie wurde ausgegrenzt, beleidigt, behandelt, als wäre sie nicht da. Alles. Dabei hatte sie ohnehin schon niemanden mehr.

Ihr war klar, dass sich etwas ändern musste. Und sie würde etwas ändern. Sie würde sich nicht länger so behandeln lassen. Dafür hatte sie bereits viel zu viel ertragen müssen. Sie war stärker als die anderen, viel stärker. Sie würde es ändern. Sie würde an der Spitze stehen. Niemand würde sie je länger unterdrücken. Ja, sie würden sich ihr unterwerfen. Alle. Und dann würde sie Rache nehmen. Sie würde sie alle töten. Alle Blutzauberer, alle Hexenzauberer, alle Menschen – die Nichtzauberer - und besonders alle Lichtzauberer.

Lichtzauberer konnten ihr gefährlich werden. Sie würde zuerst die Lichtzauberer umbringen, dann konnte sie niemand mehr aufhalten. Nie wieder.

●●●

Schnell wurde sie zur Schattenkönigin. Eine böse und grausame Herrscherin.

Sie unterwarf alle ihrer Macht. Niemand traute sich mehr, je wieder etwas gegen sie zu sagen oder zu machen, denn sie wussten alle, würde ihr auch nur eine Kleinigkeit nicht passen, dann würde die Schattenkönigin zuschlagen und sie töten. Denn sie ließ nichts durchgehen. Niemals. Und als sie alle ihren Vorstellungen nach abgerichtet hatte, wollte sie die ersten Lichtzauberer umbringen.

Doch sie war ein wenig erstaunt, als es keinerlei Zauberer mehr in dem Schloss gab.

Eine Verfolgung war im Gange, bei der die Menschen die Zauberer jagten und töteten.

So war es leichter für sie. Niemand war mehr vereint, alle waren getrennt.

Belustigt sah sie der Verfolgungsjagt zu.

So konnte sie alle im Getrennten töten. Sie musste nur als erstes die Lichtzauberer finden.

Aber erst einmal würde sie die Menschen die Arbeit überlassen.

Hundert Jahre später, sollten die Menschen sie dann vergessen haben, wegen einer Frau. Eine Blutzauberin. Aber sie war nicht nur eine Blutzauberin, sie war auch eine

Schatten- und eine Lichtzauberin.

Sie wusste nicht, ob sie Hass für diese Frau empfinden sollte. Aber doch, das tat sie.

Die Menschen hatten jegliche Zauber, und die diesen Zauber beherrschenden Menschen, vergessen. Sie jagten niemanden mehr. Sie war für die Menschen nur eine Legende. Nein, nicht einmal das. Nur die Blutzauberer blieben als Legende und Ammenmärchen zurück. Aber da war noch etwas. Eine Prophezeiung, die sich durch diese Frau ergeben sollte. Oder besser gesagt, durch das Kind, das sie in sich trug.

Sie musste dieses Mädchen auf ihre Seite ziehen. Sie wollte sie jagen und das Kind zu sich holen, doch die Mutter des Kindes war schlauer, als die Schattenzauberin.

Sie hatte einen Schutz erzeugt. Sie konnte sie nicht finden. Sie hatte die Geburt ihres Kindes viele Jahre herausgezögert, ganze Jahrzehnte. Beinahe ein ganzes Jahrhundert. Und dann kam sie, nachdem niemand mehr von der Jagd nach den Zauberern wusste.

Sie fand das Mädchen erst achtzehn Jahre, nachdem sie geboren war. Ein paar Jahre vorher, hatte sie die Lichtzauberer ausmachen können.

Ein großer Kampf, bei dem viele starben. Aber es blieben welche übrig, versteckten sich.

Es dauerte wieder einige Jahre, bis sie auch die letzten ausfindig machen konnte. Doch dann konnte sie auch diese töten. Alle, bis auf eine. Die anderen hassten sie. Sie würde also ein leichtes haben.

Aber da musste sie sich leider irren. Sie hatte nicht mehr vor, sich so große Mühe zu geben, das war zu Kräftezehrend.

Also sah sie zu und mischte sich nur manchmal ein. Und sie sah zu, wie es immer mehr und mehr zu dem Punkt kam, wo es zu einem Angriff kommen würde.

30

Sunja sah sie an. „Das heißt, dass du von Anfang an da warst?"

„Ja. Ich habe alles miterlebt. Es war schrecklich. Den Krieg vor hundert Jahren, den habe ich von der Höhle aus beobachtet."

„Ich glaube, ich verstehe es langsam." Sunja sprang von dem Stein runter, als sie sah, wie Antonia auf sie zu gerannt kam.

„Hallo, alles gut bei dir?", fragte sie Antonia, doch dann stand sie vor ihr. Sofort rutschte ihr Herz nach unten. Irgendwas stimmte nicht. Antonia war Tränen überströmt. Was konnte das auf sich haben? War sie doch sonst nie so nah am Wasser gebaut, nur, wenn etwas wirklich schreckliches geschah. Etwas Schreckliches.

Sunjas Augen weiteten sich und direkt wurde sie ernst. Das konnte nichts Gutes zu bedeuten haben, nicht mal was Schlimmes, nein, nur etwas Schreckliches.

„Antonia, was ist los?", fragte sie diesmal ernster und legte ihre Hände auf Antonias Schultern. Vielleicht konnte sie so etwas mehr Halt bekommen und ruhiger werden. Sie sah in ihre Augen, versuchte irgendeine Form von Regung zu finden. Irgendwas, was ihr den Grund für dieses aufgebrachte und weinende Gesicht liefern konnte. Glänzende Augen, völlig gerötet. Auch die Schattenzauberin stand auf. Auch ihr wurde sichtlich unwohl dabei.

Antonia versuchte zu Atem zu kommen, aber ständig musste sie husten. Nur ein paar Bruchstücke konnte sie sagen. „Evan … Schloss … erhangen."

„Erhangen?" Sunja drehte sich zu der Schattenkönigin um. Ihr Blick war schockiert, als wüsste sie sofort, was es damit auf sich hatte. Sunja sah wieder Antonia an. „Wo?"

„Da", kam es hüstelnd und belegt hervor. Ihr Gesicht war so rot wie ihre Augen. Sie zeigte in eine Richtung und Sunja und die Schattenzauberin rannten los.

Im Schloss angekommen, sahen sie sofort, was los war.

Kilian war gerade dabei, seinen besten Freund von der Decke zu holen. Sein Kopf war völlig rot und Tränen standen ihm in seinen Augen.

Das alles war Evan einfach zu viel geworden. Er hatte sich erhangen. Einfach erhangen.

Sunja sog scharf die Luft ein. Mara stand neben ihr. „Er hat es wohl nicht ertragen, an Linharts Tod … dass er ihn umgebracht hat." Sie war den Tränen nah.

Mara war von Anfang an dabei. Sie kannte Evan. Er war ein Teil ihrer Familie und nun waren Kilian und sie alleine miteinander. Die letzten beiden des Anfangs.

Mara bemerkte die Schattenzauberin. „Was machst du hier? Was macht sie hier? Sie hat hier nichts verloren! Sie soll abhauen! Sie ist der Grund, warum meine Mutter tot ist! Warum sie alle tot sind! Sie soll gehen! Sie hätte an diesem Seil hängen sollen, nicht er! Nicht Evan." Mit funkelnd bösen

Augen sah sie das Objekt ihres Hasses an.

Die ehemalige Schattenkönigin wollte etwas sagen, doch sie merkte schnell, wie unerwünscht sie war, sah die Tränen in den Augen des Mädchens glänzen, also ging sie einfach mit den Worten: „Es tut mir leid."

„Das lässt sie auch nicht wieder lebendig werden!", schrie ihr Mara aus Leibeskräften hinterher und drehte sich wutendbrannt in ihre Richtung um. Sie drehte sich wieder zurück und sagte leiser zu sich selber: „Nie wieder. Sie werden nie wieder lebendig sein."

Niemand hatte damit gerechnet, dass ausgerechnet Mara so reagieren würde. War sie doch die erste, die irgendwas verzeihen konnte, war es auch noch so schrecklich gewesen. So hatte sie auch den Mord ihres Bruders leicht verziehen, obwohl es sie schrecklich geschmerzt hatte. Aber nun solch einen Ausbruch von ihr zu erleben ... Es zeigte klar, wie viel das alles mit ihr gemacht hatte. Wie sehr sie unter all dem litt.

Antonia war in der Zeit zurückgekommen, träge und voller Trauer. Sie und Adalwin nahmen Mara in ihren Arm. Sie konnte Trost dringend gebrauchen, denn für sie war das ganze am schlimmsten. Für sie und Kilian. Und wenn es noch um Runa ging, dann auch für Sunja.

Mara brach zusammen, fiel auf den Boden und fing schrecklich zu weinen an. Antonia strich ihr über den Rücken und machte beruhigende Laute. Adalwin hielt ihre Hand. Alle voller Trauer.

Kilian ging es nicht besser. Evan war sein bester Freund. Er musste so viel wegen dieses Kriegs verlieren: Seine Schwester, Linhart, Runa und nun auch noch ...

Evan war so zerstört. Vielleicht war es ja besser so, dann

konnte er wenigstens mit den anderen wieder zusammen sein. Vereint für die Ewigkeit. Hoffentlich würden sie auf die anderen warten.

Kilian weinte. Mara löste sich von ihren Freunden und lief zu Kilian, je näher sie zu ihm kam, umso schneller wurde sie. Sie nahm ihn in den Arm und er sie. Gemeinsam verstanden sie sich am besten und kamen besser mit ihrer Trauer klar. „Lass ihn uns neben Linhart und Runa begraben", meinte sie leise und er nickte.

Es war eine bedrückende Beerdigung. Sie hatten gedacht, dass das Sterben mit Ende des Krieges zu Ende sein würde. Evan bewies ihnen das Gegenteil. Sterben würden wohl noch viele. Das Trauma war zu groß.

Alle ließen Mara und Kilian alleine zurück. Runas Wolf blieb bei Mara, er war ebenfalls am Trauern. Jeden Abend jaulte er in den Himmel hinauf. Er empfand zwar keinen körperlichen Schmerz, da Runa schmerzlos gegangen war, aber er hatte psychischen Schmerz. Die Bindung zu Runa, die er ganze Zeit über zu ihr hatte, wurde einfach gekappt, auch wenn er manchmal glaubte, ihren Geist spüren zu können. Nein, sie wusste es, war sich ganz sicher. Normalerweise war er mit den anderen Wölfen zusammen, doch in diesem Moment empfand er nur Trauer und wollte lieber bei Mara bleiben, die sich immer um ihn gekümmert hatte, als Runa bei den Schattenzauberern war. Runa war nicht mehr da, aber Mara. Sie wurde nun sein neuer Seelenmensch. Sie nahm ihn in ihre Obhut und sie entwickelten eine neue Bindung. Mit Mara würde er nicht alleine sein. Und seine Schmerzen konnte er besser ertragen.

Mara strich über sein dichtes, struppiges Fell.

Nie wieder würde es so sein, wie damals. Zwischen den Seelentieren und ihren Seelenmenschen, gab es nicht mehr diese Verbindung, wie vorher. Sie waren einander noch sehr nahe, aber nur die, die bereits ein Seelentier hatten. Sie sollten die Letzten sein. Und sie hatten die Gabe verloren, wahrzunehmen, was die jeweiligen Seelenpartner wahrnehmen konnten.

Blutzauberer hatten nie Fleisch gegessen, nicht mal, als sie kaum Nahrung hatten. Sie hatten von den anderen - den Nichtzauberern - Hohn geerntet, aber das war ihnen egal. Es hätte ja eines ihrer Seelentiere darunter sein können. Wie es wohl nun werden würde?

Mara wussten, dass sie mit ihrer Trauer in diesem Moment alleine sein wollten. Sie saßen vor den Gräbern, sahen sie an, dachten an die geliebten Menschen, die nun unter der Erde lagen und nie wieder kommen würden.

„Nia hätte auch hier liegen sollen, zusammen mit ihnen", sagte Mara und unterbrach damit ihre Stille.

„Ja, aber glaubst du, dass sie nur deswegen nicht mehr zusammenfinden würden?" Er sah Mara an.

Sie bemerkte seinen Blick und drehte sich zu ihm um. „Nein, ich denke nicht."

Sie sah etwas hinter Kilian und fing zu lächeln an. „Nein, ich weiß es."

Kilian reagierte auf ihren Blick und drehte sich um, doch er konnte nichts sehen. Verwundert sah er sie wieder an. „Was ist denn? Was soll da denn sein? Was siehst du da?"

„Ich glaube, Runa hat mir meine Kräfte nicht genommen."

Sie sah hinter Kilian und sah, wie alle wieder vereint waren. Nia umarmte Kilian, so wie Runa, Linhart und Evan. Seine unterlaufenen Augen, die er immer hatte, seit er von dem Schatten besessen war, waren verschwunden. Er sah wieder ganz normal aus, wie sie ihn als erstes kennengelernt hatte. Sie alle lächelten sie an. Sie winkten ihr, verabschiedeten sich, bis sie sich eines Tages wiedersehen würden.

„Sie werden auf uns warten. Sie denken immer noch an uns, so wie wir an sie."

31

Die Schattenzauberin lief umher, trat allmögliche Sachen beiseite. Ein wunderschöner Tag, der Wald war so schön, doch sie achtete nicht darauf. Nicht einmal auf den wunderbaren Gesang der Vögle, die ankündigten, dass der Winter nun vollends vorbei und der Frühling eingebrochen war. Sie flogen auf Äste, saßen zusammen und ließen ihre Melodien erklingen. Der Tag war blau, nur wenige Wolken waren am Himmel zu sehen. Der Schnee und das Eis aus der Nacht waren völlig verschwunden.

Niemand mag mich. Ich habe so viel Mist gebaut. Und die anderen Schattenzauberer stehen jetzt schon wieder unter all dem Hass – und hassen mich ebenfalls. Dabei müsste alles mich treffen, nur mich. Das ist alles meine Schuld. Sie sollten eigentlich gemocht werden. Wir ... nein, nur sie, sollten jetzt eigentlich gemocht werden.

Sie raufte sich ihre Haare, schrie frustriert. Was sollte sie nur deswegen machen? Was konnte sie nur dagegen unternehmen? Sie hatte ...

„Gah! Was nur? Was jetzt! So ein Mist aber auch!"

„He, was schreist du denn hier alles so zusammen?" Sunja stieg über einen Baumstamm und lief zu ihr hin. Erschrocken sah sie Sunja an.

„Ach, du bist es nur. Ich dachte, dass du einer von denen wärst, die uns mit irgendwelchen Sachen bewerfen. Die, die so voller Wut und Verachtung uns gegenübertreten."

„Wovon redest du?"

„Die Schattenzauberer, sie werden alle so sehr verachtet, dass sie mit allmöglichen Dingen beworfen werde, wie Steine und so. Ein paar haben recht große Verletzungen bereits bekommen. Andere sind beinahe zu Tode geprügelt worden."

Sunja dachte sich bereits, dass der Hass gegen sie groß wäre, aber dass alle handgreiflich wurden, damit hatte sie nun wirklich nicht gerechnet.

„Dann sollten wir etwas dagegen unternehmen."

Sunja deutete ihr zu folgen, sofort kam sie.

„Wie hast du mich eigentlich gefunden? Müsstest du nicht bei einer Beerdigung sein?"

„Ja, aber die beiden, die ihn am besten kannten, brauchten Zeit für sich. Da habe ich mir gedacht, dass ich dich suche und mal nach dir sehe."

„Verstehe. Oder nein, ich verstehe nicht. Warum bist du zu mir gekommen?"

„Weil ich finde, dass wir alle neu anfangen sollten. Mit Hass kommt nur noch mehr Hass. Und Runas Opfer soll nicht umsonst gewesen sein. Die ganzen Toten sollen nicht umsonst gestorben sein. Wir sollten von neuem Anfangen. Und das können wir am besten, wenn wir uns ein wenig besser kennenlernen.

Du kennst mich sicher nur als die letzte Lichtzauberin. Mein Name ist Sunja und wie heißt du? Denn ich kenne dich nur als die Schattenkönigin."

„Lumiel. Aber der Name passt wohl jetzt nicht mehr zu mir.

Ich habe keine Kräfte mehr."

Lumiel sah in den Himmel.

Sunja lachte. „Ich glaube, dass das nicht mehr wichtig ist. Diese Bedeutungen und Namen, sie dienten uns doch auch irgendwie, um einen Unterschied zu den anderen zu finden, aber wir sind jetzt eins. Lass deinen Namen, er ist wirklich schön. Lass ihn dir als Erinnerung, was war."

Beide mussten lächeln. Der Winter war vorbei, die Sonne schien und die ersten Knospen waren an den Ästen zu sehen. Vögel zwitscherten und die Temperaturen stiegen. Leben kehrte in das Land zurück.

„Wenn nur alle so denken würden, wie du."

„Warum?"

„Dann würde es bestimmt weniger Hass geben. Glaubst du, dass das alles jemals enden wird? Dass das alles jemals vorbei sein wird?"

„Was genau?"

„Dieser Hass, gegen uns. Ihr wurdet doch von den Menschen auch gehasst, obwohl ihr ihnen geholfen habt. Glaubst du, dass es irgendwann einen völligen Frieden geben wird?"

„Sie waren neidisch, dass sie nicht auch solche Kräfte besessen haben. Aber jetzt sind ja alle gleich. Niemand hat mehr irgendeine Kraft. Es wird sicher noch lange dauern, bis der Hass endet, doch irgendwann, da wird er aufhören. Irgendwann. Und dann wird es Frieden geben." Damit sollte sie recht behalten. Es würde noch sehr lange Hass gegen die Schattenzauberer geben, egal nun, ob sie noch welche waren oder genau solche Nichtzauberer wie alle anderen auch. Es war dann auch egal, ob sie wusste, warum sie so gehasst wurden - wenn es nicht weitergetragen wurde, was geschah.

Wenn es nur darum ging, jemanden zu haben, an dem man seinen Hass auslassen konnte. Denn die Menschen wollten immer Hass und Wut auslassen und es war gut jemanden bei sich zu haben, bei dem man es konnte. Menschen waren immer grausam. Sie wollten diesen Abschnitt der Geschichte nicht so weitertragen, ein Kampf zwischen einem Stamm, der in einzelne Stämme getrennt wurde, wegen purer Eifersucht. Die Menschen - besser gesagt, die Nichtzauberer - wollten es außerdem nicht in ihre Geschichtsbücher aufnehmen, da sie wussten, dass eigentlich sie selber das Problem waren, indem sie mit ihrer Eifersucht auf die Mächte der anderen, angefangen haben, sie zu hassen. Mit Hass entstand nur noch mehr Hass. Und somit würde der Hass gegen die Schattenzauberer dennoch einige Jahre - sogar Jahrzehnte und Jahrhunderte - noch anhalten, bis sie endlich in Ruhe gelassen werden würden. Sie würden getötet und beleidigt werden. Doch es würden sich immer mehr und mehr Menschen auf ihre Seite schlagen, bis eines Tages, niemand mehr so leiden musste. Der völlige Frieden. Wie es sich eigentlich alle aus tiefster Seele, aus tiefstem Herzen, wünschten. Aber es würde dauern.

32

Ada kam mit den Kindern aus dem Versteck heraus. Der Krieg war endlich zu Ende. Doch der Hass blieb.

Sie drückte ihr Kind näher an sich.

Wo war Ciara? Sie lief umher, fragte die Menschen, doch sie fand sie recht schnell selber. Auf dem Marktplatz stand der König und sie auf einem großen Podest. Sie hatten kurz zuvor mit Lumiel und Sunja gesprochen. Sunja hatte von den Problemen erzählt, die es gab unter der Bevölkerung. Nun musste der König endlich etwas dazu sagen.

Nachdem Krieg war die Bevölkerung unsicher. Niemand wusste, was als nächstes auf sie zukommen sollte. Alles war unsicher. Es mussten neue Gesetze und Regeln eingeführt werden.

Alle fanden sich ein. Der Hass hatte die Schattenzauberer aber kaum hervorgelockt, um der Versammlung beizuwohnen. Sie gingen dennoch hin, wollten wissen, was der König zu sagen hatte. Sie wurden aber alles andere als herzlichst begrüßt von den anderen Menschen. Sie wurden bespuckt und beleidigt. Sie hörten erst auf, als der König laut schrie. Er konnte das nicht ohne weiteres hinnehmen, wie diese Menschen behandelt wurden, die ebenfalls nur Opfer dieser Frau wurden. Aber sie hatte ihre Fehler eingesehen, nur leider zu spät, wie sich der König dachte.

„Hört alle sofort auf damit!", schrie er laut auf. Sein Gesicht war ernst, schon beinahe kurz davor, Wut entbranntet zu werden. Der Krieg war schlimm genug gewesen, also warum kam niemand auf die Idee endlich mit all dem zu stoppen, diesem ganzen Wahn und all dem Leid? War das ganze Unheil etwa nicht schon schlimm genug gewesen?

Alle sahen sofort zu ihm und wurden still, selbst die Hunde, die durch die ganze Unruhe wild durcheinander bellten und jaulten.

„Seht ihr denn nicht, was hier los ist? Wir sind jetzt wieder ein einziges Volk! Ein gemeinsames Volk! Und ein Volk schütz sich, hilft und unterstützt sich, lebt zusammen! Also sagt mir, warum tut ihr euch so etwas gegenseitig an? Wir haben momentan mehr Probleme, als noch mehr zu erzeugen! Wir müssen unsere Opfer begraben und dafür sorgen, dass wir wieder etwas zu essen bekommen, besonders jetzt, wo die Hexenzauberer ihre Macht, und damit unsere Unterstützung, verloren haben. Müssen angerichteten Schaden beseitigen und die anderen Probleme von uns fernhalten, die sonst auf uns zukommen würden. Niemand hat mehr Kräfte. Ohne diese haben wir es um einiges schwieriger, uns zu ernähren und Wunden oder Verletzungen, sowie Krankheiten zu heilen. Genauso anderen Schaden zu minimieren."

„Das ist doch aber alles ihre Schuld! Sie sollen abhauen! Wenn sie nicht da wären, dann gäbe es diese Probleme gar nicht erst!", schrie einer der Nichtzauberer. Ein Mann mit dunklen Haaren und Augen, unordentlichen Bart und schlecht gepflegt.

Sofort bekam er Zuspruch von der Menge.

„Aber seht ihr nicht, dass das das Problem ist? Sie wurden

bereits einst mit so viel Hass von hier vertrieben. Warum sollten wir diesen Fehler erneut wiederholen? Warum sieht niemand, dass wir das alles begonnen haben und nicht sie?"

„Wer behauptet so etwas? Das würden wir niemals tun! Haben die das gesagt? Solche Lügen zu erzählen, um sich bei uns einzuschmeicheln! Abschaum ist das! Nichts weiter wie dreckiger Abschaum!"

„Ja, sie waren es, sie haben es gesagt. Aber genau das tun wir ja gerade! Wie kann jemand behaupten, so etwas nicht zu tun, aber genau das dann zu tun? Kann mir das irgendjemand von euch schlauen Köpfen erklären?"

„Das … Was für eine Unverschämtheit!"

„Unverschämtheit? Sehr recht, du bist eine sehr unverschämte Person, solche Sachen zu sagen. Vielleicht würde ein Tag im Kerker dein Gemüt etwas beruhigen? Was meinst du?"

„Und wozu das? Was soll diese Bevorzugung unseres Feindes? Sie können uns nichts mehr tun! Wir können sie jetzt unterwerfen! Und dann werden sie gar nicht erst auf die Idee kommen, je wieder einen Krieg anzuzetteln, der uns alle vernichten könnte. Ich meine, vernichten können sie uns jetzt so oder so nicht mehr. Sie sind jetzt schwach geworden. Ohne ihre dämonische Kraft trauen sie sich nämlich nichts mehr zu."

Die Menge jubelte zustimmend, über diese kurze Ansprache.

„Nein! Das wird nicht geschehen! Wir werden friedlich mit ihnen leben! Damit nicht der Hass, sondern der Friede regiert, so wie es eigentlich sein sollte! Wie es von Anfang an hätte sein sollen! Und bedenkt, wie Gott ihnen ihre Kraft genommen hat, kann Gott sie ihnen zu ihrem eigenen Schutz auch wieder zurückgeben."

„Wozu? Dass sie uns in unserem Schlaf die Kehle aufschlitzen? Dieses gottlose; dieses heidnische Volk! Kein Volk, nur ein Pack! Ein Gesindel! Sie sollen von hier verschwinden! Gott würde sie niemals versuchen zu schützen."

So ging es immer weiter. Johannes versuchte Argumente zu finden und die, die keine Schattenzauberer waren schürten Hass.

„Meine Frau ist ebenfalls eine Schattenzauberin, gegen sie schürt ihr keinen Hass. Wie kann das sein?"

„Sie sieht nicht aus wie eine. Und sie hat uns geholfen! Sie stand von vorneherein auf unserer Seite! Oder soll uns das jetzt sagen, dass wir sie ebenfalls hassen sollen? Sollten wir sie ebenfalls hassen und verjagen?"

Ciara reichte es nun ebenfalls. Auch für sie war es nun so weit, sich einzumischen. Sie war auch von diesem Volk. Wurden die ehemaligen Schattenzauberer beleidigt, so wurde auch sie selbst beleidigt. Und das konnte sie nun mal nicht einfach auf sich sitzen lassen. Wer würde überhaupt schon sowas einfach so mit sich machen lassen, ohne sich irgendwann zur Wehr zu setzen?

„Das stimmt nicht! Ich habe euch ebenfalls töten wollen. Ich habe Menschen getötet. Habe schreckliches Leid über so viele gebracht. Damals hatte es niemand mehr als ich verdient, gehasst und verabscheut zu werden. Aber mir wurde verziehen und ich wurde aufgenommen! Und es geht nicht darum, mich ebenfalls zu hassen, sondern darum, sie ebenfalls zu akzeptieren und aufzunehmen. Mich ihrer anzunehmen, wie sie sich meiner." Ciara klang so voller Emotionen, voller Gefühle. Sie wollte es klarstellen. So wie

243

sie dargestellt wurde, so war sie nicht immer gewesen. Auch ihre Vergangenheit hatte etwas mit ihr gemacht. Und so wandelte es sich. Wenn ihr damals nicht verziehen worden wäre, wie hätte es dann später um sie gestanden? Wie schlimm wäre wohl alles noch gekommen? Aber darauf kam es nicht mehr an, nur noch auf die, die sie nun war. Sie war nicht mehr dieses rachsüchtige kleine Mädchen von damals. Sie war eine gutherzige Frau, die sich um verwaiste Kinder sorgte und verwundete und kranke Menschen heilte. Nun war sie ein besserer Mensch. Der Hass war vorbei und die Liebe und Fürsorge war erblüht.

So entstand ein weiterer Streit.

Lumiel reichte es. Der Hass, dieser ganze furchtbare Hass, er sollte nicht gegen ihren Stamm gehen, nur gegen sie selber. Die anderen hatten es nicht verdient, so behandelt zu werden. Sie kamen gerade aus dem einen Terror raus, sie sollten nicht in den nächsten rein, sollten nicht von Terror zu Terror; von Hass zu Hass. Also stellte sie sich vor Johannes und rief, so laut wie möglich: „Hört auf! Alle! Sie haben nichts getan. Ich war es. Ich alleine. Sie haben nichts damit zu tun. Ich habe sie zu alledem gezwungen. Ich habe sie bedroht, ihnen gesagt, dass ich sie töten würde, wenn sie nicht tun würden, was ich ihnen sage. Und sie wussten ganz genau, dass ich es ernst meinte. Ich habe schon viele von ihnen für weniger getötet, für einfache Nichtigkeiten. Denn ich war immer grausam und schrecklich von Hass geplagt für das, was ihr uns einst angetan habt. Also wenn ihr für euren Hass, der sich auf mich übertragen hat, jemanden hassen wollt, dann hasst mich. Denn nur ich habe es verdient und sonst niemand!“

Es war zwar so, dass die Schattenzauberer alle gehasst

hatten, aber direkt alle töten, das wollten sie nicht. Sie hatten nur vorgehabt, sie auszugrenzen. Sie hatten nicht mehr mit ihnen leben wollen. Nach dem Krieg war es anders, doch da wurde bereits neuer Hass geschürt. Wobei es so auch nicht gesagt werden konnte. Es war nur bei denen so, die damals bei der Vertreibung dabei waren, die anderen hatten überhaupt nichts weiter mehr damit zu tun gehabt. Sie waren viel zu sehr damit beschäftigt, dass die Schattenkönigin nichts an ihnen auszusetzen hatten. Ein viel zu großer Druck, der nichts anderes in ihren Köpfen zuließ.

„Sie standen unter meinem Terror. Und ich habe es nur gemacht, um Rache zu nehmen."

Sie erzählte ihnen allen ihre Geschichte, aber kaum einer wollte ihr glauben. Sie taten nur so, als würden sie sich mit alledem zufriedengeben. Denn sie merkten, dass weiteres Diskutieren nichts brachte. Es war so, dass sie sich einfach danach weiter damit beschäftigten, den Hass gegen sie auszuleben, aber etwas gedämpfter. Sie sahen ja, dass der König auf der "falschen" Seite stand und sie nur Probleme bekommen würden, wenn er das mitbekommen würde.

Mara allerdings, sie hatte Lumiel die Geschichte - die die Wahrheit war - geglaubt.

Sunja hatte Lumiel gesagt, dass sie Mara später davon erzählen sollte, damit Mara besser verstehen konnte, warum Lumiel es getan hatte. Doch sie wusste ja nicht, dass Mara direkt unter den Menschen war und alles mit anhörte.

Tränen bildeten sich in ihren Augen, als sie es hörte. Sie hatte davon nichts gewusst. Sie fand nicht, dass es ihre Taten rechtfertigte, doch sie verstand es besser. Sie würde ihr niemals verzeihen können und es würde auch eine lange Zeit dauern, bis sie sich an sie gewöhnt hatte, doch Mara wollte es versuchen. Sie war eine liebe Person, die niemanden verletzen oder verletzt sehen wollte.

So sagte sie es auch nach der Bürgerversammlung zu Lumiel. Das machte die ehemalige Schattenzauberin mehr als glücklich. Sie hatte nicht damit gerechnet. Am liebsten hätte sie Mara in ihre Arme gezogen und umhergewirrbelt, mit einem oder mehreren Küssen auf ihre Wange, um ihren Gefühlen Ausdruck zu verleiten. Doch sie wollte es durch falsche Worte oder Reaktionen nicht kaputt machen, also lächelte sie einfach nur und hielt freundschaftlich ihre Hand hin. Mara reagierte erst nicht, doch dann überwand sie sich und nahm sie an.

Das war der erste Schritt, in die richtige Richtung. So hoffte es Mara zumindest.

Kilian dagegen lief zu Alcinda. Sie hatten nichts mehr zu befürchten. Er wollte endlich mit ihr zusammen sein, ihr seine Gefühle offenbaren.

„Alcinda!", rief er nach ihr. Wo war sie? Wo waren alle? War sie vielleicht bei Emma? Alcinda verstand sich ganz gut mit ihr. Sie waren im etwa gleichen Alter und kannten sich ja nach den drei gemeinsamen Jahren recht gut.

Er sah Sunja, vielleicht würde sie es ja wissen, sie war immerhin ihre Schwester.

„Sunja! Sunja!", rief er nach ihr. Sofort drehte sie sich zu ihm um.

„Kilian", meinte sie überrascht. „Was willst du denn? Warst du nicht bei den Gräbern mit Mara?"

„Ja, war ich, aber ich kann ja nicht für immer da in Trauer

versunken hocken und der alten Zeit nachtrauern. Jetzt bin ich auf der Suche nach Alcinda, weißt du vielleicht, wo sie ist?"

„Sicher im Schloss. Sie hilft Ciara und Ada mit den Kindern. Nach der Versammlung sind sie direkt hin, um sich um die Essensverteilung, Verwundete und dergleichen zu kümmern."

„Super, danke." Sofort lief er los.

In der großen Halle, in der der riesige Tisch war, fand er sie, wie sie allen einen Brei gab.

„Heute bekommt ihr sogar etwas Honig dazu", sagte sie mit einem großen Lächeln im Gesicht.

Die Kinder jubelten vor Freude.

Honig! So etwas konnten sie nicht einmal essen, als es noch reichlich Essen gab. Nur die aller wenigsten hatten diese leckere Süße einmal kosten dürfen. Die meisten waren Kinder von Bettlern oder Huren, sie hatten ja nicht mal genug Geld gehabt, um überhaupt essen zu können. Ein paar wenige hatten Kaufleute als Eltern gehabt.

Er fand den Anblick mit ihr und den Kindern wundervoll. Sofort stellte er sich vor, wie Alcinda als Mutter aussehen würde, mit einem Kind auf ihrem Arm. Ihrem Kind. Er wollte sie als Mutter seiner Kinder. Jetzt wo der Krieg vorbei war, konnte er es sich endlich selbst erlauben, sich eine Zukunft mit dieser wunderbaren Frau vorzustellen.

Er sah ihr dabei zu, wie sie allen Kindern etwas zu essen gab, bis sie fertig war. Da bemerkte sie ihn auch endlich und sie liefen auf einander zu.

„Kilian! Wir haben vor ein großes Haus zu bauen. Ein ganz großes, mit vielen Zimmern und einer großen Halle, mit einer großen Küche und einem riesigen Tafelsaal."

„Wir? Und wovon redest du da überhaupt? Du bist ja völlig aufgeregt." War sie etwa bereits vergeben? Wovon sprach sie da? Wer hätte sie denn außer ihm haben wollen? Nicht im negativen Sinne. Sie war eine wunderschöne, starke, nette und liebevolle Frau. Wenn sie nicht mehr Verehrer hatte, dann würde es ihn schon wundern, aber sie hatte doch sonst mit niemandem weiter etwas zu tun gehabt.

Sie hatte sich bei ihrer Begrüßung an Kilian geworfen, umarmte ihn, ließ ihn wieder los und es hatte damit geendigt, dass sie sich an ihren Händen hielten, so froh war sie, ihn zu sehen.

„Ja, Sunja, Ciara, Emma und ich. Und dann noch Ada, sie will mit den Kindern dort leben, wo sie nun keinen Vater für ihr eigenes Kind hat. Wir wollen ein Haus für Waisenkinder bauen, in dem sie leben können, damit sie nicht auf der Straße leben müssen. Sie können dann natürlich auch von anderen aufgenommen werden. Wir haben schon Pläne gemacht, wie das ganze aussehen wird. Und … Ach bin aufgeregt - da hast du recht! Das wird alles so wunderbar werden!"

„Ja? Das hört sich toll an!" Ihre Offenbarung erleichterte ihn in vielerlei Hinsichten. Es fühlte sich an, als würde eine Last von ihm fallen. Plötzlich fühlte er sich leichter. Sie würde wieder etwas Wunderbares machen, was auch genauso wunderbar zu ihr passte, zu ihrer wunderbaren Persönlichkeit, ihrem wunderbaren Selbst. Sie liebte Kinder, ganz offensichtlich. Und dann hatte er sich auch grundlos Sorgen darüber gemacht, dass sie vielleicht jemand anderes haben könnte. Beinahe hatte er schon vergessen, weswegen er eigentlich da war.

„Weißt du, ich wollte dir etwas sagen."

Sie ließen ihre vereinten Hände hin und her schaukeln.

„Ach ja? Ich nämlich auch. Ich wollte bereits zu dir gehen, aber du bist mir zuvorgekommen."

„Ist das s-" Er kam nicht weiter, da legte sie bereits ihre Lippen auf seine. Ein Lächeln hatte dabei ganze Zeit auf ihrem Gesicht gelegen, während ihres Gespräches und während ihres Kusses.

Er erwiderte ihren Kuss. Seine Hände lösten sich von ihren und wanderten ihre Taille hinauf, zog sie dabei näher an sich. Kilians Bauch fühlte sich plötzlich so warm an. Das konnte nur seine Freude sein. Es war genau das, was er seit langem wollte: Sie in seinen Armen, sie zusammen. Sie liebte ihn, so wie er sie liebte.

Als sie sich lösten, grinsten beide. Alcinda sah Kilian mit leuchtenden Augen an.

„Das wollte ich doch machen", sagte er nur theatralisch empört. Er versuchte ernst zu gucken, aber am Ende siegte doch sein Grinsen.

„Hast du doch, aber ich habe angefangen." Sie grinste ihn frech an und streckte ihm sogar kurz ihre Zunge raus.

„Frech. Ich wollte aber noch etwas."

„Und was?"

„Dich fragen, ob du mich heiraten willst?"

Sie keuchte auf. Ihre Augenbrauen zogen sich erleichtert zusammen. „Ja. Ja! Ich will, definitiv. Ja."

„Wirklich? Oh, ja!"

Er schlang seine Arme erneut um sie, hob sie hoch und drehte sich mit ihr im Kreis.

„Das ist das Beste, was ich seit langem gehört habe, neben dem Kinderwaisenhaus." Er wusste ja nicht, dass nicht nur er diese Idee hatte.

33

Der Freund hatte etwas gemacht, aus seinem Dolch. Er würde es Emma geben wollen. Es war eine feine Handwerkskunst, die er angewandt hatte. Es hatte ihn wirklich viel Arbeit gekostet. Dafür wurde es wunderschön, ganz fein und zierlich.

Damals hatte er von Emma keine Antwort bekommen, als er sich ihr offenbart hatte. Seitdem hatte er ganze Zeit daran denken müssen - neben all dem Tod und Unheil, das über sie gekommen war.

Wie viele Sorgen er sich doch um Emma gemacht hatte.

Er würde es noch mal fragen. Nun, da Frieden herrschte, würde sie sicher offener mit ihm sprechen. Konnte ihre Gefühle frei aussprechen, ohne noch Angst vor irgendwas haben zu müssen.

Im Moment würde sie sich sicher noch um die Kinder kümmern, doch bald würde sie in ihr Zimmer gehen, um sich selber zum Essen vorbereiten zu können.

Er setzte sich auf ihr Bett und wartete. Irgendwann würde sie kommen. Doch in der Zeit dachte er darüber nach, wie er es ihr am besten sagen sollte. Dabei wusste sie es doch bereits. Aber er wollte es dennoch irgendwie romantisch für sie machen. Einen Schreck sollte sie nun nicht bekommen. Aber er war sich auch sicher, dass er mitbekommen hatte, dass sie ihn auch liebte. Zumindest sah es in seinen Augen recht offensichtlich aus, nur, dass sie es sich nie getraut hatte, es zu erwidern, wegen des Krieges und der Unsicherheit, die damit einher ging. Während er darüber nachdachte, ließ er sein Kunstwerk die ganze Zeit in seinen Händen hin und her wandern. Damit rumzuspielen, beruhigte ein wenig seine Nerven. Er war ganz aufgeregt, wie sie wohl reagieren würde. Daher übte er auch ein wenig, wie er es wohl am besten anfangen könnte.

„Emma, willst du … ? Nein. Emma du bist … Auch nicht." Er sprach vor sich hin und machte dabei auch immer verschiedene Gestiken.

Schnell stand - sprang schon beinahe - er vom Bett auf, lief im Zimmer hin und her, in unterschiedlichen Schrittweisen und Geschwindigkeiten. Sprechen tat er auch auf verschiedene Arten. Das machte er, bis es draußen dunkler wurde und er irgendwann Schritte hören konnte. Da setzte er sich schnell wieder auf das Bett. Er war so nervös, konnte sich kaum noch halten.

Die Tür ging langsam auf und eine erschöpfte zu Boden schauende Emma kam herein.

„Emma", fing er an zu sagen, kam aber nicht weiter, da sie sich erst mal erschreckte. Sie legte eine Hand auf ihre Brust und sog die Luft erschrocken ein.

„Du bist es", stellte sie fest. Sie hatte nicht damit gerechnet, jemanden anzutreffen. Besonders nicht in ihrem Zimmer. Umso seltsamer fand sie es.

„Was machst du denn hier? Müsstest du nicht schon beim Essen sein? Du bist doch sonst auch immer als erster da. Und wie lange bist du hier eigentlich schon?"

„Ja, aber ich musste einfach mit dir reden. Ich warte bereits seit einer ganzen Weile auf dich, aber ich dachte mir, dass du ja irgendwann hierherkommen würdest. Aber ich wollte über etwas mit dir reden. Über etwas wichtiges." Er war ganz nervös, wusste nicht so recht, was er sagen sollte, stotterte sogar ein wenig, aber er wartete darauf, weiter zu sprechen, bis sie hereinkam und die Tür hinter sich geschlossen hatte. Aber er sagte nicht das, wegen dem er eigentlich da war, da ihr Anblick eine gewisse Sorge in ihm auslöste.

„Alles in Ordnung mit dir? Du siehst irgendwie so erschöpft aus."

„Ja, es ist nur so, dass ich mich mit den anderen Frauen zusammengetan habe. Es geht um die ganzen Waisenkinder. Sie können nicht ewig hier bleiben. Und jetzt, wo der Krieg vorbei ist ... Jedenfalls haben wir uns etwas überlegt ... ein Haus für sie zu bauen, wo sich um sie gekümmert wird. Soweit haben wir das gröbste geplant, aber nun müssen wir sehen, wo wir Arbeiter herbekommen wollen und das Material, sowie das Finanzielle, das noch geregelt werden muss. Ist halt alles ein wenig anstrengend. Aber solange es sich lohnt - was es definitiv wird - kann ich damit getrost leben."

„Das hört sich ja wunderbar an! Und Kinder liebst du ja sowieso."

„Ja. Vielleicht sehe ich sie ja wie meine eigenen, wo ich doch meins verloren habe." Die Erinnerung an ihr verlorenes, ungeborenes Kind schmerzte Emma zu tiefst. Mit dieser Erinnerung; diesem Schmerz ging auch ein anderer Schmerz;

eine andere Erinnerung einher: Der Verlust ihres Verlobten. Sie hatte sich auf das Kind gefreut und es war auch das Einzige, was ihr von ihrem Verlobten übrigblieb.

Vorsichtig versuchte er durch ihren Schleier aus Trauer und Erinnerungen zu kommen. „Willst du denn einmal ein eigenes? Ein leibliches Kind?"

„Ja, natürlich. Ich weiß ja, wie es sich angefühlt hatte, als es noch nicht da war. Wie muss es sich dann erst anfühlen, wenn ich es in meinem Arm halten kann? Mich um es kümmern, es lieben?" Emma verstand die Frage nicht. Es war doch etwas Selbstverständliches.

Er stand auf und lief zu ihr. Er hatte sein Kunstwerk die ganze Zeit über in seiner Hand versteckt, doch nun hielt er seine verschlossene Hand zu ihr hin.

Sie sah ihn verwundert an, sah erst zu der Hand und dann in sein Gesicht. „Was soll das werden?"

„Willst du dieses Kind vielleicht mit mir bekommen und mich heiraten?" Er öffnete seine Hand und zum Vorschein kam ein wunderschön verzierter Ring.

Emmas Augen wurden größer. Langsam nahm sie den glänzenden Gegenstand aus seiner Hand und betrachtete ihn genauer.

Blätter, die wie Schlingen aussahen. Natur, wie es zu einer Hexenzauberin passte. Und dann war noch ein kleiner Wolf eingraviert.

Adelheid.

Sie war unten, spielte mit den anderen Wölfen. Normalerweise kam sie überall mit hin, wo Emma war, doch manchmal waren die Wölfe auch einfach unter sich. Besonders nun, da ihr fünfter Teil wieder dazugekommen war.

Sie steckte ihn sich an. Er passte perfekt.

Emma hielt ihre Hand etwas höher und sah sich an, wie der Ring zu ihr passte, an ihren Finger. Wie fein er bearbeitet wurde. So wunderschön. Fast hätte sie ihren Blick nicht mehr von dem kleinen Metallstück losreisen können. Sie musste einfach lächeln. Mit der anderen Hand ging sie an ihren Mund, verdeckte ihn leicht.

Der Junge musste ebenfalls lächeln, doch er war so gespannt, dass er sie einfach nur abwartend betrachtete. „Und?", fragte er sie.

Emma hob ihren Kopf an und spürte das Kribbeln in ihren Magen stärker werden.

Sie warf sich an seinen Hals und sagte nur ständig: „Ja, ja. Ja!"

Zusammen drehten sie sich im Kreis, so wie es Alcinda und Kilian bereits getan hatten. Sie küssten sich am Ende ihrer Drehung. Zwischen den beiden brach ein Damm zusammen, der ganze Zeit zu explodieren drohte. Es war eine solche Erleichterung für sie, dass sie dieses Etwas zwischen ihnen beiseiteschieben konnten. Die Offenbarung ihrer Gefühle, es war das Beste, was ihnen geschehen war.

„Ich würde mich fürs Essen fertig machen wollen. Vielleicht können wir ja dann den anderen sagen, was wir vorhaben. Was meinst du?"

Der Junge ließ sie los und nickte, mit lächelndem Gesicht. Wie er sie liebte. Wie sehr er sie doch liebte. Wie sehr er sie schon immer geliebt hatte.

Sofort begann er Pläne für ihre Zukunft zu schmieden. Ihre gemeinsame Zukunft.

„Soll ich noch auf dich warten oder soll ich schon zur großen Halle gehen?"

„Bleib gerne noch hier, dann können wir beim Ankommen schon zeigen, was da zwischen uns im Gange ist." Sie grinste frech, ging zu der Wasserschale auf ihrem Spiegeltisch und wusch sich ihre Hände und ihr Gesicht.

34

Beim Essen gab es eine muntere Stimmung. Und wie sie gesagt hatte, kamen Emma und der Junge zusammen in die große Halle. Emma hatte ihre Hände um seinen Arm gelegt. Mit einem Lächeln kamen sie hereingelaufen und allen blieb der Mund offenstehen. Es wurde still, alle sahen sie an. Die meisten von ihnen dachten sich bereits, dass die beiden Gefühle füreinander hatten. Nur dass es mit ihnen so schnell gehen würde, damit hatte niemand gerechnet. Aber sie verstanden es. Nun, wo der Krieg vorbei war, kamen bei vielen die Geständnisse heraus - wo keine Angst oder Anspannung mehr herrschte.

Beide kamen an den großen Tisch.

„Kann es sein, dass wir jetzt noch ein neues Pärchen hier haben? Gleich zwei an einem Tag?", fragte Ciara mit leichtem Grinsen im Gesicht.

Die beiden sahen sie verwundert an.

Emma fragte verwundert: „Zwei an einem Tag? Was meinst du?"

„Alcinda und Kilian kamen kurz zuvor genauso hereingeflogen."

Sie sahen die beiden anderen neu Verliebten an.

Emma lief freudig und mit strahlenden Augen zu Alcinda.

„Ihr habt euch verlobt?"

„Ihr auch?", kam sofort die Gegenfrage. Beide nickten und umarmten sich.

Nach so viel Schrecken, war endlich die Freude und das Glück an der Reihe. Mit Hochzeiten würde der Krieg bestimmt leichter überwunden werden können. Eine Art Zeichen. Ein Neubeginn.

Beide setzten sich an ihre Plätze. Eine kurze Plauderrunde entstand.

„Wo ist eigentlich Sunja?", wollte Alcinda nach einer Weile wissen. Sie hatte eine so wichtige Nachricht verkündet und ihre Schwester; die Person, die ihr am wichtigsten war, die Person, die es hätte zuerst erfahren sollen, war einfach nicht da. Und sie hatte es nicht mal gemerkt. Hatte nicht bemerkt, dass Sunja nicht da war.

„Hier", ertönte eine Stimme aus dem Hintergrund. Sie kam allerdings nicht alleine, sondern mit Lumiel.

Alcinda vergas sofort, dass sie ihr diese wichtige Nachricht sagen wollte - auch wenn sie es ohnehin mitbekommen hatte - und die Stimmung wurde sofort düsterer. Es war mehr als nur offensichtlich, dass niemand sie bei sich haben wollte.

Sunja schritt voran, musste Lumiel regelrecht hinter sich herziehen. Lumiel fühlte sich unwohl. Sie wollte nicht das Objekt des Hasses sein, doch da musste sie wohl einfach durch. Es war ihr anzusehen, dass sie ebenfalls nicht da sein wollte, wie niemand sie dahaben wollte. Also überwand sich Mara und machte den ersten Schritt.

Sie seufzte und stand auf. Sie kam auf die andere Seite und zog Lumiel ebenfalls hinter sich her. Lumiel fühlte sich davon allerdings sofort ein wenig mehr gestärkt und die schwere Last, all die Sorgen und Ängste, fielen langsam von ihr ab.

Jemanden auf ihrer Seite zu haben, das konnte neue Beziehungen herbeiziehen. Sie war Mara daher umso mehr dankbar und auch Sunja. Sie wusste nämlich genau, wie sehr Runa ihnen etwas bedeutet hatte - immerhin hatte sie die freudige Truppe immer beobachtet gehabt, über eine so lange Zeit hinweg. Und dann waren ausgerechnet die beiden die ersten, die sich auf ihre Seite schlugen - war es auch nur eine widerwillige Entscheidung, so würden sie es doch eines Tages als richtige Entscheidung empfinden. Dieser Gedanke ließ sie zu Tränen rühren.

Das Essen verlief erstmal bedrückend weiter, nachdem Lumiel sich mit an die Tafel gesetzt hatte, doch nach und nach wurde die Stimmung wieder heiterer, bis sie wieder ganz munter war. Alle mussten wieder lachen und Witze machen, Geschichten erzählen, sich einen schönen Abend machen. Sie sprachen darüber, wie die nächste Zeit geplant werden musste. Sie sprachen über das Waisenheim, wo es erbaut werden sollte, wie viel Kapazität es haben sollte und wer sich alles um die Kinder kümmern sollte, so wie Finanziellen Aspekte.

Die Hochzeit wollten sie nun zu einer Doppelhochzeit machen. Die Idee gefiel besonders Emma und Alcinda, da sie so gut befreundet waren. Es waren auch die beiden, die als erstes auf die Idee kamen. Alleine die Bezeichnung fanden sie besonders. Wer bitte hatte in diesem Königreich je eine Doppelhochzeit gefeiert und dann auch noch aus wahrer Liebe? Aber sie wollten noch etwas Besonderes dazu dichten, denn mit der Doppelhochzeit, sollte außerdem die Neueröffnung des Waisenheims stattfinden.

Viel geschah und viel würde noch geschehen. Es würde auf jeden Fall eine aufregende Zeit werden.

●●●

Emma hatte ihr altes Haus neu renoviert mit dem Jungen. Nach dem sie so lange nicht da war, war es ein wenig in Mitleidenschaft geraten. Das Dach wurde ein wenig morsch, Ungeziefer hatte sich eingenistet, Balken und Möbel waren angenagt, Dreck, Wind, Wetter und Blätter kam hereingeweht und hatte sich überall verteilt. Es war ein einziges, riesiges Chaos.
Zusammen richteten sie es sich her und zogen wieder ein.

Alcinda und Kilian bauten sich ein völlig neues Haus, groß, schön; mit viel Platz für viele Kinder - immerhin wollten sie selber Kinder bekommen, aber auch viele Kinder adoptieren, genau wie Emma.

Mara hatte etwas Tragischeres erleiden müssen.
Sie hatte gedacht, dass sie endlich wieder eine Beziehung zu ihrem Vater aufgebaut hatte, und besonders, wo sie Runa nun endgültig verloren hatte und ihn am meisten brauchte, dass sie da noch enger zusammenwachsen würden. Doch dann sagte er ihr eines Tages, dass er nur in ihrem Leben zu stören schien - sie stritt es natürlich ab, aber er hatte seine Meinung bereits gefestigt - und sagte dann auch noch dazu - was sie beinahe zerstörte -, dass er wieder verschwinden würde. Er war eben einfach ein Wanderer und kein Sesshafter, wie er es in seinen Worten ausgedrückt hatte.
Mara hätte schreien können, weinen, sich die Haare raufen. Warum tat er ihr das an? Hatte er nicht gesagt, dass er nun

für immer bei ihr bleiben wollte, nun, wo er sie endlich wieder hatte? Und dann einfach so ... das.

Wenn er wirklich so war, dann konnte sie wirklich gut auf ihn verzichten. So ein Hoffnungsfall ... darauf konnte sie wirklich gut verzichten.

Antonia und Adalwin gaben ihr natürlich wie immer Beistand, lenkten sie auf andere Gedanken. Sie machten jeden Tag etwas zusammen. Sie liefen gerne auf Wiesen und Feldern herum oder wanderten durch den Wald. Besonders für sie als Hexenzauberin war es schön, beruhigend und wie eine Medizin. Sie fühlte sich dann immer direkt besser. Antonias Seelentier folgte ihr, so wie das von Runa, welches an Mara übergeben wurde.

Runa hatte dem Wolf gesagt, dass er sich um Mara kümmern sollte.

Mara hatte auch noch in ihrem Kopf, ohne, dass Runa es ihr je gesagt hatte, dass Runa sich bedankte, dass sie sich so gut um ihr Seelentier gekümmert hatte. Daher war es wohl nur rechtens gewesen, dass sie auch weiterhin aufeinander aufpassen sollten.

Erstaunlicher fand sie aber, dass Runa und Sunja all die Jahre miteinander über kleine Lichter, die sie geschaffen hatten, kommuniziert hatten, ohne es auch nur irgendjemandem zu verraten. Wahrscheinlich war es einfach besser so. Die Gefahr wurde dadurch wohl einfach geringer. Wer wusste schon, wie Lumiel damals reagiert hätte, wenn sie davon erfahren hätte und was sie dann mit denen gemacht hätte, die davon Bescheid wussten.

„Was haltet ihr davon, dass jetzt alle heiraten wollen?", fragte Antonia und sah in den Himmel.

„Hat doch was. Jeder hat jemanden, auf den man sich

verlassen kann, den man liebt und vertraut, mit dem man alles teilen kann. So wie bei uns drei, nur ohne Verliebtsein und Heiraten." Adalwin zog die beiden Mädchen näher an sich, direkt in eine freundschaftliche Umarmung. Zusammen waren sie ein Herz und eine Seele - nicht wie im Normalfall, wo es nur zwei Menschen waren, die zu einem wurden, sondern mit dreien. Dann ließ er sie wieder los und sie liefen weiter.

Die drei mussten lachen. Diese Freundschaft würden sie niemals verlieren wollen; sie würden einander niemals verlieren wollen.

„Aber gleich eine Doppelhochzeit?"

„Würdest du nicht eine Doppelhochzeit oder Dreifachhochzeit haben wollen, wenn wir plötzlich allesamt heiraten wollen würden?"

Antonia sah Mara an, überlegte kurz und meinte dann: „Ich denke mal, mit euch zusammen zu heiraten, wäre das Tollste, was mir geschehen könnte. Ihr seid immerhin meine Familie. Das ist etwas Besonderes, an einem ohnehin schon besonderen Tag."

Nur schade, dass mein Vater es nur niemals mit ansehen kann. Nie mehr. Wo er nun in der Mitte des Waldes ruht, wo Mutter und ich ihn begraben haben. Jetzt ruht er dort, wo er sich immer schon am wohlsten und sichersten gefühlt hatte.

Freudig ließ der Wolf seinen Schwanz hin und her schwingen. Seine Zunge hing draußen und sah hinter sich zu den drei Freunden. Neben ihm war sein liebstes Geschwistertier.

Antonia sprang rum und drehte sich dabei ein wenig im Kreis. Sie lächelte herzhaft, passend zu dem hellstrahlenden Sonnenlicht hinter ihr, das ihre Haare so schön schimmern ließ.

Adalwin sah in den Wolkenlosen Himmel hinauf. Er schien etwas zu überlegen, da er ein wenig ernst guckte.

„Was wäre, wenn wir zu ihrer Hochzeit etwas Schönes machen? Vielleicht ... Weiß nicht, ich bin nicht sonderlich kreativ."

„Adalwin, warum machst du so einen Vorschlag, wenn du dann keine Ahnung hast, was du machen willst - oder wir?" Antonia wandte sich Adalwin zu, hörte auf sich zu drehten und zu springen und sah ihn verständnislos an.

„Um es auszusprechen. Wir können ja dann wenigstens weiterführende Ideen sammeln." Er drehte seinen Kopf zur Seite, dass die beiden seinen Blick nicht sehen konnten. Etwas leiser fügte er noch hinzu: „Oder so ..."

„Wir könnten ja etwas für sie backen? So passend zur Hochzeit." Mara überlegte, wie viel sie machen müssten, wenn sie kleine Küchlein backen würden, oder wie groß eine Torte werden müsste. Dann überlegte sie, wie man überhaupt etwas backen musste. Sie hatte noch nie gebacken und die anderen ganz sicher auch nicht. Und während der Kriegszeit, wo die Mittel ohnehin schon so gering waren, hätten sie es nicht lernen können - nicht mal, wenn sie es wirklich dringend gewollt hätten.

In ihrem Kopf fing es zu rattern an.

Antonia und Adalwin fanden die Idee gut. Allerdings schienen sie sofort zu erkennen, was sie dachte - sie selber hatten bei der Idee nämlich denselben Gedanken gehabt.

„Dann lasst uns zurück zum Schloss gehen und den Bäcker fragen, wie so etwas geht. Der wird so etwas doch selbst nach so einer langen Kriegszeit noch wissen müssen, oder etwa nicht? Und wenn nicht, dann müssen wir eben zusehen und ausprobieren."

35

Der Bau des Waisenheims dauerte etwa einen Monat; schnell wurde es fertiggestellt. Viele Menschen haben daran gearbeitet. Aber es war auch nötig, denn die Kinder brauchten dringend einen Platz.

Es war ein wunderschönes, stabiles und besonders großes Haus und wurde genauso, wie sie es geplant hatten.

Ada zog in das Waisenheim ein und kümmerte sich um die Kinder, zusammen mit Lumiel und Sunja.

In der Zeit hatten auch Alcinda und Kilian ihr Haus gebaut.

Und dann kam es zur Hochzeit. Das ganze Reich war da und feierte mit. Und wie es Antonia, Adalwin und Mara wollten, hatten sie den beiden Paaren etwas gebacken (ein Doppelkuchen, passend zur Doppelhochzeit). Der Bäcker wusste zum Glück auch noch, wie man einen Kuchen backen musste. Und trotz Lebensmittelknappheit, die schon wieder kleiner wurde, kannte er ein paar Tricks, mit denen er alles etwas strecken konnte.

Sie freuten sich mehr als alles andere darüber, dass die drei Kleinsten der Gruppe sich so viel Mühe gemacht hatten. Sogar Zuckerguss hatten sie hergestellt und damit etwas auf den Kuchen gemalt.

Es war ein großes Fest, das ganze Königreich hatte mit

gefeiert - sogar die ehemaligen Schattenzauberer.

Die ehemaligen Schattenzauberer wurden allerdings von den anderen ignoriert.

Trotz dessen war es ein großartiges Fest. Und ein glücklicher Abschluss, um dem Krieg endgültig abzusagen.

Es war endlich Zeit nach vorne zu sehen. Als die Brautpaare zu ihren Häusern gebracht wurden, teilten sich die Gäste, aber nicht sehr, da Alcinda und Kilian ihr Haus neben das von Emma und dem Jungen gebaut hatten. Dadurch waren sie Nachbarn und wenn es Probleme gab, konnten sie schneller zueinander. Sie wollten es so, denn sie wollten möglichst in der Nähe voneinander sein. Gemeinsam als Freunde, Verbündete und irgendwo auch als gemeinsame Familie.

Als die Brautpaare zu ihren Betten gebracht wurden, feierte der Rest der Gemeinschaft noch miteinander.

Zwei neue Lieben, die neues Leben zeugten und ein Heim, das sich mit Liebe und Wärme füllte.

Und nach neun Monaten war es dann auch schon so weit.

36

Alcinda lag als erstes in den Wehen, danach Emma. Doch bei Emma ging die Geburt schneller vorbei. Alcinda hatte nämlich eine - oder eher zwei - Überraschungen.

Zwillinge. Ein Junge und ein Mädchen.

Die beiden Frauen bekamen im Schloss ihre Kinder, wo Ciara und Ada Geburtsbeihilfe leisteten. Nun, wo Ciara keine Blutzauberin mehr war, hatte sie es schwerer, zu kontrollieren, ob alles in Ordnung war. Aber trotz dessen, hatte sie es mit Adas Hilfe gut gemeistert und den Müttern, so wie den Kindern, ging es gut.

Sunja war ebenfalls dabei und unterstützte ihre Schwester und Freundin dabei, indem sie ihnen die Hände hielt.

Kilian – so, wie es auch bei dem Jungen der Fall war - hatte die ganze Schwangerschaft über an einer Wiege für das Kind gebaut (und Spielsachen geschnitzt), als er dann sah, dass es zwei Kinder waren, meinte er nur lächelnd: „Dann muss ich mich wohl an noch eine Wiege ran machen."

Tränen standen in ihren Augen. Die beiden werdenden Mütter hatten sich die ganze Zeit über, während sie ihre Kinder gebaren, an ihren Händen gehalten.

„Du hast eine wunderschöne Tochter", meinte Alcinda, als die sah, dass Emma ihr Kind in ihren Händen hielt.

„Ich würde sie gerne Alienor nennen, wenn das in Ordnung für dich wäre?"

„Ob es in Ordnung für mich wäre?" Sie musste sich ihre Tränen zurückhalten, schaffte es aber nicht. Einzeln tropften sie ihre Wange hinunter. „Ich wäre überglücklich."

„Wirklich? Das freut mich."

„Sie sieht aus wie du." Alcinda sah sich das kleine Wesen etwas genauer an, doch dann kam die nächste Wehe und sie schrie laut auf.

„Wie lange dauert das denn noch?" Sie hatte furchtbare Schmerzen. Aber irgendwann, da kam das erste Kind.

„Ein Junge." Ciara wickelte ihn in eine Decke, wie sie es kurz zuvor mit Alienor gemacht hatte.

Alcinda sah ihr Kind an, das sie so wunderschön fand. „Würde dir ein Name einfallen, der eine Mischung aus Linhart und Evan ist?"

„Vielleicht Leivahn?"

„Ja, das könnte passen."

Plötzlich schrie sie erneut auf. „Was hat denn das jetzt schon wieder zu bedeuten? Bei Emma war es dann doch auch vorbei?" Alcinda sah Ciara mit zusammengezogenen Augenbrauen an. Noch länger wollte sie das nicht ertragen.

„Du scheinst noch jemanden zu erwarten", sagte Ada und machte ein neues Leinentuch bereit.

„Was?" Verwundert und auch ein wenig ängstlich sah sie hoch. Und dann war auch dieses kleine Wunder plötzlich in ihren Armen und all der Schmerz war vergessen.

„Dann wird sie Runa heißen."

Die Männer der beiden kamen freudestrahlend herein, als ihnen gesagt wurde, dass es vorbei war. Die ganze Zeit über hatten sie verängstigt vor der Tür gesessen oder sind unruhig hin und her gelaufen, immerhin hatten sie nur die lauten Schmerzensschreie ihrer beiden Frauen hören können.

Männer durften während der Geburt nicht da sein, umso schöner war der Anblick dagegen für die Männer, die ihre Frauen mit ihren Kindern im Arm sahen. Besonders für Kilian war es eine Überraschung. „Dann muss ich mich wohl an noch eine Wiege ran machen."

„Ja und wir werden hoffentlich mit beiden gut durchschlafen können. Sie heißen übrigens Runa und Leivahn, wenn es für dich in Ordnung ist?"

„Natürlich ist das für mich in Ordnung. Nur Leivahn wundert mich ein wenig."

„Leivahn ist eine Mischung aus Linhart und Evan. Emma kam auf diese Mischung. Aber es hört sich irgendwie schön an. Wie eine Erinnerung an vergangene Zeiten." Sie lächelte.

Sein Herz war so sehr davon erfüllt, dass er seine kleine Familie sofort in seine Arme nahm. „Wie sehr ich euch doch liebe."

Dem Jungen ging es genauso. Er nahm sie direkt in seine Arme und küsste sie überall. „Als ich und Kilian die Schreie draußen gehört hatten, es war irgendwie so erfüllend. Also nicht eure Schreie, aber die der Kinder."

Die beiden Frauen, sowie die beiden Geburtshelferinnen, mussten lachen. Die beiden Männer sahen sich an. Ihre Blicke waren starr und langsam: *Frauen. Muss man nicht verstehen.* Zumindest waren das ihre ersten Gedanken, bis sie selber in das Gelächter mit einstimmen mussten.

„Ich würde dich gerne etwas fragen", meinte der Junge und sah Emma mit liebevollen Augen an.

„Ja? Was ist es denn?"

„Ich würde gerne wissen, ob du meine Schwester

kennenlernen möchtest?"

„Ja, natürlich. Warum sollte ich denn nicht?"

„Weil wir dafür eine längere Reise zu ihr antreten müssten. Würdest du das schaffen und die Kleine auch?"

„Gib uns eine Woche, um uns von der stressigen Geburt zu erholen, dann können wir uns gerne auf den Weg machen."

„Ja?"

„Ja."

„Super!" Er nahm sie erneut in seinen Arm, drückte sie fest an sich und merkte nicht, wie sie dabei von den anderen im Raum glückselig angesehen wurden.

Ciara meinte dann jedoch nur, kurz einwerfend: „Macht einen Monat drauß, nur zur Sicherheit."

Also in einem Monat, ja, so weit war es und dann wollten sie sich auf machen.

37

Beide Frauen präsentierten stolz ihre Kinder. Ein großes Jubeln ging durch ihren Freundeskreis.

Emmas Wölfin Adelheid hatte während der Geburt nicht einmal von ihr weichen wollen. Wie ein Wachhund hatte sie darauf geachtet, dass niemand dem Zimmer zu nahekam - und wer es wagte, der musste schnell das Weite suchen, bevor sie ihm irgendwelche Gliedmaßen abriss.

Die beiden Väter ließ sie natürlich unberührt mit ihr Wachehalten.

Auch danach ging sie wie eine Beschützerin überall dahin, wo auch die kleine Alienor hinging. Ein kleines Bündel, das sie nicht mehr aus ihren Augen lassen und vor jeglicher Gefahr beschützen würde.

Antonia und Mara kümmerten sich ebenfalls gerne um die Kleinen, nur würden sie Alienor nicht so lange sehen können.

Kilian und Alcinda würden noch weitere Kinder bekommen, zwei Jungen und ein Mädchen. Diesmal würden die Jungs wirklich Linhart und Evan heißen und das Mädchen, das würde Nia genannt werden.

Adalwin sah den Mädchen immer nur Augen verdrehend zu. „Wenn ihr sie so liebt, dann bekommt doch selber Kinder."

„Das wäre doch eine schöne Idee. Willst du uns da vielleicht nachhelfen?"

Adalwin reagierte auf die Antwort der Mädchen erst überrascht, doch dann ging er nur Kopfschüttelnd und mit hochrotem Kopf weg. Er versuchte das Lachen der Mädchen aus seinem Kopf zu verbannen, das ihn verfolgte.

„Der versteht aber auch keine Witze mehr."

„Ob er vielleicht eifersüchtig ist?"

Beiden hatten je ein Kind auf ihrem Schoß.

Emma und der Junge waren dabei zu packen. Sie wollten sich bald auf den Weg zu seiner Schwester machen. Er wollte sie endlich wiedersehen. So lange hatte er sie nicht mehr gesehen und hatte nie die Möglichkeit gehabt, sie zu sehen. Und nun, wo er nichts mehr zu befürchten hatte, sogar eine Frau und Tochter an seiner Seite hatte, da wollte er es endlich wagen. Wenn sie ihn abweisen würde - was nicht der Fall sein würde - dann hatte er wenigstens jemanden bei sich, die ihm Unterstützung gab.

Damals sagte sie ihm nur, in welches Land sie ziehen würde. Er wusste nicht, wo sie war, aber durch die Unterstützung des Königs, fand er es schnell heraus. Das war am Anfang des Krieges, als er in das Schloss kam und nicht viel zu tun hatte.

Sie hatten einen Karren gepackt und dann war es soweit, der große Abschied, bis sie sich das nächste Mal wiedersehen sollten.

Alcinda umarmte ihre neu gewonnene Freundin. „Wie lange werdet ihr wohl weg sein?"

„Wohl etwa ein Jahr", antwortete Emma auf Alcindas

Frage, während der Junge den letzten Sack auf den Karren warf, um sich dann selber bei ihren Freunden zu verabschieden.

„Wir werden euch vermissen."

„Wir euch natürlich auch."

Alle umarmten sie. Und besonders die kleine Alienor wurde von Mara und Antonia beinahe totgeküsst, so sehr verabschiedeten sie sich von ihnen. Sie war aber auch einfach zu süß mit ihren großen grünen Augen und den kleinen braunen Mustern in diesen.

„Wenn sie wieder da ist, dann wird sie sicher schon richtig groß sein."

„Ob sie sich dann überhaupt noch an uns erinnern kann? In dieser kurzen Zeit wird sie das sicher nicht."

Emma nahm ihre Tochter den beiden wieder ab und sagte zu ihnen, damit sie sich beruhigen konnten: „Aber sicher doch. Wer würde sich denn nicht an zwei so tolle Mädchen wie euch erinnern können?"

„Es wäre uns trotzdem lieber, wenn sie hier großwerden würde."

Beide gaben ihr noch einen letzten Kuss auf die Stirn und umarmten dann Emma noch einmal.

Der Junge setzte sich auf den Karren, nachdem auch er die beiden Mädchen zum Schluss noch zum Abschied umarmte.

„Tschüss ihr beide, wir sehen uns doch hoffentlich bald wieder. Passt in der Zeit gut auf die Zwillinge auf. Spätestens in zwei Jahren werden wir wieder zurück sein."

„Machen wir", kam es als Antwort wie aus einem Munde, so wie es fast immer der Fall bei den beiden war.

Adelheid sprang auf das Hindere des Wagens. Und dann fuhren sie los.

Emma drehte sich noch einmal um und winkte ihnen allen noch einmal.

Manche von ihnen hatten Tränen in ihren Augen.

Johannes nahm Ciara näher an sich. „Lass uns auch ein paar bekommen. Wir sind jetzt schon lange genug verheiratet. Es wird Zeit, dass es bei uns auch so weit wird."

„Vielleicht ist es ja bereits so." Ciara legte lächelnd ihre Hand auf den leicht gewölbten Bauch, den man nur sah, wenn ihr Kleid plattgedrückt wurde.

Johannes Augen wurden größer und fing dann selber zu lächeln an. Direkt schlang er seine Arme unter ihre durch, um sie umarmen zu können und seine Hände auf ihren Bauch zu legen. Um ihr noch ein wenig näher kommen zu können, legte er sein Kinn auf ihre Schulter.

Er sah zu Mara und Antonia, die ganz tragisch den wegfahrenden Waagen hinterhersahen, als hätte man ihre Wölfe getötet. „Da werden sich die Mädchen aber sicher ganzschön freuen."

Ciara sah in dieselbe Richtung. Beide fingen sie an zu grinsen. „Da wirst du wohl recht behalten."

38

Sie waren eine Zeit lang nun weg. Meiste Zeit aßen alle noch miteinander im Schloss, doch ohne die beiden Schlüsselfiguren, schien irgendwie was zu fehlen. Wenigstens kehrte ein wenig Normalität wieder im Reich ein. Alles hatte sich verändert.

Adalwin lebte mit seiner Mutter im Schloss, obwohl sie keine Kräfte mehr hatte, versuchte sie den Menschen als Heilerin zu helfen. Als ehemalige Hexenzauberin kannte sie sich immerhin mit allen Pflanzen und ihren Wirkungen aus - und besonders mit denen, die eine heilende Wirkung hatten.

Viele Menschen mussten sich nun erst mal wieder einfinden. Da erneut Menschen dazugekommen waren (die Schattenzauberer) mussten neue Plätze gefunden werden, wo alle untergebracht werden konnten. Das dauerte eine Weile, besonders, da ihnen immer noch so viel Hass entgegengebracht wurde, weswegen niemand in ihrer Umgebung sein wollte.

Mara lebte ebenfalls weiterhin mit ihren Freunden im Schloss. Wo sollte sie auch schon sonst hin? Sie hatte ja außer ihnen sonst keine Familie mehr. Ihr Vater war für sie seit seinem Abgang endgültig gestorben. Diesmal mit Gewissheit. Und sollte er es jemals wagen, wieder zurück zu kommen, dann würde sie so tun, als würde er gar nicht existieren. Kilian und Alcinda hätten sie zwar aufgenommen, wo sie sich dann auch gerne um die Zwillinge gekümmert hätte - was sie und Antonia ohnehin immer taten - aber irgendwie wollte sie lieber etwas für sich selber.

Sie überlegte sich, was sie sonst noch tun könnte.

Tag ein, Tag aus, da ging sie zu den Kindern ins Waisenhaus und half aus. Spielte mit ihnen; beschäftigte sie. Ob sie das wohl für immer tun würde? Das konnte sie nicht wirklich glauben. Sie liebte die Kinder, aber das konnte doch nicht alles in ihrem Leben sein!

Und eines Tages, als Ciara und Johannes ebenfalls ihren Sohn begrüßen durften, da half sie, ihn zur Welt zu bringen. Es war ihrer Meinung nach das schönste Gefühl. Sie liebte Kinder und Kinder liebten sie. Dennoch würde sie nicht nur mit Kindern arbeiten.

●●●

Sie hatte wieder einen spaßigen Abend mit ihren beiden besten Freunden gehabt, als sie eines Tages von der Morgensonne geweckt wurde.

Sie ging gerade auf, mit ihren leuchtenden Farben. Ein so bezaubernder Anblick, der Mara sofort hinauslaufen ließ, gefolgt von ihrem Wolf.

Das hohe Gras, das ihr beinahe bis zu ihrer Brust reichte, der leichte Wind, der durch ihr Haar wehte, der Duft des Morgentaus. Sie lief und lief, wurde schneller und schneller, bis sie rannte und jubelte - zusammen, mit ihrem Wolf. Ein so wunderschönes Tier, wie es das nur einmal gab.

Sie ließ sich ins Gras fallen und wurde direkt von ihrem

Wolf abgeschleckt. Zum Schluss lag er neben ihr und sie sah lachend in den Himmel.

Sie war vom Glück erfüllt, musste an alles denken, was ihr in diesen verrückten Jahren alles widerfahren war. Ein wahres Abenteuer - mit seinen Höhen und Tiefen -, das zu Ende gegangen war. Sie konnte dieses Abenteuer nicht weitergehen, aber sie konnte ein neues beginnen.

Als die Sonne auch das hohe Gras erreichte, stand Mara auf und lief langsam zum Schloss zurück. Ihre Hände hatte sie ineinander verschlungen und auf ihren Rücken abgelegt. Freude, so viel Freude. Ihr Bauch fühlte sich wohlig warm an und ein Kichern lag darin. Sie musste einfach anfangen zu singen. Es ging nicht anders. Und ihre Stimme hörte sich so wunderschön an, wie das Gezwitscher und der Gesang der Vögel.

"Früh am Morgen wandre ich
Geh' den Weg mit grellem Licht
Seh' die Sterne bald nicht mehr
Denn das Licht erfüllt mein Herz.

Geh hinunter zu dem Fluss
Seh' die Tiere rum herum
Diese schöne weite Welt
Bunt und grau kann sie sein
Freud und Leid, nur zu teil'n.

Was liegt und was fällt?
Wo die Sterne enden wohl?

Wo das Lied versinken mag?
Wo hin geht wohl mein Weg?
Wen seh' ich, wenn ich ihn geh?
Wo der Winde weht?

Meine Liebe endet nie
Für dich geb' ich sie
Hab so viel bisher erlebt
Bin gegangen diesen Weg

Weite Wellen um uns rum
Spür dein Kuss auf meinem Mund
Schön ist es dich anzuseh'n
Bitte bleib einfach steh'n
hab dich so lieb, sollst bloß nicht gehen.

Und wenn ich dann weiter geh
Bleib bei mir, komm geh mit mir
Sehen dann so viel mehr
Diese Welt ist doch so weit
Na los hinfort, uns hält nichts an diesem Ort.

Wir sind eins
Sonst niemand weit und breit
Ich will nicht alleine sein
Stehe hier auf einem Bein
Ich will auch die Sterne seh'n
Ich will durch all die Wälder, Felder und Bäume geh'n"

Sie sang immer weiter und weiter, bis sie wieder am Schloss ankam. Alle - außer den Bediensteten - schliefen noch.

Sie wusste endlich, was sie machen wollte. Aber es musste geschehen, ohne, dass irgendjemand etwas davon mitbekam. Also schnappte sie sich ihre Sachen, hinterließ einen Brief mit Abschiedsworten und verschwand, hoffend, dass es niemand mitbekam.

Prolog

Natürlich wurde es bemerkt; ihr Vorhaben. Sie wurde bemerkt.

Ihre Freunde kamen ihr sofort hinterhergerannt. Antonia schrie sie beinahe an, als sie Mara eingeholt hatte.

„Was soll das? Warum gehst du einfach?"

„Mich hält hier nichts länger. Ich muss hier weg."

„Aber warum? Wir haben doch versprochen, uns um die Zwillinge zu kümmern, bis Emma, der Freund und Alienor wieder zurückkommen."

„Ich weiß ... aber ... ich habe einfach dieses Gefühl. Wir haben dieses Abenteuer und auch den Krieg beendet. Aber mein Leben ist deswegen ja nicht vorbei. Ich will noch mehr erleben. Und ich habe auch etwas Besonderes, was mir dabei helfen kann."

„Deinen Wolf?", warf Adalwin ein.

Mara fing zu lachen an. Sie schüttelte nur ihren Kopf und hob dann ihre Hand. Ein grünes Leuchten flammte auf.

Beide sahen sie erstaunt an.

„Wie ist das möglich? Sie hat doch allen die Kräfte genommen. Ich habe erst letztens mitbekommen, wie sich alle deswegen ausgefragt haben, aber niemand hat auch nur noch einen Hauch Magie. Daher müssen erstmal viele damit zurechtkommen, wie es ist, ohne sie zu leben. Sie wissen das ja überhaupt nicht. Immer hatten sie diese Hilfe und plötzlich ist sie weg." Antonia faste das Leuchten an. Es war atemberaubend.

„Ich habe sie noch. Und das muss ja auch einen Grund haben. Vielleicht erwartet mich noch etwas Wichtiges. Eine Aufgabe, die ich zu erfüllen habe. Und ich glaube nicht, dass es damit zu tun hat, dass ich sie für das Reich hier nutzen soll, um gegen die Hungersnot anzukommen, dafür erholt sich das alles zu schnell. Versteht ihr?"

Beide nickten, lächelten dann und hielten Beutel hoch.

„Deswegen werden wir dich ja auch begleiten!"

„Was? Aber, was ist mit eurer Familie? Ich habe niemanden mehr, ihr schon. Das müsst ihr nicht tun, wirklich. Ich komme wohl nach meinem Vater, dass ich immer unterwegs sein muss."

„Mein Bruder wird schon klarkommen. Er hat jetzt seine eigene Familie. Und er hatte mich bereits gehen lassen müssen. Er weiß selber, dass ich irgendwann erwachsen werden und dann meinen eigenen Weg einschlage. Auch wenn es vielleicht ohne ihn sein wird."

„Und meine Mutter, die hat jetzt sowieso eine neue Aufgabe gefunden. Und mich hat sie schon vor langer Zeit losgelassen. Nach dem Tod meines Vaters wurde sie zwar sehr anhänglich und wollte mich nicht mehr aus den Augen lassen, aber mittlerweile ist sie so gut wie die Alte. Mich loszulassen, ist ein wichtiger Teil für sie, um voranzuschreiten, so hatte sie es mir selbst gesagt."

Und dann sagten beide aus einem Munde, nachdem sie einander noch einmal angesehen hatten: „Und außerdem bist du auch unsere Familie. Und lieber die Familie zurücklassen, die noch jemanden hat, als die, die niemanden mehr hat."

Mara warf sich den beiden an den Hals. „Ich danke euch so sehr."

„Für was?"

„Meine Familie zu sein."

Ihre Familien hatten die Briefe gelesen. Sie waren ein wenig traurig, doch nicht böse, etwas überrascht vielleicht.

Alle, die noch da waren, hatten sich eingefunden, sahen in die weite Ferne.

„Sie haben sich eine neue Aufgabe gesucht", meinte Ciara.

„Das war wohl von vorneherein ihre Bestimmung."

Alle mussten sie leicht traurig, aber dennoch froh, lächeln. Ihre Familie war ihren eigenen Weg gegangen.

Die drei liefen lachend den Weg lang, den Sonnenstrahlen entgegen, mit den Wölfen bei sich, die genauso glücklich waren.

„Auf ins nächste Abenteuer!"

Ende?

Nachwort

Gerade habe ich die letzte Seite überarbeitet. Während der Überarbeitung musste ich bereits daran denken, was ich alles für unterschiedliche Ideen ich hatte, die ich dann aber dann doch verworfen oder verändert habe.

Die Idee, dass Ciara und Runa Schwestern sein sollten ist in meinen Augen eine gute gewesen, auch, dass Ciara eine von den Bösen sein sollte und durch Runa auf die Seite der Guten gezogen wird. Aber nun ist es doch anders verlaufen.

Diese Reihe ist mein Debut gewesen und nun ist sie mit vier Bänden zu Ende. Zuerst war es nur eine Notiz in meinem Handy. Das war der Prolog und auch ein paar Kapitel unabhängig voneinander, so wie einzelne Szenen, die ich mit aufgenommen habe. Zu der Zeit hatte ich es dann auch angefangen auf Wattpad (habe da sogar mit dieser Geschichte an Awards teilgenommen) zu veröffentlichen. 2019 muss das gewesen sein. Und nun ist das Jahr 2024 (gerade ist der 12.05. um 17:02 Uhr). Eine Reise von fast fünf Jahren. Damals hatte ich meine Ausbildung begonnen und nun stehe ich kurz vor ihrem Schluss.

Ich will allen danken, die meinen Weg in dieser Zeit begleitet haben. Die mich unterstützt und aufgebaut haben und die mir ein Lächeln in drüben Zeiten auf mein Gesicht gezaubert haben.

Und nun ist die Geschichte dieser Gruppe vorbei. Aber ist diese Geschichte vorbei?